福氣小財迷

2

風文創 756

風白秋 著

目錄

第十一章

賴鶯是在第二日到江家的，賴明抱著妹妹大哭一場，擦乾眼淚，換上粗布衣裳，開始跟著王衡跑堂。

家裡突然多了兩個孩子，老江頭和江老太問清他們的來路，心裡也是一陣憐惜。都是大人作的孽，拖累了兩個孩子。

孫秀才知道以後沈默片刻，看著賴鶯葡萄般水汪汪清澈的眼睛嘆口氣，搖了搖頭，心中對這兩個孩子也沒了芥蒂。

這件事牽扯得著實太大，劉知縣快刀斬亂麻，判下來將將五日工夫，賴家父母就要踏上流放的路。

賴明帶著賴鶯去城外送了一回，攥著江雨橋給的五兩碎銀子，悄悄塞進賴家男人手裡。「爹，如今買下我與妹妹的人家是好人家，我會好好把妹妹帶大，日後咱們一家一定能團聚！」

賴家男人看著衣著乾淨整潔的兒女，提了這麼多天的心終於放下來。他拉著已經有幾分瘋傻的賴家婦人對兒子道：「我來照顧你娘，你來照顧你妹妹，日後咱們父子再相見之日，一家四口一個都不能少。」

這是男人與男人間的約定，賴明重重點頭，拉著賴鶯跪在地上，給即將遠去的父母磕了個頭，看著他們的背影擦乾眼淚，心中暗暗期盼起團聚的那天。

回來後，賴明做活更是積極，王衝和老江頭不在的時候，他一個人就能穩住整間鋪子，腦筋聰明，手腳麻利，嘴又甜，再加上讀過書，有些懷著不可言喻的心思、想讓讀書人給他們端盤子的人專門要求賴明上菜，然而他卻面面俱到，一點錯都不犯。

江雨橋目瞪口呆地看著賴明彎腰送走一個心滿意足的客人，嘖嘖對林景時道：「買賴明可真是值了。」

林景時有幾分哀怨，既然賴明能撐起跑堂這些雜事，江雨橋就能完全空出手來去算帳，這樣他就有些可有可無，擺在櫃檯裡像個吉祥物一般，讓來來往往的姑娘、媳婦們圍觀。

江雨橋只覺得這段日子的生意真是好了許多，瞥了一眼剛結完帳給林景時羞澀地拋了媚眼的小媳婦，憋不住笑。「林掌櫃，要不我雇你過來幫我的忙吧，只要每日站在這兒就成了。」

林景時滿頭黑線，看著她那壞笑的樣子，自己也笑了起來。「成啊，多少錢？」

這下輪到江雨橋說不出話了，支吾兩聲強行轉移話題。「我聽聞今日放榜，不知道孫大哥能不能中？」

林景時也不戳穿她，指著坐在角落的孫秀才，大聲道：「孫秀才已經在這兒坐了兩個時辰，吃了三碗餛飩了，若是不中，咱們可得給他收錢。」

孫秀才抬頭瞪了他一眼。「林掌櫃，我聽得一清二楚。」

林景時滿意地點點頭。「那要不先把今日這三碗餛飩錢付了？若是中了我再退給你。」

孫秀才被他氣得磨磨牙站起來，從懷裡掏出荷包，慢慢走向櫃檯，剛數到第四個銅板，就聽見鋪子外面鑼鼓喧天，一個粗獷的聲音高喊道：「恭賀孫家學子孫詠安院試高中，喜中秀才第十三名！」

孫秀才一個激靈，手中的荷包掉到櫃檯上，裡面零碎的銅板「叮鈴啷」滾了一櫃檯。他顫抖著雙唇，不敢置信地看著林景時。

「他、他說的是誰？」

林景時笑著把銅板一個個撿起放進荷包裡。「孫家學子，孫詠安。」說完把裝好銅板的荷包塞進他手裡。「看來今日的餛飩錢你不用付了。」

孫秀才兩眼赤紅。「孫詠安，是我……是我！我就是孫詠安！」

江雨橋生怕他瘋魔了，忙給他倒杯水。「是你，孫大哥先喝口水，莫要著急。」

門外的恭賀聲越來越響，離鋪子越來越近，孫秀才一口喝光杯中的水，捏緊手中的荷包，伸手緊緊攥住林景時的胳膊。「我、我中了，我不用付餛飩錢了！」

江雨橋頓時無語，都什麼時候了，這兩個男人還糾結於餛飩錢？

她忙讓孫秀才拿出鑰匙。「我去隔壁開鋪子，孫大哥你也是，明明今日要放榜，你不去看榜也不在鋪子裡待著，躲在這兒做什麼？」

孫秀才只剩下傻乎乎的「嘿嘿」笑聲了，江雨橋說什麼他就做什麼，等他回過神來，自己已經坐在自家書畫鋪子裡，賴明在給前來報喜的衙役們端茶、倒水，江老太忙碌著給門口看熱鬧的眾人發喜糖，林景時正替他同衙役們攀談，江雨橋摸出一張紅紙來在折紅包。

他的心一下子被填得滿滿的，軟乎暖和。

李牙在鋪子裡按捺不住，又不能撇下鋪子，站在門口朝這邊喊道：「孫秀才，晌午我給你做席面，你可莫要應了別家！」

孫秀才眼含熱淚，「噌」地一下站起來走到門口，對李牙碩大的笑臉大聲應了一句。「欸！我一定去！」

李牙這才滿意地回了鋪子，琢磨起晌午做什麼。

送走一波又一波前來賀喜的人們，孫秀才有些抵擋不住了，抽了個空把鋪子大門一鎖，自己鑽進江家後院直拍胸脯。「平日也沒見過這麼多親戚，方才竟然有人說我三個月大時給我換過尿布，讓我別忘了她……」

錯過最熱鬧時候的老江頭和王衝想像了下那畫面，忍不住哈哈大笑。

江雨橋一進後院，就看到三人笑得東倒西歪，上前扶住老江頭。「爺，您這腰還要不要了？」又轉身挨個兒瞪了一眼。「吃飯啦！」

幾人摸摸鼻子跟在江雨橋身後，李牙早就置辦出一大桌菜，知道孫秀才喜歡吃肉，特地做了好幾樣大葷。

早就醃好的一整塊豬肋排淋上蜂蜜，上鍋蒸到一碰就酥，小心端出來後直接放進烤點心的爐子裡，用大火烤一刻鐘，肋排上的蜂蜜焦黃晶亮，被切成一條一條後擺上桌。小賴鶯不會用筷子挾這麼大的東西，江雨橋索性拿了塊乾淨的棉布包住骨頭，讓她拿著啃。

賴鶯饜足的表情讓孫秀才吞了吞口水，這種直接下手大口吃肉的事情他著實做不出來，只能羨慕地看著賴明也包了一塊，一口下去，被裡面溢出來的肉汁燙得齜牙咧嘴還捨不得鬆手的模樣。

爽脆的紅油豬耳片、酸甜的烏梅豬軟骨、醉人的燒酒燜羊肉，再加上一盤嫩黃的焗三黃雞，這頓飯吃得所有人面泛紅光，尤其是主角孫秀才，哪怕清早才吃完三碗餛飩，這頓還是吃得走不動路。

等晚上江陽樹回來後又是一番熱鬧，孫秀才此時越發覺得自己在鋪子裡十分冷清，嚮往江家這種熱熱鬧鬧的大家庭，賴在江家不肯走，鬧著晚上要同小樹一起睡。

江雨橋敏銳地察覺到賴明渴望的眼神，他手上在做活，耳朵卻豎起來聽著江陽樹同孫秀才討論詩書課業，咬緊下唇，壓抑住想要插話的衝動。

她看了林景時一眼，不知道現在是不是就是林景時說的「那個時機」？但她以上輩子對賴明的了解，以及這輩子的接觸，上輩子許遠怕是也幫了賴明一把，才讓賴明心甘情願地跟隨他左右，這樣的賴明，她還是放心的。

看著眼前的賴明，她定下決心，終於開口。「賴明，你跟我來。」

賴明手一抖，以為被江雨橋發現他在偷聽，心裡七上八下的，同手同腳跟著江雨橋去了後院。

江雨橋定定地看著眼前剛到她肩頭的孩子，見他快把下唇咬出血了才輕輕開口。「你是不是還想讀書？」

賴明一抖，頭垂得更低，眼淚迅速占滿眼眶，深吸一口氣。「不，我已經……沒有讀書的資格了。」

江雨橋憐惜地看著他，催眠一般對他道：「如果我說，你能呢？」

賴明猛地抬起頭，滿臉的淚痕，失神地看著她。

江雨橋嘆口氣。「雖然你不說，但是我知道你一直覺得你家是被人陷害的，如今也許你沒有資格去科舉，可若是有朝一日翻了案呢？那時候你可能已經成為一個小二、一個廚子，也許是一個掌櫃，但你的學識已經不能夠支撐你去科舉，這輩子也許你就會這麼過下去，忘卻你十歲時候的夢想。」

賴明痛苦地閉上眼睛，幼小的心像是被磨盤碾碎，痛得不能呼吸。從他啟蒙起就一直期待的目標、一直堅持的信仰，又怎能輕易放棄？

江雨橋想伸手摸摸他的頭，伸到一半卻鬼使神差想到林景時那晚的話，又不自覺地縮了回來，繼續對他道：「但，我買你回來也不是為了給你報仇的，如果你真的想讀書，如今只能跟著小樹讀，你可願意？」

賴明睜開眼睛，疑惑地問：「小、小樹？」

江雨橋笑了笑。「小樹如今跟著顧先生讀書，我想晚上你同他一起讀書，讓他把白日裡顧先生講的都同你講一遍，這樣白日不忙的時候，你也可以自己複習，只是一開始小樹講的定沒有先生講得清楚，可能會拖累你一些。」

能有機會再讀書，賴明哪裡會在意這個？

他緩緩跪下。「小姐與少爺的大恩……賴明無以為報。」

得了賴明的準話，江雨橋帶著賴明去找江陽樹，江陽樹也佩服賴明在這種情況下還想堅持讀書的心，拉著他的手道：「明哥，我定會把先生的話一字不落地記下來。」

賴明也感激地看著江陽樹。「少爺……」

江陽樹被叫得一歪嘴。「明哥還是喚我小樹吧，被叫少爺我渾身不舒服。」

江雨橋笑咪咪地看著兩個孩子。「沒錯，以後賴明就叫我姊姊，叫小樹做小樹就成了，都同你說了幾遍了，你這孩子就是不聽。」

賴鶯像一隻肥兔子般蠕動到江雨橋的懷裡。「姊姊，我聽我聽。」

江雨橋一把抱起她，在她的小臉上親了一口。「還是咱們小鶯聽話。」

老江頭和江老太也十分喜歡討喜的賴鶯，自家兩個孩子回到身邊時都已經是半大人了，他們還是頭一回接觸到這麼小的孩子，話都不敢說太大聲，生怕嚇壞了白白嫩嫩的賴鶯，整日哄著、寵著，晚上怕她驚夜還抱著睡。這一切讓賴鶯早早忘卻了在牢中的懼怕，享受著家人的寵愛。

賴明看著妹妹的笑臉，心裡軟得一塌糊塗，抿抿嘴看向江雨橋。「姊姊。」又看向江陽樹：「小樹。」最後看著笑咪咪的老江頭和江老太。「爺爺、奶奶。」

老江頭和江老太把他拉到兩人中間，摸了摸他的頭和臉。「以後好好跟著小樹讀書。」

賴明應下，低聲道：「我會的，爺爺、奶奶放心。」

孫秀才喝得滿面紅光，大聲招呼道：「這可是今日一喜，咱們今晚不醉不歸！」

王衡跟著起鬨。「不醉不歸，不醉不歸！」

李牙才不管他們說什麼醉不醉的。「你們都喝去吧，這一桌菜我來包圓兒了！」

孫秀才定睛一看，那炙烤的肋排只剩下最後一塊，慌忙一手抓過，塞進嘴裡，細細品味，又從碟子裡捏起一片豬耳朵扔進嘴裡。「人生得意須盡歡，果然拋了那束人的規矩，吃起來才最爽快。」

江雨橋簡直沒眼看，看來的確是喝多了，明日孫秀才醒了酒，怕是要抽自己的臉。

她忙安排孩子們先回去睡覺，又催促兩個老的早點去歇息，回過頭看著四個大男人尚在吃吃喝喝、大聲呼喝，索性也不管他們，把鋪子門一鎖，能爬回屋的就爬回屋，爬不回去今夜就讓他們睡地板吧！

雖然心裡撂下狠話，但江雨橋到底不放心，聽著院中有些微嘈雜的聲音嘆口氣，爬起來套上衣裳打開門。

一開門就看到站在院中的林景時，左手掛著王衡，右手提著孫秀才，像是沒預料到她會開門，手一鬆，兩個人「咚」的一聲掉到地上，一動不動。

江雨橋倒吸一口氣，急忙上前查看，還未走近就被濃烈的酒味衝得停下腳步。

林景時對她擺擺手。「無事，我先把他們扔回房。」說完彎腰拎起王衝，踢開他的房門，把他放到炕上，又回來把孫秀才提了進去，給二人蓋好被子出來才鬆了一口氣，看著尚且在愣神的江雨橋，笑了笑。「前面亂成一團，明日讓他們自己收拾。」

江雨橋小聲問道：「你們這是喝了多少？」

林景時無奈地看著她。「其實不多，也就四、五罈，這幾個人沒有一個能喝的。李牙……我著實搬不動，就讓他睡在鋪子裡吧。」

江雨橋想到李牙小山般的身材也笑了出來。「我回去拿床被子給李牙哥，如今晚上天還有些涼。」

林景時「嗯」了一聲。「我等妳。」

又來了、又來了，明明他說著很平常的話、做著很平常的事，可江雨橋就是控制不住自己，心底有一種癢癢麻麻的感覺。

她垂下眼眸沒說話，回去拿了兩床被子，艱難地擠出門，手上驀地一輕，被子已經到了林景時手上。

林景時眉頭微皺，嗅著被子上的皂角清香。「這是妳的？」

江雨橋一時沒反應過來，「啊？」的一聲看向他，見他眼神示意手中的被子，趕緊搖頭。「不是，是奶奶做給小樹的，結果小樹嫌棄被套是花兒的不要，就先放在我那兒了。」

林景時這才點點頭。「這被套的確不怎麼適合男孩子，但還挺適合李牙的。」

江雨橋被他逗笑了，瞋了他一眼。「難不成李牙哥不是男孩子？」

林景時模稜兩可地「哼」了一聲，抱著小花被去了鋪子。

李牙躺在那兒太扎眼，江雨橋一進來就無奈了，把他周圍的桌椅都挪開，空出一塊地，怕他翻身再撞到什麼。

林景時把兩床小花被蓋在李牙身上，看了半晌，又掀開被子，江雨橋剛要問他做什麼，卻見他把被子換了個方向，一枝只有葉子的花莖正巧杵在李牙脖子的位置，他圓圓的大腦袋瞬間變成了一朵花。

林景時又「哼哼」兩聲，拍了拍手，對江雨橋道別。「那我先回去了。」

江雨橋被他幼稚的行徑笑得快喘不過氣，壓根兒沒法同他正經道別，好不容易努力忍住，一低頭看到大花李牙，又笑了起來。

林景時定定地看著她，眼眸中如秋水、如寒星，莞爾低笑。「妳在笑什麼？」

江雨橋指了指如花一般的李牙。「林掌櫃還真是促狹。」

林景時想也沒想地抿抿唇回道：「誰讓他蓋的被子是從妳屋中拿出來的。」

江雨橋萬沒想到他會說出這句話，瞪大眼睛不知所措地看著他。

林景時閉上眼深吸一口氣，再睜開眼，眼底已是一片清明。「妳屋中的被子帶了花兒，就這麼湊了個巧。」

江雨橋「哦」了一聲，聽到這句話，心底說不清是什麼滋味。她站起來打開鋪門，對林景時道：「那我就不送林掌櫃了。」

林景時點點頭，抬腳緩緩走出鋪子，直到聽到身後門板關上的聲音才停住腳步，回頭看了一眼江家鋪子，輕笑一聲。「看來我也喝多了。」

轉過日，果然幾個男人都宿醉得頭疼，尤其是李牙，蒼白著一張臉趕製著馬上要送去碼頭的包子、饅頭，看得江老太都心疼不已，時不時往他嘴裡塞個紅棗。

因昨日孫秀才中了榜，不知道誰傳出消息說孫秀才在江家。今日一大早，一群人就湧進鋪子，差點把小小的鋪子擠塌了。江雨橋見狀，急忙讓王衝把孫秀才攔住，讓他千萬別出來，對外解釋才讓人相信孫秀才真的不在。

然而來都來了，沒堵到孫秀才的眾人聞著鋪子裡飄散的香氣，捂著咕嚕叫的肚子，忍不住誘惑，紛紛解囊買了早飯回去。

忙過這一陣子，被拖累的王衝和老江頭差點來不及去碼頭送飯。

老江頭和王衝正要提著筐子出門，就見門口一個穿著喜慶的婦人下了馬車，仔細辨認「江家鋪子」的牌匾，一拍手，提高聲調，喜氣洋洋道：「哎喲，江家今日有大喜，我來給您道喜啦！」

鋪子裡所有人都愣住，齊刷刷地看向來人。江雨橋一眼認出那婦人，臉色一下子變得青白。老江頭打量一下也認了出來，把手中的筐往地上一放，抄起身邊一個茶杯朝她扔過去，那茶杯越過門檻在她腳邊炸開，把她嚇得尖叫一聲。

炸飛的瓷片差點飛到她的臉上，李嬷嬷生怕自己被毀了臉，急忙扯著袖子擋住。

林景時雖然不知道發生什麼事，但心知這中間定然不簡單，當機立斷對賴明和王衝道：「把她給我拖到後院去！」

王衝眼睛冒火，上前一把拽住李嬷嬷的手臂。賴明愣了一下，也抓住另一邊，二人一用力，把李嬷嬷拖過鋪子塞進後院。

鋪子裡的客人們面面相覷，方才這一切發生得太快了，許多人都沒看清楚來人的臉，窺著江家人的臉色，心裡嘀咕起來。

林景時拍了拍江雨橋的肩膀安撫她一下，揚起笑臉對鋪子裡的客人們道：「方才有點了吃食的客人們稍等片刻，咱們小哥馬上就來。」

不知為何，明明很普通的一句話，鋪子裡的客人們卻感覺到殺氣，一些吃完了還沒結帳的抖了抖身子，站起來把帳一結，腳底抹油先溜了。反正還有人，明日再問問出啥事也行。

那些點了還沒上菜的在林景時的笑容中也吞了吞口水。「哎呀，哪天吃不是吃，今日既然東家有事，咱們明日再來。」

短短一刻鐘鋪子裡就淨空了，林景時扶住江雨橋，對老江頭道：「江爺爺，咱們先把鋪子關了？」

老江頭這才回過神來，點了點頭。「關了吧，我倒要看看她來到底是要做什麼！」

賴明此時也出來了，臉色十分難看。「爺爺、姊姊，那婆子……那婆子嘴碎得很，鬧著讓你們過去。」

江雨橋感受著肩上林景時掌心傳來的溫暖，站直身子。「小明，你讓你衝哥出來，今日爺爺不能去了，你倆去碼頭送東西，路上小心，記得早些回來。」

賴明乖巧地點點頭，不一會兒王衝就跟著他出來，看著江雨橋欲言又止。

江雨橋朝他笑了笑。「王三哥，無事的。」

李嬤嬤只覺得天昏地暗的，自己什麼都沒反應過來就先遭了一回瓷片，又被兩個小子拉扯進來，心底不由憤恨。

要不是看在這家姑娘被許老爺看上的分上，她定要讓他們好看！

送走了王衝和賴明，江雨橋對老江頭道：「爺，讓奶一起去吧，先讓李牙哥在鋪子裡歇歇，今日他本就不舒服。」

老江頭張了張嘴欲言又止，重重地嘆口氣，掀起簾子去了後廚。

江雨橋回頭看了林景時一眼。「林掌櫃……你要不要……」

林景時一挑眉。「是我不能聽的事情嗎？」

江雨橋沈默了，隨即搖搖頭。「你早晚也會知道。」

林景時朝她一笑。「那便好了。」

江老太一把掀開簾子。「聽說那老牙婆來了?!我今兒非得撓花她的臉！」

這種氣氛下，江雨橋突然想笑。她看著曾經淳樸的奶奶，如今歷練得已能衝上去撓花人的臉，心中柔軟，輕輕攬住江老太。「奶快消消氣吧，為這麼個人不值得。咱們去後院瞧瞧她又來做什麼。」

江老太雄赳赳地扭頭就往後院去，江雨橋生怕她真的和李嬤嬤打起來，急忙跟上去。林景時自然跟上，老江頭左看右看只剩下自己，又回灶房抄出一根柴火棍。

那李嬤嬤心裡盤算著到時候要怎麼收拾這家人，就見一個老婦人氣沖沖地過來，她皺起眉還沒說話，一眼看到身後的江雨橋，眼一亮。「喲，真是個可人兒。」

江雨橋扯住江老太，嗤笑一聲。「李嬤嬤真是貴人多忘事。」
李嬤嬤愣了下神，難不成自己同這家人還認識不成？
她眯起眼睛仔細看了看，臉色突變。「妳是……妳是張家灣那個小賤人！」
老江頭一進後院就聽到這句話，揮起手中的柴火棍就沒頭沒尾地往她身上抽去。
李嬤嬤都沒反應過來這人是誰就被打倒在地，林景時見她呻吟聲漸小才出手阻攔。
「江爺爺，先問問她今日來做什麼。」
老江頭氣喘吁吁地站在那兒，把棍子一扔，指著她微微顫抖。「這、這是個老牙婆！在村裡被打出去，竟然還追到這兒來！」
李嬤嬤「哎喲哎喲」地躺在地上，江雨橋上前踢了踢她。「說吧，誰讓妳來的？」
這時候的李嬤嬤哪裡還記得什麼給他們好看，聽到江雨橋問話，急忙竹筒倒豆子般全道出。
「還是、還是許家老爺啊！他說看上這家的閨女，讓我上門來求個親，納入門，我也不知道這家閨女是妳啊。哎喲，可別打了，我這老胳膊、老腿遭不住啊……」
林景時眼神一下子凌厲起來，聲音冷得像寒冰。「許家老爺？是許遠？」
李嬤嬤急忙點頭。「是他、是他，咱們縣裡還有哪個姓許的能被喚一聲老爺的？」
江雨橋看到李嬤嬤出現在鋪子門口就已經有心理準備了，只是她沒想到重活一生，兜兜轉轉，竟然還是被許遠看上。

此時的她心中彷彿沒有了懼怕，只剩下濃濃的哀傷，難道這就是她的命嗎？

林景時看著江雨橋背影散發萬念俱灰的氣息，心裡一動，上前一把拉住她的手，往後帶了幾步。

這是林景時第一次握住她的手。細瘦、柔軟、微微發涼，指尖的那些繭子訴說著主人之前受過的苦。從李嬷嬷同老江頭的隻言片語中，他也猜到了之前發生的事。怪不得……怪不得許遠一出現，江雨橋就如此恐懼……

江雨橋愣愣地看著二人交握的手。林景時的手太溫暖了，包裹著她，那溫度一點一點從指間蔓延開來，一直暖到心底，讓她捨不得離開。

老江頭和江老太目瞪口呆地看著兩人，好半日才找回聲音。「雨、雨橋?!」

江雨橋一下子被驚醒，臉漲得通紅，掙脫開林景時的手，腦子如同一團漿糊，壓根兒不知道自己在想些什麼？

林景時見她如此活泛的模樣才放下心來，對老江頭和江老太一作揖。「江爺爺、江奶奶，如今這牙婆要怎麼解決？」

一句話把兩人的心思都拉了回去，四隻眼睛緊緊盯著李嬷嬷，老江頭對著她啐了一口。「我巴不得把她千刀萬剮！」

李嬤嬤嚇得失聲尖叫。「別、別！我若是出了事，許老爺不會不管的！」

林景時看她像是在看個死人，冷笑一聲，問道：「妳覺得許遠會怎麼樣呢？一個牙婆而已。」

這麼多年，李嬤嬤只在江雨橋身上栽了跟頭，抖著唇不敢說話。

若是她死了……若她死了，許遠只會再找個新牙婆，哪裡還記得她是誰！

她說不出話來，往後縮了縮，想要避開江家老倆口吃人的眼神。江老太氣得上去重重拍了她一下。「妳怎麼這麼造孽啊，妳不怕斷子絕孫嗎?!」

李嬤嬤想反駁又害怕，想哭又不敢，嗚咽著說不出話。

江雨橋看著她，陰森森地說道：「我們不會殺了妳。」眼見李嬤嬤眼睛一亮，她又笑了笑。「回去跟許遠說，我江雨橋，這輩子絕不會做妾！」

那笑容看得李嬤嬤渾身一抖，艱難地爬起來。「放心、放心，我這就回去同許老爺說。」說完也不管江家人什麼反應，一瘸一拐地跑向前頭，自己撐著開了門板，鑽上馬車才鬆了一口氣。

「快，去許府！」

江家後院此時極其安靜，老江頭和江老太心裡十分後悔，當初怎麼就不知道那許遠就是找牙婆的人呢，怪不得……怪不得雨橋那麼害怕。

林景時出聲喚了一聲。「雨橋……」

江雨橋聽到他的聲音一顫，揚起笑臉。「林掌櫃坐下吧，爺奶也坐下，我同你們說說許遠。」

幾人圍坐在院中，江雨橋自己回屋倒了杯水，大口灌下才覺得自己緩了過來，看著院中的三人，鼓起勇氣開口。

「許遠就是之前想買我做妾的人，但當時他應當不知道要買的人是我，所以那牙婆換了個姑娘送過去，就是……」她看向老江頭。「就是那個要吃咱們家瘦肉魚兒的姑娘。」

老江頭懊惱不已。他什麼都不知道，竟然還讓孫女同他照了面，此時他恨不能回去掐死當時的自己。

江雨橋拍了拍他的手，繼續道：「許遠第二次來就是那日，我一見他就認了出來，所以才躲著、避著，沒想到他竟然……竟然今日派人上門。」

老江頭一拍桌子，轉念又說起那些聽來的事。「我聽說許遠雖然好色，但是從不強人所難，咱們今日拒絕了他，只要日後小心些總能避過去吧？」

江雨橋苦笑著搖搖頭。「他是從不強人所難，只是拒絕過他的姑娘，要麼失蹤，要麼家破人亡……」

林景時深深看她一眼。這些她怎麼會知道的？

江雨橋絲毫不知自己已經露了餡兒，眼前的三人幾乎是重生後她打心底最信任的人，說話也不拐彎抹角。

「今日拒絕他，其實我已經做好了心理準備。爺、奶，若是實在不成，咱們就走，離開縣城，你們可捨得？」

江老太淚流滿面，一拍腿。「妳這孩子說的什麼話，這有什麼捨得不捨得的，人才是最重要的，難不成還能眼睜睜地看著妳進去那火坑？」

得了準話，江雨橋笑了起來。「那咱們還怕什麼，許遠總不會馬上下手，咱們趁這幾個月多攢些錢，然後就跑。」

想到許遠日後得知他們一家提前跑了那一瞬間的模樣，她竟打心底裡泛出幾絲得意來。

林景時就喜歡看她偶爾露出的小壞模樣，癟癟嘴，裝起了委屈。「你們都打算跑了，是要把我甩下？」

江雨橋渾身一麻，皺起眉來，左右瞄了一眼老江頭和江老太呆滯的樣子，輕咳一聲。「林掌櫃說笑了，咱們這只是一個初步的打算罷了，到底如何到時候再說。」

老江頭回過神來，琢磨起方才林景時拉了江雨橋的手，低頭抄起方才甩下的柴火棍指著他。「你剛才幹啥了?!」

林景時吞了下口水。「沒、沒啊。」

江老太跟著站起來，目光如炬。「好啊，沒想到我竟然招了頭狼進門。」

林景時訕訕地笑了起來。「江爺爺、江奶奶，你們誤會了，不是那回事。」

老江頭把柴火棍往石桌上重重一捶。「什麼誤會，你出去！」

那柴火棍應聲而斷，林景時縮了下脖子，哀怨地看著江雨橋。

江雨橋真想給眼前這齣好戲拍拍手，看見林景時的目光，她一挑眉，唇上含著笑，堂而皇之地把頭扭過去。

林景時不敢置信地看著她。「雨橋……」

老江頭把手裡剩餘的半根棍子往石桌上又是一捶。「叫什麼叫？怎麼能叫我孫女的閨名！」

林景時看見老倆口同仇敵愾地站在一邊，仰天長嘆。「雨橋，妳這是翻臉不認人啊。」

江老太見他還敢叫，奪過老江頭手裡的半根柴火棍。「回你的鋪子去！」

林景時依依不捨地一步三回頭，見江雨橋憋著笑扭著頭的樣子，抿了抿唇，成功地被趕出了江家鋪子。

還別說，經過林景時這一插科打諢，江家三口的心情都好了許多。事情沒發生前，江雨橋提心吊膽地擔憂，然而一旦發生了，反而激發出她心底對許遠的反抗。她倒要看看，她能豁出命去，許遠還能拿她怎麼樣！

老江頭和江老太飛快地做好了離開縣城的心理準備，心裡踏實下來，等王衝和賴明回來，他倆都已經研究到要去省城還是去外省了。

賴明只覺得來回一趟怎麼鋪子裡都變天了，極有眼色地沒有作聲，拽起剛睡醒的賴鶯給她換上衣裳，往老江頭和江老太身邊一送，不一會兒就聽見兩個老的笑出了聲。

晌午的時候，林景時又悄悄地摸進鋪子，賴明歡喜地喚了一聲。「林掌櫃來了。」

林景時渾身一抖，看到老江頭刀子般的眼神，咧開嘴。「啊……來了來了。」

老江頭死死盯著他，想從他臉上看出什麼，林景時尷尬地笑了笑，湊上前。「江爺爺。」

老江頭「哼」了一聲，扭過頭去不看他，好歹沒再把他趕出去了，林景時鬆了口氣，看向櫃檯裡憋笑的江雨橋，搖了搖頭嘆息一聲，這小沒良心的。

以往林景時的午飯都是老江頭親自端過去，今日老江頭不去，還攔著王衝和賴明也不讓去，兩個小的在兩人之間糾結一會兒，果斷拋棄了林景時，還是得聽東家的。

江雨橋偷瞄到林景時無奈的臉，一掃大清早被李嬤嬤弄出的壞心情，不顧老江頭的阻攔，親手端了一碗麵放到林景時面前。

「林掌櫃，吃吧。」

林景時彆扭地低下頭不去看她，江雨橋看著他毛茸茸的腦袋，終於理解為什麼林景時總是忍不住摸她的頭，此時她突然好想把他像小樹一樣抱在懷裡搓揉一頓。

她捏了捏掌心才忍住自己蠢蠢欲動的手，又回去盛了一碟涼拌手撕雞絲過來。「這是我剛拌的，林掌櫃幫我嚐嚐味道如何？」

林景時從眼縫裡看了一眼，不情不願地拿起筷子。「成吧。」

江雨橋特地在雞絲上多撒了一把蒜末，林景時一入口就察覺到不對，瞪大眼睛望著她。

江雨橋挑了挑眉，壞心眼道：「怎麼，不好吃嗎？」

林景時瞇起眼睛，吞下口中濃郁蒜辣的雞絲，吐出兩個字。「好吃。」

江雨橋見他臉色都變了，嘟嘟嘴。自己好像有些太幼稚了。

林景時只覺得自己滿身都是蒜味，壓根兒不敢開口說話，站起來朝江雨橋一拱手就要先回去。

江雨橋見他這樣，頓時良心發現，拽住他。「你先去後院等我。」說完不由分說把他推到後院去。

老江頭氣得鼻子都歪了。「雨橋！」

江雨橋朝他眨眨眼。「爺，方才我給林掌櫃的菜裡加了料，如今他怕是不好受呢。」

老江頭哼哼唧唧地把手上的抹布往櫃檯上一抹。「就該讓他不好受！」

「好了，爺，如今我也教訓了林掌櫃，再說方才若不是他，我怕是死的心都有了。」

老江頭一下子拉住她。「雨橋，咱、咱可不能想那些！」

江雨橋彎起嘴角。「爺，放心吧，既然過了方才那個坎，我就不會再去想那些，剛也稍稍招惹了林掌櫃一下，如今我還是去給他道個謝。」

老江頭再不願意，想到孫女的話也只能嘟囔兩句，索性拿起抹布去擦無人的桌子，眼不見心不煩。

江雨橋進了後廚，拿了一小碟花生豆，又倒了一小碟茶葉，端著兩個碟子去了後院。

林景時坐在石凳上，玩著桌上做擺設的幾個石棋子，江雨橋見他坐得筆直，一下子就想笑，輕聲靠近，把兩個碟子放在他面前。

「林掌櫃先吃些這個？」

林景時眉頭微微皺起，疑惑地看著她，也不開口說話。

江雨橋像哄孩子般把花生往他身邊推。「這個多嚼一會兒嚥下去，能……嗯，能去除蒜味。」

林景時嘴巴閉得緊緊的，端起一碟花生悉數倒進嘴裡，復又閉緊嘴巴，兩頰鼓鼓囊囊的，像是一隻偷吃花生的某種小動物。

江雨橋終於忍不住大笑出來，林景時無辜地看著她，努力嚼著嘴裡的花生，他嚼一下江雨橋就笑得更大聲，直到他嚥下去試探著張張嘴，發現那股濃郁的蒜味果然沒有了，清了清嗓子正要說話，江雨橋搶先一步虛掩住他的嘴，咬了下唇，誠懇道：「林掌櫃，方才……多謝你。」

林景時沒想到能聽到這句話，感受到她的手距離他的唇近在咫尺，小心翼翼屏住呼吸，生怕自己的呼吸惹惱了她。

江雨橋說完這句話就縮回手去，有些臉紅地看了他兩眼，撇下一句「我先去忙了」，接著轉身就跑。剛跑兩步回過頭來，看著依然在愣神的林景時，又補充了一句。

「若是你覺得還有蒜味，把那茶葉細細咀嚼了嚥下去。」

林景時的視線不由自主地看向桌上的小碟子。難不成……難不成他口中還有味道被她聞到了?!

林景時憤憤地端起茶葉的小碟子倒進嘴裡，一口下去，苦得自己一抖，心道這小丫頭可真狠。

雖說老江頭和江老太有些不樂意，但不知道江雨橋同他們說了什麼，起碼面上不會趕林景時走了，也不會對他視若未見，只是態度冷淡了許多。

李嬤嬤走了以後的四、五日，江家沒聽到許遠那邊傳來的丁點兒消息，老江頭和江老太鬆了口氣，而江雨橋卻深知不好，許遠一點反應都沒有，怕是已經記恨上了。

想到兩年後那場大災，她嘆了口氣，如今首要還是得先囤糧食。家裡人口一日多過一日，光李牙能頂上三個壯漢的飯量，常去買米、麵的鋪子都知道江家有個能吃的胖廚子，江雨橋每回多帶兩袋米、兩袋麵，壓根兒不會有人發現。

如今家中的小倉庫已經攢了一庫房，趁著許遠這件事，江雨橋把全家人聚在一起。

「爺、奶、小樹，我想多囤些糧食。」

江陽樹剛剛得知許遠的事情，正是心疼姊姊的時候，第一個出聲。「那咱們就囤。」

老江頭看了他一眼，示意他收聲，自己問江雨橋。「雨橋，若是咱們要離開縣城，囤這糧食有何用？」

江雨橋嘆口氣。「如今一切都是未知，也不知道許遠會怎麼做，也許一切是咱們想多了，也許他轉過身就忘了這件小事，可我只怕個萬一，若是咱們避無可避躲回村裡，到時候總得囤些錢與糧食。」

這漏洞百出的話說得老江頭直皺眉，忍了忍繼續問道：「妳的意思是，咱們的糧食要囤到村裡？」

江雨橋苦笑。「縣城這小鋪子能囤多少？村中尚且還有地窖，且長年無人住，不會引人注目。」

老江頭還想說什麼，卻被江老太一拍桌子打斷。

「那就囤！反正如今咱們也不靠那些賣糧食的銀錢度日，留著也好，手中有糧，心中不慌。」

老江頭還能說什麼呢，他也是老農習性，多囤些就多囤些吧！

江雨橋知道自己的話其實並沒有說服他們，他們卻只為那麼一絲絲的可能，答應了這麼大的事情。她垂下眼眸暗暗發誓，一定要保護好自己的親人們。

既然趁著機會說開了，江雨橋也不著急，心中琢磨著等小樹放假時回一趟村，順便還得去鎮上看看李大廚，不知道他知不知曉離家的李牙在他們這裡？

第十二章

這幾日林景時依然淡定地來吃一日三餐，老江頭和江老太對他的態度也軟化不少，起碼今日蒸的燉蛋還知道給他淋上特製的蝦子醬油。

林景時吞著滑嫩的燉蛋，由衷地感嘆。「李牙蒸的蛋還真是嫩滑，也不知道有什麼偏方？」

江老太橫了他一眼。「你想幹啥，難道來騙方子？」

林景時愣了一下，哭笑不得。熱情的老太太冷酷起來簡直變了個人。

他長嘆一口氣，只怪當時自己太衝動，但他一丁點也不後悔。若當時他沒有拉住江雨橋的手，不知道會發生什麼事。

老江頭開始每隔兩、三日回一趟村子，每回都雇驢車，村人見他頻繁回來有些驚訝，老江頭嘆口氣、抹著淚，咬牙切齒道：「那對白眼狼，咱們都已經去了縣城，竟然還讓那個牙婆尋上門。咱們家在縣城無依無靠，我看我還是早些回家拾掇拾掇，說不準哪日還得回村裡尋你們庇護。」

張村長聽了這話呆若木雞，抖了抖唇，指著已經許久不開大門的江家道：「大、大年兩口子？」

老江頭沈重地點點頭。「那牙婆上門來了，不是他倆在背後攛掇，那牙婆怎麼能知道咱們在哪兒？沒想到我千躲萬躲，最後被自家兒子出賣了，造孽啊！」

江大年和羅氏背了好大一口鍋，背地裡多打了好幾個噴嚏。

老江頭心裡冷哼，林掌櫃說了不能讓村人知道是許遠要納雨橋，這等有權有勢的人誰敢反抗，這個鍋就只能甩在那對白眼狼身上了！

老江頭像螞蟻搬家一般，一個月工夫往來村中十多趟，堆得滿滿的小庫房也空了下來。

江雨橋卻總覺得有什麼事她忘了，捶了捶腦袋。

難不成自己真的老了？

孫秀才已經入了縣學，每日只有晚上才回來睡覺，這書畫鋪子是開不成了，猶豫著想賃出去，又怕毀了祖上留給他的最後一點東西，就這麼翻來覆去想了許久，終於下定決心來尋江家。

「我不能對不起列祖列宗，這間鋪子若是賃，總得賃給一個能善待它的人，若是江老丈願意，就賃給你們如何？」

老江頭說不心動是假的，偌大一間鋪子一個月才三百錢，唯一的要求就是給他留一個房間睡覺，再加上一日早晚兩頓飯。

江雨橋抿抿唇，如今的鋪子的確是有些小了，一到飯點連下腳的地方都沒有，鋪子裡外都擠滿了人，想短時間內掙錢，擴張也是個好法子。

她同老江頭對視一眼，出聲問道：「孫大哥，你這鋪子要賃多久，我怕咱家賃不了那麼久。」

孫秀才倒是無所謂。「我本就沒打算靠它掙錢，就是覺得鋪子空的時間長了就沒人氣了，再說咱們相處這幾個月，不是家人勝似家人，我想賃給你們，其實也是整日回來沒個熱乎勁兒，略有些寂寞。這鋪子你們想賃多久，那我就賃多久。」

老江頭感動得都要抹眼淚了，拉著孫秀才的手使勁拍著。

江雨橋一咬牙。「那我們就賃。只是這往來十分不方便，能否在兩家相連的牆上開個小門？」

孫秀才點點頭。「開門無所謂，反正還能堵上，只是有一點，莫要在鋪子裡做些太過油膩的東西。」

江雨橋抿抿唇應下。「孫大哥放心，所有的吃食還是在這個廚房做了端過去，不會染上油煙的。等到咱們不賃的時候，就把地上的青石板全都換一遍。」

孫秀才徹底放下心來，拉著老江頭和江雨橋簽了契，小心地收起鋪子裡的字畫、紙張，窩回自己的房間萬事不管。

江家馬上開始著手砸牆，書畫鋪子的大門徹底封了起來，進出只能通過那道砸開的四人寬的門，錯落有致地擺上幾盆花草盆栽、幾簇勁竹，頗有些風雅，同原本江家鋪子的煙火氣息大有區別，卻又神奇地融合在一起。

這下子一些書生們也願意過來了，雖說江家鋪子出名的味道好、菜色新，但他們本不欲與大老粗們擠在一起，如今可好，坐在窗邊自飲自斟，點上幾樣小菜，甚是愜意。

賴明主要負責這一邊，他年紀小又機靈，書生們說的話也能接上幾句，白日努力地吸收著他們的話，到了晚上同江陽樹學習完後，再自己認真回味這一整日接受的訊息，剔除一些糟粕，不幾日工夫就進步得飛快，連孫秀才和江陽樹都嘆為觀止。

兩間鋪子漸漸上了正軌，天氣也慢慢熱了起來，江老太終於有機會完成當初的諾言，給林景時做一件夏衫，用的正是林景時送來的料子。

江老太選了半日，還是選了一塊月白的，嘴上還嘟囔道：「怎麼林掌櫃就愛穿些素的，好看是好看，就是瞧著不鮮活。」

江雨橋安撫道：「月白的顏色泛些藍，瞧著清爽又文雅，正適合林掌櫃，只要不是純白色的，哪有什麼鮮活不鮮活一說。」

江老太撇撇嘴。「那可不，再怎麼著我也不能給他做那喪氣的白色，咱們林掌櫃個子高、長得好，穿白可白瞎了。」

江雨橋被善變的江老太逗笑了，這兩、三個月就從橫鼻子豎眼的又變回「咱們林掌櫃」了。

她剛要開口，腦海中卻有一絲什麼閃過，她忍不住皺緊眉。

江老太見狀，擔憂地上前。「雨橋，怎麼了？」

江雨橋搖搖頭沒說話，揪住腦海中那一絲線往外慢慢拽著。

她到底忘記了什麼呢？

林景時正巧這時候踏進來，看到沈思的江雨橋和焦急的江老太，上前問道：「出何事了？」

江老太被突如其來的聲音嚇了一跳，回身看是他才鬆口氣。「我也不知曉，方才不知道說了什麼，雨橋突然就這樣了。」

林景時神情一肅，俯下身子輕聲詢問。「雨橋，妳在想什麼？」

江雨橋抬頭看了他一眼，看到他眼底隱藏的關心，心裡一動，又想到他的身分，突然恍然大悟，再看向他的眼神又是一變。

江老太見孫女像是緩過來了，忙開口問道：「雨橋，怎麼了？」

江雨橋笑了笑。「奶說什麼呢，只是您方才說林掌櫃穿白色不好看，我低頭琢磨呢，正巧林掌櫃進來了，我打量一下，果然純白不好看，還是月白的好。」

江老太長吁一口氣。「妳這孩子就是一驚一乍的。」復又把心提了起來，難不成自家孫女把林景時放在心上了？

這下更憂心了，看見兩人站在一起她就眼睛疼，站在兩人之間把他倆隔開。「成成成，月白就月白，林掌櫃快去試試我給你做的夏衫。」

林景時來不及說什麼就被江老太拖走，江雨橋心裡嘆氣。這件事……還是得同林景時說才成。

江老太一直把兩個人隔到吃完晚飯，林景時一走，今天就鬆快了。

只是萬沒想到她收拾碗筷去後廚那麼一閃神的工夫，出來就看孫女同林景時雙雙不見了，她一把扯住身邊的江陽樹問道：「你姊呢？」

江陽樹疑惑地看著她。「姊說尋桑姨有事，同林掌櫃一起出門了。」

江老太一聽心裡直打鼓，怎麼聽著是孫女主動的？

不管江老太在想什麼，江雨橋與林景時極有默契地同時停下腳步，站在黑暗中。

江雨橋想了許久，才開口問道：「林掌櫃，你的繡莊裡賣棉麻布嗎？」

林景時下意識地「嗯」了一聲，才開口反問。「妳問這做什麼？」

江雨橋深吸一口氣。「我想問你縞色的棉麻布可多？」

「縞色？」看到江雨橋認真地點點頭，有些納悶道：「縞色這種平日用得最少，自然不是很多。」

江雨橋湊近他，扯著他的衣袖拉了拉。林景時配合地低下頭，只看到小丫頭左右看了看，踮起腳尖把唇湊到他耳邊輕聲道：「林掌櫃，我想同你合作一樁買賣。」

林景時感受到她溫熱的氣息噴在耳邊，愣了一下，掩飾般飛快道：「什麼買賣？」

江雨橋聲音更小。「我聽人說辰妃娘娘病重，如今已十分不好，陛下與娘娘鶼鰈情深，若是娘娘真的去了……」

林景時心中那點旖旎心思霎時間消失了，他直起身來，瞇起眼睛看著江雨橋，許久才開口問道：「妳聽誰說的？」

江雨橋心中早有盤算，小聲回道：「就是昨日前來喝酒談天說地的幾個書生，我本以為是什麼宮廷秘史，就聽了一耳朵，本沒當回事，直到今日奶給你做衣裳時，說起什麼白不白的，我才反應過來。若真的辰妃娘娘去了，那縞素定然是家家都需要，不若咱們提前多囤些？」

林景時定定地看著她，聲音有些沙啞。「就算是娘娘去了，那也不至於國喪，後宮中非太后、皇后，皆非國喪。」

江雨橋抿抿唇。她也知道這個道理，可是前世……天剛入秋，陛下旨意就傳遍天下，人人都要服二十七日孝……當時她正是謹小慎微、稀裡糊塗度日的時候，被老嬤嬤抓著套了素服，過了就忘了。若不是今日江老太跟她討論衣裳顏色，她怕是徹底地想不起來了。

她嘆了口氣。「我聽幾個書生之言，怕是陛下對辰妃娘娘用情至深，先帝的賢妃也曾有過國喪先例，家家布坊、繡莊中囤得最少的便是縞色棉麻布了，咱們只要稍稍囤一些便占得先機。」

林景時聽她肯定的語氣，心中不由起疑。

如今在京城，辰妃娘娘的事雖說不是什麼秘密，可這遠在魯地的縣城，又怎麼會有幾個書生談論？

魯地乃是孔孟之鄉，此處的書生素來清高，這等後宮是非、家長裡短，哪怕在人後議論一番，也不會在食鋪這等大庭廣眾之下來提。

他深深地看了江雨橋一眼，昏暗的月光照在她的眼睛上，閃爍著期待的光芒。

他長嘆一口氣，渾身放軟，伸出手揉了揉她的頭髮。「妳想怎麼合作？」

江雨橋一聽，也詫異地瞪大眼睛。她還準備了一肚子話和理由要說，沒想到林景時竟然如此輕易就問要怎麼合作。

她吞下到嘴邊的話，沈吟片刻，窺著林景時模糊的臉色才開口。「這段日子生意尚可，家中有幾分餘錢，只是我尋不到大量買布的路子，林掌櫃若是有路子，我出銀子，事成後分你三成利如何？」

林景時見她這兩眼放光的財迷樣，忍不住想笑，認真同她算起來。「我有銀子也有路子，為何要妳的三分利？」

江雨橋愣住，腦子裡飛快地轉起來，憋了半日才憋出一句。「那個……要不五分？」

她那割肉的樣子取悅了林景時，他壞心眼地學著她的樣子咬咬牙。「五分利啊……妳打算出多少銀子？」

江雨橋有些羞澀。雖說這幾個月家中掙的錢不算少，但全都拿出來怕是太冒險。她聲音越來越小。「我如今只能拿出一百兩銀子來……」

一百兩？林景時挑眉，看來這小丫頭是篤定要有國喪了。

他深深地看了她一眼。「一百兩就一百兩，這買賣我做了。」

江雨橋飛快地從懷中掏出一百兩的銀票塞進他手裡，生怕他反悔。「既如此，這錢就全交給林掌櫃了。」

林景時捏著銀票，看著江雨橋殷切的眼神，認真地點點頭。「妳放心，等進了布我同妳說。」

江雨橋眼睛都亮了，「嗯嗯嗯」地應下，像小雞啄米一般。

林景時捏住手忍了又忍，才沒伸手點她的腦袋，把銀票裝入袖袋中，低頭問道：「跟我回去寫個契？」

江雨橋咬著下唇，糾結片刻點點頭。「那便去吧，只是這件事還請林掌櫃莫要同我家裡說。」

林景時沒有詢問她為何要隱瞞，帶著她回了鋪子，桑掌事像是已經習慣了一般，對她打招呼。「雨橋來了。」

這四個字讓江雨橋莫名心虛，紅著臉支吾過去，坐在那兒捧著茶杯，等著林景時寫契約。

一式兩份，江雨橋拿到後認真看了一遍，覺得沒有問題，便提筆寫下自己的名字，期待地看著林景時。「那這件事就託付給林掌櫃了，我先回去了。」

話音剛落就逃一般地跑出去，桑掌事在身後「哎哎」兩聲都沒攔住她，回頭有些疑惑。「雨橋今日是怎麼了？」

林景時含笑看著門外。「大概是面對桑姨有些不好意思吧。」

「啊？」桑掌事一臉茫然，想繼續問又不敢問，只能自己皺起眉來思索。

林景時卻上前關上門，對她道：「辰妃的事已經傳過來了。」

說到正事，桑掌事也一下子嚴肅起來。她低下頭沒說話，等待林景時的後續。

林景時嘆口氣。「這國喪之事本是娘娘在背地裡暗暗推動的，不知為何連雨橋都知道了。」

桑掌事瞪大眼睛。「主子是說，雨橋知道要國喪了？」

林景時沒有再說話，坐在一旁不知道在想什麼。

桑掌事看著他挺直的背，在昏暗燈光中眼神忽明忽暗，突然感覺一陣寒冷，打了個冷顫。

江雨橋喜孜孜地回了家，心中估算著這次能掙多少錢？

她知道前世縞素棉麻布有多麼緊缺，哪怕給林景時五成，怕是起碼也能掙上二、三百兩，一下子頂上鋪子幾個月的純利了。

許遠那邊還安靜得很，但江雨橋卻越來越擔憂。以她對許遠的了解，一件事拖得越久，也就說明他越放在心上。

一時喜一時憂，江雨橋轉過日就讓王衝去尋了張中人過來，悄悄問他。「張叔，縣城中可有那種便宜又隱蔽的小院子賣，只要兩、三間屋子便成，最好有地窖，或者有小塊地，我想安置村中來投奔的親戚。」

張中人琢磨半日應下。「這一時半會兒不怎麼好找，給我幾日吧。」

江雨橋點點頭。「只是我這親戚有些……私密事，還請張叔替我保密，這房子誰買的、買來做什麼的，誰也莫要說。」

張中人疑惑地看著她。「跟妳家裡人呢？」

江雨橋抿抿唇。「此事只有我爺奶知道，多一個人知道多一張嘴。」

張中人了然，怕是這人在村中出了什麼見不得人的事了，他一個做中人的，既然客人要求，那麼保密自然是重中之重。

江雨橋塞給他一兩銀子定金，又給他端了一桌菜，口中謝過他給他們尋了這麼好的鋪子，一切只像是請他過來吃個飯一般簡單。

辦完了這樁事，江雨橋才把心放下來。果然不到一個月，就傳來辰妃娘娘病逝的消息，江雨橋的心狂跳，看著淡定地坐在那兒吃麵的林景時，一個勁兒地朝他使眼色。

這一幕正巧被出來的江老太看了個正著，心底涼颼颼的。奶奶的大孫女喲，怎麼如此、如此的……不矜持……

好不容易給江雨橋逮到機會，覷著林景時站起來要收拾碗筷的工夫，大吼一聲。

「林掌櫃，把碗筷拿到後廚去！」

林景時一愣神，就見江雨橋已經率先掀開簾子進了後廚。他搖搖頭，端著碗筷跟上去。

江老太看見二人一前一後進來，再也捺不住心底的憂慮，扯過江雨橋小聲詢問。「雨橋，妳和林掌櫃是不是有些太過親近了？」

江雨橋心裡正著急，冷不防聽到江老太這話，看了一眼正在乖乖刷碗的林景時，抿抿唇。「奶，我尋他是有正事，您想多了。」

江老太見問她也問不出來，只能把到嘴邊的話壓在心底，看著洗淨碗的林景時抽出一塊帕子，慢慢擦乾淨指尖殘留的水漬，朝著祖孫二人一笑。

江老太嘆口氣。就這模樣擱村裡，能讓十里八鄉的姑娘們惦記上，自家孫女能看上他也不奇怪。

江雨橋上前把林景時帶到角落，李牙做菜的聲音完美地掩蓋住二人交談的聲音。

林景時早就知道她在想什麼，低聲問道：「妳是想問我棉麻布準備好了沒？」

江雨橋點點頭，期待地看著他。

林景時也認真回道：「是準備好了，但如今不是拿出去的時候，若是真如妳所說有國喪，那麼大概三、四日就會傳來消息。這幾日我要出門一趟，回來時差不多城中的布已經賣光了，那時咱們再開門賣。」

江雨橋一下子被他的話奪去了心思。「你要出門？」

林景時笑了笑。「有些生意上的事情，我這個行當每年總要有一、兩次出去看布收貨的。」

這倒也是，可自從進了縣城這大半年，林景時日日在他們身邊，與江家所有人的感情都很深厚，冷不防說要離開一段時間，江雨橋心中著實有幾分不捨。

此時的她已經無心去計算自己的一百兩銀子最後能變成多少錢，滿心滿眼都被林景時馬上要離開的消息占據。

到晚上吃飯時，全家人都知道了，氣氛一下子低落起來。江陽樹拉著林景時的袖子，像個小尾巴一樣跟前跟後，看得林景時心中軟得一塌糊塗，乾脆同他坐在一起說起悄悄話來。

江雨橋悵然若失地看著窩在一起的林景時和弟弟，長長嘆了口氣，拍了拍正把頭埋進湯碗裡的李牙。

「李牙哥，咱們去商議給林掌櫃帶些什麼吃的。」

李牙壓根兒沒嘴說話，嘴裡鼓鼓囊囊地塞滿了饅頭，剛吞下一大口湯，頭都不敢動，生怕湯從嘴角溢出來，費了好大的勁嚥下去，不捨地看了看桌上的剩菜，堅定地拒絕。「不，我要吃飯。」

「……」江雨橋冷笑一聲。「這才吃八個乾糧、七個包子、三大碗麵，李牙哥可是得多吃點。」

李牙沒來由地渾身一抖，那股熟悉的感覺又出現了。他捧起碗「咕嘟咕嘟」把湯灌下去，追向往後廚走的江雨橋。「等等我！」

江雨橋沒理李牙，小心地撥開灶火，倒了一袋花椒在鍋中烘著，不一會兒工夫就飄出了鮮麻的味道。

她把花椒鏟出來，又在鍋中加了一大塊鹽繼續烘，這才看了一眼站在身邊的李牙。「李牙哥，把昨日買的牛肉拿來。」

李牙一哆嗦。「那牛肉可是極其難買的，好容易才買上十斤……」

江雨橋看著鹽已經微微發黃，快手把鹽舀進方才盛花椒的盆裡。「這次做了也不全給林掌櫃帶走，咱們自己也嚐嚐鮮。」

李牙這才嘟著嘴，滿心不樂意地去後院把掛在井底的牛肉拽上來。

江雨橋拿起牛肉，切成男人拳頭大小的塊，每塊上面劃上幾刀，也不洗去血水，直接把鹽和花椒抹在牛肉上，切上薑片、蔥段，倒些酒揉勻，給肉按摩片刻，再裝進一個盆裡遞給李牙。「再去吊井裡吧，醃好了咱們再做。」

李牙驚訝地看著她。「這牛肉不用洗？」

江雨橋搖搖頭。「這血腥味醃過後有一種獨特的香味，若是洗了、泡了，總感覺味道有些不對。對了，這肉上面最好壓一塊石頭。」

這下子李牙更是期待起來，一切依照她的吩咐做好，晚上覺都睡得不踏實，只想等著第二日看看這牛肉能有什麼神奇的變化。

一大早，不等江雨橋喚他，李牙就把牛肉拽了上來。江雨橋看了一眼，牛肉鮮嫩的血色已經變得暗沈，她用手清了清上面沾著的花椒、蔥、薑，直接扔進鍋中加涼水，大火燒開，待鍋中滿是浮沫後把牛肉撈出，用溫水洗乾淨，開始調黃醬。

乾黃醬塊用溫水攪拌化開，濾去醬渣，這時鍋中換了的水也燒開了，江雨橋把洗淨的牛肉扔進去，加入蔥、薑、花椒和中藥店買的肉蔻、砂仁、丁香等等十來種藥材，再把過濾好的黃醬倒入，大火燒開後就轉小火，不再去管它。

隨著牛肉慢慢地燉煮，濃郁的肉香瀰漫整個後廚，調皮地鑽過門簾，纏繞著整間鋪子，連路過門外的人都被這香味吸引過來，拉著老江頭問：「江老丈可不地道，家中有這麼香的東西也不早早拿出來。」

老江頭壓根兒也不知道江雨橋在做什麼，只知道是牛肉，可是這香味也太霸道了，他吞了吞被引出的口水，對客人攤手。「我也想知道後面在做什麼，無奈被趕出來了，非說是秘密。」

這話誰會信？一頓鬧哄哄的吵鬧後，一群人還是乖乖等著，就著這香氣多吃了幾碗飯。

這一燉就燉了一個多時辰，江雨橋熄了火，也不把肉撈出來，甚至連蓋子都不開，讓肉泡在肉湯裡自然變涼。

李牙真是苦等一晚上加一上午，眼看這肉都關火了還不能吃，急得他抓耳撓腮的，嘴裡嘟嘟囔囔地幻想著這肉到底是啥滋味，終於忍不住磨蹭到江雨橋面前。「雨橋，妳就舀口湯給我嚐嚐唄！」

江雨橋無語望天。「李牙哥，這湯相當於滷汁，喝的話怕是會鹹死。堅持一下，明日就能吃了。」

這話還不如不說呢。李牙一聽明天才能吃，簡直像被從天而降的雷劈中，肥壯的肩膀一下子垮下來，整個人的精氣神都沒了。

江老太看不得李牙這模樣，上前拉住李牙，瞪了江雨橋一眼，轉過頭哄他。「莫要著急，方才剛送來的新鮮骨頭，晚上咱們燉一大鍋醬骨頭吃可好，跟這個不是一樣的味嘛？」

李牙收拾起稍稍被安撫的心，努力彎著身子，把大腦袋靠在江老太肩膀上撒嬌。「還是奶奶疼我。」

江老太感覺被一個龐然大物壓住肩膀，艱難地抬起手，摸了摸他的頭。「乖孩子，快去做飯吧。」

李牙又蹭了兩下才直起身子，對江雨橋「哼」了一聲，回身抽出一塊剛送來的骨頭，手起刀落「咄咄」剁成適合醬大骨頭的小塊。

江雨橋看著眼前宛如親祖孫的兩人，莫名其妙覺得自己被針對了，又覺得這一切如此好笑，洗了一塊棉布，小心圍在牛肉鍋口的蓋子縫隙上，站起來對李牙喊了一句。「李牙哥，你可別偷吃啊！」

江老太「嘖」了一聲，又瞪了她一眼。江雨橋憋住笑，腳底抹油溜出後廚。

一出後廚尚來不及收起臉上的笑，江雨橋就被一雙雙眼睛盯住，她的笑容僵在臉上，不明白發生了什麼事。

站在櫃檯旁的林景時輕咳一聲，上前把她半遮在身後，擋住眾人的視線，低聲問道：「雨橋，妳在做什麼呢？這香味引得大家夥兒都不能安穩吃飯了。」

江雨橋這才恍然大悟，轉而狂喜。她眯起眼睛露出得意的神情，特意抬高聲調道：「這不是最近想做些滷味嘛，今日先開一鍋滷，若是味道好的話，過幾日再正式開始滷，咱們也養一鍋百年老滷。」

鋪子裡的眾人頓時來了興致，紛紛開口：「妳家這滷的滋味怎麼同別家不同？是不是什麼都能滷？」

江雨橋點點頭。「葷的肉、素的豆腐，咱家般般樣樣都滷一些，到時候價格高低葷素搭配，客人們想吃什麼都成。」

得了準信的眾人這才心滿意足地結帳離開，林景時悄悄對她莞爾一笑。「就妳機靈。」

江雨橋傻乎乎地摸了摸腦袋，咧開嘴開始盤算這滷肉的價格應當如何定？

這意外之喜倒是沖淡了林景時即將離去給江家人帶來的離愁，晚上吃過飯後，一大家子就聚在一起討論起這滷味的買賣。

縣城裡有兩、三家專賣滷味的老店，這些自然不是江雨橋的競爭對象。她細細詢問過林景時，知道幾樣招牌菜的定價，索性每樣只比他們少兩、三文，卻比普通小鋪子裡的醬肉貴個一、兩文。

孫秀才一時興起，鋪上紙寫了四個大字「百年老滷」，可把江家人笑得腰都直不起來，他卻一臉認真。「我這可是搶占先機，等到百年後這滷名揚天下之時，我還能跟著沾沾光呢。」

林景時輕哼一聲。「孫秀才倒是慣得喜歡搶占先機。」

江雨橋一下子想到二人之前的對話，臉沒來由地一紅，瞋了他一眼，轉頭對摸不著頭腦的孫秀才道：「明日咱們就先去定個滷缸，就把孫大哥這幾個字刻在缸上！」

江陽樹探過頭來。「姊，那咱們這缸滷水名字就叫百年老滷唄！」

一家子被他這話逗得徹底趴在地上，賴鶯還聽不太懂大人間的笑話，跑來跑去地揉揉這個的腰、捶捶那個的背，喜得江老太把她撈在懷裡一頓親。

轉過日一大早，所有人都齊聚在鋪子中，江雨橋緩緩打開牛肉鍋的蓋子，想像中沖天的香氣並沒有出現，李牙皺皺鼻子。「煮的時候那麼香，如今可一點也聞不到。」

江雨橋沒說話，小心地把牛肉一塊塊撈出來放進盤子中，輕輕攪了攪已經結了凍的滷水汁，對李牙道：「李牙哥，把幾個腿骨頭扔進這滷水裡燉一鍋湯，再放一塊汆了水的五花肉進去慢慢養，咱們要養就養好，以後每日都要煮沸一、兩次，千萬莫要沾了生水。」

李牙還是頭一次接觸滷味，聽到心裡去，小心地點點頭。「那缸咱們得早早訂下，這鍋還是有些小。」

老江頭接話道：「這好說，待會兒我同衡小子給碼頭送完貨就去訂。」

江雨橋嘆口氣。「待會兒咱們先炒一鍋糖色水加在滷水裡，顏色才鮮亮，想想那滋味，我都餓了。」

李牙感同身受地摸摸肚子。「我也餓了。」

江雨橋起身去後廚拿了案板和刀，從碟子裡撈出一塊放在案板上。「李牙哥，你看這牛肉是有紋路的，咱們橫著切，這牛肉口感才好。」

這個李牙還是知道的，他仔細觀察了一下牛肉，拿起刀來「唰唰」幾刀切成薄片，挾起一片，不規則的透明山形筋膜摻雜在醬色肉片中，像一幅清透的山水。

李牙尚未說話，孫秀才已經兩眼放光，抖著唇想吃又有些不好意思，看著那肉直吞口水。

江雨橋看了看鋪子裡的人數，讓李牙切了四斤牛肉片，調了一碗秋油蒜泥麻油的蘸汁，把一大盤肉片往桌上一推。「咱們今日就吃這個吧。」

所有人都下意識地吞了下口水，李牙眼睛都紅了，飛快地把蒸好的饅頭拿出來。「今日不煮麵了，就吃乾糧吧。」

誰也沒有異議，這滷牛肉裹滿了蘸汁，夾著饅頭吃，連賴明都顧不得心底的尊卑，頻頻伸筷子去挾肉。

幾個人不一會工夫就把四斤肉吃完了，所有人都有些戀戀不捨地放下筷子，孫秀才低頭看了一眼鼓起來的肚子，哀號道：「吃得如此飽足，怕是都沒心思念書了。」

江雨橋橫了他一眼。「我看大家吃得不夠盡興，晚上還想做個肥瘦夾雜的臘汁肉呢，再用剛下來的新麥子磨成的麵粉烙些饃夾著吃，比乾吃醬牛肉可香多了，既然孫大哥如此說，晚上單獨給你做一份清淡些的飯。」

孫秀才雖然沒吃過，但是一聽口水都要下來了，急忙出聲阻攔。「哎哎哎，別呀，不是，哎我不是那個意思，哎哎哎。」

江雨橋假裝沒聽見，收拾碗筷就要往後廚走，孫秀才看了看天色快來不及了，急得喊住她。「雨橋，晚上等我回來再吃那個什麼肉啊！」

話音剛落，不待江雨橋拒絕，就一呲溜地竄出鋪子，慌忙往縣學趕去。

江雨橋一回頭就看見他的背影，三兩步就不見了身影，嘟囔一句。「孫大哥在咱們面前是越來越不把自己當成個讀書人了。」

老江頭一拍手。「那是！我這小友啊，如今可甚是接地氣，我還記得頭一回見他的時候，差點把我的頭給說大了，滿嘴的之乎者也。」

有那剛踏進門買包子的客人正巧聽到老江頭的話，順嘴接了一句。「喲，江老丈還會之乎者也呢！」

老江頭撓了撓頭。「我也就知道這四個字了。」

林景時忍住笑，問向江雨橋。「今日妳去後廚忙滷味，還是我來算帳吧？」

他一說話，江雨橋又想起他明日就要走了，臉色有些失落，深深地嘆口氣。「我一直沒問，林掌櫃大概要去幾日？」

林景時愣了一下，垂下眼眸。「出門在外哪裡有個準，快則半月，慢則……兩、三個月也是有可能的。」

「兩、三個月？」江雨橋的心情一下子低落下來，喃喃說道：「竟是要去如此久……」

林景時見不得江雨橋這樣子，摸了摸她的頭。「莫慌，我已經同桑姨說好了，若真有國喪，我又沒來得及回來，那消息傳來十日後就開始拋售棉麻布，怎麼都耽誤不了妳掙錢的。」

江雨橋真是要被他氣死，伸手扒拉下他的手。「誰是為了錢！」

林景時一挑眉。「那是為了什麼？」

江雨橋被堵住，半晌才咬牙切齒地哼了一聲。「沒錯，我就是為了錢！」

這一整日江雨橋做什麼都不得勁，直到李牙纏著她做臘汁肉才回過神來。她把已經加了腿骨燉成濃湯的老滷汁加入新的藥材和調料，扔了幾塊五花肉和帶肥肉皮的豬腿肉繼續熬煮。

一個時辰後撈出來，用筷子一戳，發現肉已經軟爛，讓它們用熱燙的油封住溫度，拿過半發未發的麵來下劑子，成牛舌狀的麵片，對折一下再由下至上捲起，按扁壓平成小圓餅。鍋中不加油，直接放進去小火烙熟，兩面焦脆金黃，內裡鬆軟香甜的饃饃就做成了。

孫秀才好不容易熬到下學，還特地拐去私塾接了江陽樹一同回來，生怕江雨橋真給他做了兩樣飯。進了鋪子看到一桌散發著麥香的饃饃，心裡暗自歡呼一聲，乖巧地坐在桌子前面等著。

江雨橋見他這樣子好笑，陰沈了整日的心思也活泛過來，親自剁了一塊肉，澆上一勺滷汁，把饃饃切開塞了進去遞給他。「孫大哥先來嚐嚐。」

孫秀才覺得自己太幸福了，瞇著眼睛咬了一口，肉汁四溢，肥而不膩，瘦而不柴，一吃下去，口中餘香久久不散。

他這麼愛吃肉的人都忍不住感動得要哭出聲，抬著晶亮的眼睛看著江雨橋。「還要！」

林景時怎麼就看不慣他這副樣子，抿抿唇撿起一個饃饃塞給他。「雨橋今日累了，你自己剁吧。」

孫秀才哪裡會這個，眼珠一轉，盯上正在吃肉夾饃的李牙，訕笑著湊上去，哄著李牙給他剁了一大堆肉，自己想挾多少挾多少。

酒足飯飽後，江雨橋看著燈光下含笑的林景時，心中的不捨蔓延開來，忍不住出聲喚他。「林掌櫃。」

林景時抬眼看向她，視線相交，江雨橋心裡一悸，咬了下唇才找回自己的聲音。「明日給你帶些東西在路上吃。」

林景時點點頭。「要我同妳去後廚嗎？」

江雨橋剛要答應，李牙卻大聲插話。「哪裡需要，我去給你搬出來，反正早晚得往外拿。」說完站起來就去了後廚，等江雨橋反應過來時，眼前已擺滿了給林景時準備的吃食。

林景時看著她恍神的模樣失笑不已，隨手撿起一個點心正要問她，一看卻愣住，深深地看著江雨橋。「雨橋，這……是什麼？」

江雨橋回過神來，看著他手中巴掌大小的點心，笑道：「是桃酥呀！用油紙包著能保存一段日子呢。早晨起來若是你懶得吃早飯，吃些這個墊墊也不錯。」

林景時瞇起眼睛。「桃酥啊……」

江雨橋絲毫沒有察覺他的異樣，一樣一樣指給他看。

「這一罈子是孫大哥當初考試時帶的肉醬，上面用油封住了，只要不沾生水能保存許久。這是烤的乾糧片，乾乾脆脆的，烤的時候塗了油、撒了鹽，也有滋味。這是今日才做成的醬牛肉，其實一開始應當醃個兩、三日的，但是來不及了，才醃了一晚上，總覺得味道有些……」

林景時的心在她一句句的叮囑中漸漸軟了下來，壓下心中的懷疑。

江家……在江雨橋說了國喪後，他就派人去查過，身家極其清白，那小小的村子幾乎沒有秘密，他甚至能勾勒出江雨橋短短十四年的人生，這樣的江雨橋是他不願去懷疑的……

江雨橋自己說了半晌，沒聽到他的回應，疑惑地抬頭看他。「林掌櫃？」

林景時收起滿腹的心思，露出笑容。「只是心中有些不捨罷了。」

江老太嘆口氣。「誰說不是呢？咱們日日在一處，冷不防要分開，我這心裡也不好受，林掌櫃可得早些回家。」

林景時認真地點頭。「我一定早日回家。」

第十三章

林景時天尚未亮就出發了，一大早江雨橋打開鋪子門，久久不見那個熟悉的身影出現，嘆了口氣，無精打采地坐在櫃檯裡算帳。

幸而張中人的到來讓她打起精神，張中人悄悄塞給她一張契，小聲道：「都買好了，這就是房契，妳看看什麼時候跟我去趟衙門改名字？」

江雨橋微微皺眉。「張叔，若我只想要白契可成？」

張中人愣了一下才點頭。「這自然是看妳意願，只是白契沒經過官府，總是沒有紅契讓人放心。」

江雨橋搖搖頭。「無妨，我信得過張叔。」

張中人有些感動，拍了拍胸脯。「妳放心，張叔做中人給妳保了，這小院定不會出什麼問題。」

江雨橋摸出二兩銀子遞過去。「既如此那就多謝張叔了，這件事萬萬要保密，誰也不能說。」

張中人堅定地點點頭。「這件事就爛在我肚子裡了。只是……雖說妳把所有的事情都交給我決定，好歹妳也得知道這小院在哪兒吧？」

江雨橋呆住，傻乎乎地問張中人。「我、我沒問過？」

張中人看著眼前的傻孩子，不知道說什麼了，指了指那張契。「成了，我都寫在上面了。妳呀，心真大。」

江雨橋不好意思地笑了笑，把那張契塞進懷中，張中人又遞給她一串鑰匙。

「有空妳自己去看看，現在快些給我上一份妳家的滷肉吧，昨日都在老客人間傳開了，非說妳家滷肉滋味聞著就不一般。」

江雨橋脆聲應下，把剩下的一斤牛肉切了半斤遞過去，想著林景時帶走的五斤，也不知道他能吃多久。

沒有林景時的日子還是得照樣過，只是每日吃飯時總覺得缺了些什麼。

江陽樹悶悶不樂地放下碗。「林掌櫃不在，我上回同他說的書還沒說完呢。」

老江頭也跟著放下碗，默不作聲。

江雨橋哄道：「爺，過幾日您還是回一趟村裡吧。」

說到這件事，老江頭也嚴肅起來，想到又堆了一半的小庫房，道：「我估計三、四日後再回去一趟就成，咱們的三畝地也快收租了。」

這個江雨橋還真不知道，江大年家沒有地也不種地，去了許府更別提了，她一時來了興致。「爺，租子是怎麼收的？」

老江頭倒了杯水，看著眼睛因為好奇發亮的兒孫們都看著他，心裡也高興起來。「咱們家一共就三畝地，算的是二八分成，滿打滿算能收一百五、六十斤的糧食，這些換成銀子也成，直接收糧食也成。」

江雨橋同他對視一眼，都明白了對方心中的想法。如今正是要囤糧的時候，一百五、六十斤的糧食，一家四口也能吃上兩、三個月了。

這件事就這麼輕輕揭過，孫秀才又纏著老江頭問了許多秋收時的問題，江陽樹和賴明在旁邊聽得津津有味，最後孫秀才大手一揮。「你二人今日就先寫一首關於稼穡的詩來。」一趕著兩個孩子一起回了他的書房。

老江頭和江老太見三人一起扎堆做學問，高興得不得了，招呼著又是端點心、又是倒水的，江雨橋恍惚地看著熱鬧的家，思緒卻飛到不知身在何處的林景時身上，也不知道如今他找到投宿的客棧沒有……

第二日江雨橋還是拿著鑰匙，抽空去了一趟張中人給她買的小院。

這小院隱藏在城北的民宅中，江雨橋這種不熟悉路的人轉了好半晌才找到。她看了看天色，馬上就要到晌午那波忙碌的時候了，心裡擔憂回去的時候能不能趕上，一邊嘆口氣，打開院門。

安靜的小院像是在靜候它的主人，張中人果然可靠，這小院滿足了江雨橋一切的需求。

她轉了一圈，只能感慨一句「麻雀雖小，五臟俱全」。最關鍵的是它的地窖竟然不是在院中，而是在東間地下，且挖得極深。進了東間，踩在地上絲毫感覺不出下面還有個地窖，到時候入口處稍微掩飾，再放上個櫃子，怕是誰也看不出。江雨橋滿意極了，這是她為自己一家留下的最後一條退路了，只希望日後一輩子也用不上它。

她小心地鎖好院門，又觀察了一下四周，四下安靜，一絲聲音都沒有，一棵挺直的樹站在胡同門口同她面面相覷。

江雨橋看了那樹許久，低頭掩唇輕咳，真是昏了頭了，看到這麼一棵樹怎麼都能想到林景時呢？

她忍不住又看了一眼那樹，使勁晃了晃腦袋，自己怕是……真的想他了。

此時林景時早已拋棄了出門時坐的馬車，褪去淡色華服，一襲低調黑衣，面容冷峻，騎著馬疾馳在山路上。冷不防一隻肥兔子從狹窄的山路竄過，他勒住馬，視線隨著肥兔子定定地看了一會兒，直到身後的人追上。「主子？」
林景時收回視線，漫不經心地瞥了他一眼。「走。」
來人被他的視線凍得渾身一僵，恐懼地低下頭。「是。」
國喪的消息是在第三日才傳到小鎮上，民間百姓家家皆要服二十七日孝，三個月內禁嫁娶，一時間整個縣城鋪子裡的縞素都被搶購一空。
一些沒買到縞素棉麻布的人家壓根兒不敢出門，生怕一出去就被巡查的衙役官兵們抓進大牢裡。
突如其來的國喪讓小小的縣城轟動起來，誰也沒料到一個妃子薨了竟至於讓全國服喪。百姓們嘴上不說，心裡卻總要嘀咕幾句。
劉知縣深知防民之口甚於防川，乾脆俐落地逮了幾個喝多了胡咧咧的人往大牢裡一關，整個縣城都安靜了。
然而面上風平浪靜不代表內裡也如此，江雨橋敏銳地察覺到，來吃飯的客人們說話聲音都小了許多，互相打著眉眼官司，能用眼神交流的話絕對不開口。
剛養上的滷汁也沒法滷肉了，這二十七日內民間都要吃素，江雨橋家的肉味滷豆腐、豆腐皮和豆腐泡倒是日日剛出鍋就被一搶而空，如今李牙每日都要炸幾大鍋豆腐泡。

桑掌事窺著時機，一直斷斷續續地在賣那縞色棉麻布，待棉麻布已經漲到翻了三番的時候果斷拋售了一批，並且同百姓承諾，還有一批在路上馬上就要到了，讓大家莫要著急。

這下子城中富人們都知道，合裕繡坊中尚且還有布，這二十七日總不能只給下人們發一套素服，幾家一起上門要訂，桑掌事統統答應下來，又拖了兩日，高價賣給了富人們，剩下的棉麻布依然維持著三番時候的價格賣給百姓。

趁這個機會，老江頭又回了幾趟村，把租收完後，終於填滿了整個地窖。地下的糧食再怎麼著也夠一家人吃上兩年了，江雨橋這才徹底放下心來。

林景時已經走了一個月，丁點兒回來的消息都沒有，桑掌事尋了江雨橋幾次，想把這樁買賣掙的錢同她算算，都被她拒絕了，堅持等林景時回來再算。

因著前段時間的國喪，做買賣的人也少了許多。一進七月，同江家的契剛到期，馬哥就抽空又來了一趟。

「……這也沒法子，上個月許多人都被隔在當地了，過了國喪才出來行商，我約莫怎麼也得再拖兩個月，咱們再定兩個月的契吧。」

這自然是好，續了約後江雨橋指揮著王衝給他裝了兩大個滷豬頭，讓他待會兒同弟兄們一起吃。

這一個月沒見葷腥，馬哥的眼睛盯著豬頭都快發綠了，他趕緊把油紙蓋上，生怕自己再看就會忍不住現在抱起來啃，吞了吞口水。「雨橋，我看妳家這滷味不比那些什麼十年、百年的老店差。」

這滷子才養了一個月就如此醇厚，江雨橋也有些驚訝，只能歸功於李牙的細心。她笑著點點頭。「馬哥可是說對了，我也覺得我家滷肉不錯。」

馬哥被她的厚臉皮逗得哈哈大笑，指了指籃子裡的豬頭，道：「現在那些商人們可都火燒火燎的，耽擱的這一個月對他們來說可是天大的事了，好幾回我看他們盯著咱們弟兄手裡的包子直吞口水，也沒空下船買，待會兒我就帶著弟兄們把豬頭拆了，就在他們眼前吃去。」

江雨橋眼睛一亮，急切地看著馬哥。「馬哥是說他們如今飯都來不及吃？」

馬哥被她嚇了一跳，摸了摸腦袋。「這主人家自然是吃喝不愁，只是那船上的小工、水手約莫是頓頓啃乾糧、吃鹹魚，他們輕易下不得船，且如今這麼忙，許多船大清早卸了貨下半晌就要走，哪裡能吃得上飯？」

江雨橋歡喜地對著他作揖。「多謝馬哥告知。」

馬哥也不是糊塗人，見狀反應過來。「妳要去碼頭賣吃食？」

江雨橋點點頭。「是有這個打算，只是不知道碼頭那地我們突然去會不會有些不好？」

馬哥爽朗地笑出聲，伸出手想拍拍江雨橋的肩膀，半道才反應過來眼前是個小姑娘，強行轉回拍了拍自己的胸脯。「妳馬哥在碼頭混了這麼些年，罩著妳這麼個小攤子有什麼難的？」

江雨橋更是高興，拿起方才的契約大筆一揮，把上面的數字一改。「馬哥看，每日咱們再少二十文如何？」

能便宜誰還不願意？馬哥點點頭。「那明日你們就多帶些去，如今碼頭從天未亮忙活到天黑，來來往往不知有多少人，帶的不夠來回一跑，那可真耽擱時辰。」

說完使勁吸了兩下那豬頭散發出來的香氣。「這滷肉也多帶些去，那些人長年不下船，錢都在手裡攥著呢，可捨得花了。」

這倒是給江雨橋提了個醒，可惜如今天氣尚熱，這滷肉若是一頭晌賣不完，悶在鍋裡下晌就要酸了。

送走了馬哥，江雨橋趁鋪子無人時把所有人喚出來，說起這件事，王衝比她還激動，待她話音剛落就喊道：「我去！」

江雨橋安撫地看了他一眼。「王三哥來回碼頭幾個月，對碼頭十分熟悉，自然是要你去，只是你一個人怕是忙不過來。」

王衝點點頭，想了想碼頭熱鬧的景象，若是真在碼頭正兒八經擺個攤子，他自己著實忙不過來。

江雨橋看了一圈眾人，道：「聽馬哥的話，在碼頭做吃食最重要的是迅速、頂飽和新鮮。我琢磨著那日咱們做的臘汁肉夾饃不錯，甚至饃饃都可以直接烙好帶過去，吃的時候只要大火翻烙一下，把外皮烤酥就成。」

見眾人陷入沈思，她繼續道：「而且我也不打算讓咱們的鋪子擺太久，咱們家最忙的時候是申時中到戌時中間，到未時賣完了晌飯就回來，還能歇一會兒。」

王衝一梗脖子。「不用歇，多賣一會兒多掙一分錢！」

江雨橋哭笑不得。「王三哥，人又不是鐵打的，在鋪子裡還有機會歇會兒，這一出去三個時辰怕是坐的時候都沒，真要這麼連軸轉，估計沒幾日你就得累趴下。就這麼定了吧，再說天氣熱，時辰太久，東西也怕壞。」

王衝嘟起嘴不說話，看得出來還是有些不服氣。江雨橋卻也不理他，轉向賴明。「小明，若是讓你跟著王三哥去碼頭，你可能行？」

賴明思索片刻，認真地點點頭。「只是我與王三哥年紀都不大，在碼頭上人生地不熟的……」

江雨橋欣慰地摸了摸他的頭。「莫要擔憂，馬哥說了會看顧你們。」

賴明這才放下半顆心，一想到自己明日要去見世面了，也有些激動。

江雨橋把二人的神色看在眼裡，心中嘆氣。許是因為王衝血氣方剛的年紀，衝勁十足，做事有些欠考慮，憑著一腔熱血一往直前。

而賴明雖說年紀小，但經歷過家中劇變，為人沈穩，看事情也能看到深處，她剛起個頭，他就想到在碼頭有沒有靠山的問題。

事情這麼定下，當日夜裡李牙就多做了一大鍋滷肉，又烙了一筐餅，第二日一大早就送兩人出了門。

江雨橋看著窩在小板凳上直喘粗氣的李牙，上前道：「李牙哥，你還忙得過來嗎，要不要再給你尋個幫手？」

李牙搖著蒲扇般的大掌。「這才哪兒到哪兒，我可是做席面廚子出身的，忙起來一、兩日不吃飯都使得。如今也就早晚忙些，白日歇著的工夫多了去了。」

江雨橋試探地問他。「李牙哥，你有沒有考慮過告訴李大廚你在哪兒？」

說起這個，李牙還一肚子氣呢！

「是他把我趕出家門的，哼！」

江雨橋無奈極了，又摸不準李大廚如今事情解決了沒有，吞下到嘴邊的話，決定下回找機會去鎮子親自問問李大廚。

本以為王衡和賴明二人怎麼也得過了未時才會回來，誰料午時剛過，二人就一前一後進了門。賴明也顧不得一鋪子的客人，顫抖著腿走到櫃檯，抓起一壺茶水對著嘴「咕嘟咕嘟」灌下去。

江雨橋一咧嘴，忙給王衡遞上一壺，眼見二人已經喝到底了，拉過兩把椅子讓他們坐下。「這是怎麼了？」

王衡已經沒力氣說話了，用眼神示意賴明回答。

賴明一張嘴聲音沙啞。「姊，咱們這饃饃賣得太好了，都賣光了。」

江雨橋挑眉。「那筐和鍋呢？」

賴明長喘一口氣。「在門外車上呢，鋪子裡人這麼多，拿進來怕碰著客人了。」說完眼巴巴地看著櫃檯上的茶壺。「姊，再給我一壺水唄。」

江雨橋又遞給他一壺，賴明喝了幾口想起來，從懷裡摸出一個錢袋遞給她。

「這是今日賣的錢，一共賣了三百個肉夾饃，四文錢一個。回來的路上我作主把一千個銅錢換成了一兩銀子，這裡面應當有一兩銀子並三百四十三文。」

王衡這時候也緩過乏來，抬頭對江雨橋道：「小明嘴可真甜，這一頭晌哄著往來的客人們給了一百好幾十文的賞錢呢。」

江雨橋提著重重的一袋錢也心生感慨，直接從裡面抓出幾把銅板分成兩份，往兩人面前各推一份。「既然那是賞錢，那我也不收了，都分給你們二人。」

王衝拚命搖頭。「那怎麼成？咱們做夥計的本來掙的錢都應當給東家。」

江雨橋又往他面前推了推。「這都是額外的錢，是客人們看你們賣力才給的，自然是分給你們二人。小明這份他也會自己攢著，日後總有用處。」

賴明愣了一下，低頭看著一堆銅板，重重點頭。「姊先幫我存著。」

江雨橋笑道：「那可不成，回頭我去給你定個小錢箱，你自己的錢自己存，攢夠了一千個銅板就自己去換成銀子。」

賴明正在猶豫，突然聽到鋪子裡霎時間安靜起來，眼前江雨橋的臉色也瞬間變得難看。

他回過頭，一眼望入一雙桃花眼。

許遠搖著扇子，眉頭微皺，看著鋪子裡滿滿的人，此時所有人都在看他，人人臉上一副見了鬼的表情。

他忍下心中的不耐，對身後的許忠揮手，許忠點點頭，上前敲了敲身邊一桌的桌面。「不知這位吃完了沒有？」

那客人端著剛吃了兩口的麵，傻愣愣地看著他，許忠從懷裡掏出一小塊銀子輕輕放在桌上。「若是吃完了，就把桌子讓給我家老爺可好？」

這銀子怎麼也能頂他吃上七、八碗麵，那客人忙伸手把銀子摟在袖子裡，猛點頭。「吃完了、吃完了，我這就走。」

他放下筷子就要去櫃檯結帳，許遠見他眼看就要靠近江雨橋，忍不住出聲阻止。「不用了，今日所有的麵錢我來付。」

那客人已經走到一半，不敢置信地回頭看向他，見他臉上的膩煩，也不敢耽擱，對他一拱手，這才躲著他匆匆出了鋪子。

這一齣鬧得鋪子裡的客人們面面相覷，許忠已經一桌一桌的放下碎銀子，甚至連話都不用說，眾人都明白他的意思，抄起銀子紛紛出了鋪子。

江雨橋眼睜睜地看著滿屋子的賓客散得一乾二淨，門外街道上依然熙熙攘攘，門內卻如同寒秋一般死寂。

一扇門像是隔絕了江家鋪子同外面的世界，江雨橋早就做好了心理準備，在最初的慌亂後，打量了下咬牙切齒的老江頭和王衡，嘆了口氣對賴明道：「小明，去算算方才客人們應當付多少錢？」

賴明反應過來，乖巧地站起來，不一會兒工夫就跑過來。「姊，方才一共是七百六十文。」

江雨橋鼓起勇氣對上許遠的眼睛。「承惠，七百六十文。」

許遠挽起一抹笑。「許忠。」

許忠應了一聲，上前遞給她一塊銀子，一言不發又退了回來。

江雨橋一看這銀子少說也有二兩，心裡冷笑一聲，拉開錢箱招呼王衝。「王三哥，數出一千三百個錢來找給客人。」

許忠瞪大眼睛，這小丫頭給臉不要臉！

王衝眼睛一下子亮起來，快活地「欸」了一聲就去數銅板，一邊數一邊恨恨地想，待會兒用這銅板砸他們臉上。

江雨橋又對老江頭道：「我看今日晌午咱們的買賣是做不成了，爺先進去同奶一起刷碗吧。」

老江頭張了張嘴想拒絕，卻看到江雨橋堅定的眼神，只能回頭對著許遠主僕輕哼一聲，扭身進了後廚。

賴明心知情況不對，手腳麻利地收拾好一張桌子，江雨橋讚許地點點頭，朝桌子一伸手。「客人請坐，想吃些什麼？」

許遠詫異於她的變化，上回來的時候小丫頭還臉色蒼白，怕得要命，這才過了多久，竟然能如此淡定地面對他。

呵呵，這樣的江雨橋，倒是讓他更感興趣了。

不管心中怎麼想，他面上卻絲毫不顯，坐在剛擦乾淨的桌子前，也不點菜，就這麼興味盎然地含笑看著她。

江雨橋被他看得渾身不對勁，賴明立刻上前擋住他的目光。「客人，您想吃什麼？」

許遠看不到江雨橋，皺起眉來抬頭看他，這一眼倒是心生疑惑，這孩子為何看著也如此眼熟？

許忠倒是認出他來，臉色微變，礙於賴明就在眼前也不好說什麼，低著頭心中打鼓。

賴明見主僕二人不說話，面上依然掛著客套的笑容。「不知客人現在要點菜嗎？」

許遠冷哼一聲，收起唇角的笑容。「讓她過來。」

鋪子裡所有人都知道這個「她」指的是誰，賴明被他身上散發的冰冷氣息駭得倒退一步，眨眼間卻挺直瘦弱的胸膛同許遠對視。

許遠有些意外，他忙完了正事，這才幾日工夫，小小的鋪子裡竟然變得翻天覆地，誰都敢反抗他。

他獰笑一下，抽出帕子一根一根擦著修長的手指。江雨橋見他這姿勢，心裡一驚，從櫃檯出來上前，一把將賴明拉到自己身後，強撐著同許遠對視。「客人喚的是誰？這是咱們家新來的小夥計，怕是不明白客人的意思。」

許遠冷笑一聲，停下手中的動作，把帕子甩在桌上。「他不明白，妳不明白？」

江雨橋背在身後的手「嗖」地一下捏緊賴明的袖子，暗自深呼吸幾下才開口。「我同他一樣不明白客人的意思。」

許遠略帶憐惜地看著眼前的江雨橋，輕啟薄唇，聲音輕柔。「妳拒絕了？」

江雨橋的手抖得越發厲害，面上卻更加淡然。「我不明白客人的意思。」

許遠輕笑出聲。「跟我裝傻有用嗎？傻姑娘。」

他環顧四周，狀作不經意道：「聽聞妳還有祖父母與兄弟，今日怎麼沒見著？」

江雨橋的額頭沁出一層汗，她用力咬緊下唇。「不知客人尋他們有何事？」

許遠越發地慵懶，像是坐在自家書房中一般，輕輕靠在椅背上，挑眉看她。「我想納妳入門，總得同他們說一聲才好。」

江雨橋大驚，下一刻許遠已經站起來，伸手用力捏住她細嫩的臉頰，把唇湊到她耳邊。「別把自己咬壞了，我心疼。」

江雨橋用力甩了幾下頭，卻掙脫不了許遠的禁錮，耳畔傳來許遠的呼吸聲，一聲一聲像是閻王的催命鼓。

她放棄了掙扎，閉緊雙眼，深深地吸了幾口氣，睜開眼睛望著橫梁上貼著的大紅「福」字，唇卻對著近在咫尺的許遠，輕聲道：「既然許老爺想要納我，便應當聽過李婆子的回覆。我此生，絕不做妾！」

許遠鬆開她，站直身子，絲毫沒把她的話放在心上，只笑著應了一聲。「哦？然後呢？」

江雨橋的汗已經匯成小溪從額頭流下，口中卻道：「沒有然後，這句話的意思是，我不會進你家門做妾！」

許遠像是聽到了什麼笑話，甚至讚許地點點頭。「嗯，是個倔強的孩子，只是有些看不清楚罷了。無妨，妳年紀尚小，入了我許府，早晚總會明白事理的。」

賴明此時聽個清楚，恍然明白這就是讓那碎嘴婆子上門提親的人。他已經將江雨橋視若親姊，又哪裡能忍？從江雨橋身後站出來，對著許遠作揖。「這位許老爺，我家姊姊的話就代表了我全家的意思，我家是不會送姊姊去做妾的，還請您高抬貴手，莫要糾纏！」

「糾纏？」許遠被這兩個字逗得笑出聲。「從未有人說過我糾纏，倒是新奇。」

他從懷中又抽出一張帕子，擦起了手指。「糾纏倒是個好詞，我便陪你們玩玩，看看什麼叫做糾纏。」

江雨橋膝蓋一軟，若不是賴明眼疾手快地扶住她，她差點就要癱在地上。此刻的許遠前世她從未見過，一種超出自己預知的恐懼席捲了她。

許遠擦乾淨手，伸出手去輕撫著她的臉。「怎麼出了如此多的汗，太熱了？」說完用手上的帕子輕輕覆在她的臉上，溫柔地給她擦了起來。「聽話。」

江雨橋哪裡禁得住這個，感受著他冰涼的指尖隔著帕子在自己臉上描繪著，拉著賴明齊齊退後一步。

那帕子飄落在地上，許遠眉頭微皺。「浪費了。」

王衝再也按捺不住，衝上前把江雨橋護在身後。「你、你你、你出去！」

許遠卻看都不看他一眼，居高臨下地看著他身後的江雨橋。「妳不想做妾，想做正妻？」

他惋惜地搖了搖頭。「妳的家世倒是有些麻煩。」

許忠在他身後同江雨橋一樣滿頭大汗，顫抖著唇提醒許遠。「老爺，老太爺那兒……」

許遠冷哼一聲，許忠未盡的話再也不敢說出來。

江雨橋剛想從王衝背後走出，賴明反應過來，一把拉住她，自己往前一步。「不知這位客人如今可想點菜？」

這沒頭沒尾的一句話不只讓王衝和江雨橋愣住，甚至許遠都吃了一驚。他重新審視著眼前個子矮小的孩子，對著江雨橋莞爾一笑，道：「這孩子不錯，妳進門的時候帶上他吧。」

江雨橋覺得自己快要瘋了，她一把推開王衝，憤怒地直視著許遠。「許老爺可聽好了，我、永、不、會、給人做妾！」

許遠像是看著她玩鬧，唇邊的笑容甚至帶著幾分寵溺，竟然認真地點點頭。「那妳可得好好做生意了，想給我做正妻，總得有些資本才成。」

江雨橋看著他覺得自己像是個傻子，這不是許遠，這不是她印象中的許遠！

她茫然的眼神取悅了許遠，他伸出手去又摸了摸她的臉。「今日我便不同妳計較，若是下回再有這些不知所謂的人擋在妳我之間，那麼他們自己……得好好掂量掂量了。」

一句話讓江雨橋清醒過來。他是許遠，他還是那個一看不慣就取人性命的許遠。

許遠看著她驚恐的眼神，手上越發溫柔，柔聲道：「別怕我，妳不應當怕我。」

撇下這句話後他轉身而去，絲毫沒看到江雨橋在他身後抖得如同篩糠。

江雨橋只覺得自己的頭要炸開，不應該怕他……是什麼意思？難道、難道許遠也有前生的記憶?!

她用力搖了搖頭。不會的，若是許遠真有前生的記憶，那他如今應該已經把她禁錮在府中，今日哪怕他說出這種話來，還是能清楚讓她感覺到兩人之間是有距離的。

她扶著椅背努力站穩，賴明上前關心道：「姊……」

江雨橋努力擠出一抹笑。「咱們小明長大了，能保護姊姊了。」

王衝在許遠的威壓下也是滿頭大汗，江雨橋對著他行禮。「今日多謝王三哥。」

王衝對她擺擺手。「無事的，林掌櫃出門前也特地囑咐我要多多照顧妳。」話音剛落就像咬了舌頭一般捂住嘴，懊惱地搖頭。「我怎麼就說出來了……」

江雨橋沒想到林景時竟然還叮囑了王衝，心中一股暖流湧上心頭，抿起唇有幾分羞澀地低下頭。

王衝見她這樣，心裡長嘆一聲。

罷了，自己早就想開了，如今還奢求什麼呢？

江雨橋斂起羞容，冷不防聽到林景時的消息，她慌亂的心也漸漸安穩下來，認真分析起熟悉又陌生的許遠。

今生的許遠同前世有許多不同，按照江雨橋的記憶，許遠絕無耐性再來第二次，可今日看這架勢，他還會來第三次、第四次。

她閉上眼睛，回想著今日發生的一切。她已經能夠面對許遠了，雖然尚且有些露怯，但是若再來一次，她相信自己定會處理得更好！

許遠坐在馬車上陷入沈思，許忠一言不發地在前面趕車，生怕他問起賴明的事情。誰知越怕什麼就越出現什麼，許遠下了馬車信步進了許府，一群鶯鶯燕燕一見到他的身影，眼睛一亮，全圍了上來，齊齊跪在地上嬌聲道：「老爺。」

平日許遠都會瞄一眼，挑個順眼的帶走，今日他卻像是沒看見，大步邁過她們，獨自去了書房。

一群女人們驟然緊張起來，只有許遠心情不好時才會如此，然而他是許府的天，他若是心情不好，那代表她們所有人都要小心再小心，不然何時送了命都不知道。

許忠臉色有些難看，悄無聲息地跟在他身後。

許遠坐在環椅中一挑眉。「去查查江雨橋身邊那個男孩是誰。」

許忠心裡一個咯噔，膝蓋已經搶在他大腦前先跪下，他抖著雙唇。「老爺，那、那男孩奴才認得，是、是賴明。」

許遠哪裡知道誰是賴明，剛要皺起眉就馬上反應過來。「賴家人？」

許忠的汗已經浸濕了地上鋪設的青玉石，許遠嫌惡地看了他一眼，聲音越發冰冷。

「斬草不除根，倒是還讓他尋了個好主家。」

許忠懊惱不已，不過是件小事，他匆匆將賴家的事交代下去後就沒再管過，若不是今日見到賴明，他還以為那小子已經隨著他爹娘一起被流放了。

誰知如今不只沒流放，反而出現在主子看中的女人身邊。他不敢抬頭，拚命磕著頭，很快額前就見了血。

許遠恍若未見，不知在想些什麼，直到許忠磕到已經快要失去意識，才聽到他輕喝一聲。「滾。」

許忠鬆了口氣，強撐著用衣袖一點一點擦乾地上的血跡，頂著滿臉的血退了出去。

江家人提心吊膽了一整日，生怕許遠第二日還來，誰料一連三、五日他都沒有出現，老江頭悄悄對江雨橋道：「雨橋，咱們走吧。」

江雨橋沈默了，理智上她知道自己應該馬上就走，但是情感上她捨不得客人們，還有李牙、王衝、孫秀才，捨不得……林景時……

她長嘆一口氣，心知自己應當早下決斷，對老江頭點點頭。「爺，我考慮一下，今晚就給您答覆。」

老江頭又何嘗捨得呢？如今的日子過得有滋有味的，往來的熟客都能同他說笑幾句，孫子、孫女們圍在身邊，整日熱熱鬧鬧的，他過了十年冷清日子，著實冷清怕了。

心神不寧的江雨橋內心正在掙扎，猛然間聽到兩個客人小聲討論新鮮事。

「聽說沒有，駝安鎮下頭一個村子冒地火了。」

「你也聽說了？如今消息才剛剛傳來縣城，有那麼兩個坑地火日夜不斷，如今他們村家家戶戶都不生火了，排著隊去坑裡造飯去。」

那開頭的漢子羨慕地咂咂嘴。「這可真好，省下不少錢呢。」

江雨橋頭「嗡」的一聲，手中撥弄的算盤一下子掉到地上，算盤珠子四散炸裂開來。

賴明聽見聲音跑過來，焦急地拉著她的袖子。「姊，妳沒事吧？」

江雨橋僵硬地搖搖頭，緩緩蹲下身子，一顆一顆撿著地上散落的算盤珠子。

賴明見她撿得極慢，明顯是心中有事，也不敢問，只能在心裡重重地嘆口氣，飛快地撿完珠子，扶起她，關心地道：「姊，要不妳先去歇歇，我來算帳？」

江雨橋藉著他手上的力氣站了起來，看著滿鋪子的人，以及忙得恨不能有分身的王衝，推了推賴明。「無事，你去忙吧。」

賴明一步三回頭地看著她，江雨橋撐著咧開一個難看的笑容安撫他，卻讓他更是擔憂。

好不容易熬到關鋪子，江雨橋已經癱在椅子上一動也不想動，腦海中還回味著今日聽到的消息。

原來一年多後的大災，竟然這麼早就有了苗頭，可悲的是如今卻無人知曉。

她草草吃過飯就去躺下，家人都以為她因著許遠的事心情不好，放輕手腳不去打擾她，想讓她安安穩穩地睡一覺。

可江雨橋如今又怎麼睡得著？閉上眼睛，整個思緒都被前世的回憶占滿。許遠一日比一日黑的臉、府中一日比一日少的人，甚至偶爾聽到的「易子而食」之類的隻言片語都如潮水一般向她湧來。

她猛地一下坐起來，如今的夜已有幾分微涼，她卻只覺得渾身火熱，拿起炕櫃上的水壺，一口氣灌下大半壺，才覺得胸口的燥氣稍稍散去了些。

江雨橋掀開薄被下了地，在屋中來來回回轉了好幾圈，怎麼也穩不下心來，她下定決心，穿上衣裳，打算去那個小院看看。

她也覺得自己瘋了，這大晚上的怕是都快宵禁了，但那無人知曉的小院就像是她心底最後的港灣，只要看著它，就覺得一切都還有退路。

江雨橋聽了聽院中的聲音，一切都那麼安靜，看來所有人都已經睡了。她輕輕打開門，瑩白的月光傾瀉到院中，將整個院子都披上一層寧靜的外衣。江雨橋躁亂的心像是被一隻無形的手撫慰著，她吐出一口氣，輕盈地穿過院子，動作輕緩地卸下一塊門板，回身把它小心地裝回去。

隨著自己手上的動作，門板「噠」一聲對準，江雨橋像是完成了一件大事般，臉上也帶了幾分笑。

她滿意地拍了拍手，一回頭卻被身後突然出現的黑影嚇了一跳，她下意識就要尖叫，那黑影察覺到，欺身上前輕捂住她的口鼻，小聲道：「是我。」

悠遠的松柏香徐徐將她包圍，江雨橋這些日子一直擰著的心驀然落了地，她不知道為什麼自己眼中泛起了淚，怎麼都忍不住，眨了眨眼睛想要憋回去，卻事與願違。

林景時察覺手背有水滴滴落，像被燙著一般縮回手，罕見地有幾分慌亂。「雨橋，我不是有意想嚇妳的，我剛剛才回來，正巧看到妳在關門。」

江雨橋吸了吸鼻子點點頭，抬著被淚水模糊的眼睛，努力想看清楚眼前的林景時，卻怎麼也看不清。

她著急地伸手用力擦著淚，可那不聽話的眼淚卻越聚越多，林景時見她這樣，摸了摸胸口，卻發現身上並沒有帶帕子。

眼看江雨橋滿臉的淚痕，以及努力想要擦乾眼淚的倔強模樣，他抿了抿薄唇，輕輕嘆口氣，上前一步把她擁在懷中。「別哭了。」

江雨橋冷不防被擁入一個溫暖的懷抱，愣了一下，下一瞬卻反手緊緊環住他勁瘦的腰，在他懷中徹底放鬆自己，嗚嗚咽咽地哭了起來。

這一哭哭得是昏天暗地，林景時只是靜靜地任由她抱著，直到察覺遠處來了一隊巡夜的兵士才出言提醒。「雨橋，來人了，還哭嗎？」

江雨橋軟軟地趴在他懷中搖搖頭，不只沒鬆開，反而帶著濃重鼻音，軟綿綿地回了一句。「還哭。」

林景時對她小無賴的樣子無奈極了，一直垂在身體兩側的雙手環住她的頭和腰，待她還沒反應過來雙腿一用力，江雨橋只覺得自己好像飛了起來，失重的感覺讓她恐慌，她把頭埋進林景時的胸口，不敢低頭去看腳下的風光。

第十四章

不知過了多久林景時才停下來，江雨橋感覺到腳底踏到地面，雙腿一軟，林景時剛鬆開的手又急忙環住，輕聲問道：「沒事吧？」

江雨橋在他懷中搖了搖頭，像一隻乖巧的小貓，林景時忍不住彎起唇角。「現在還哭嗎？」

方才的記憶一下子回到江雨橋腦中，她的臉「轟」一下充滿了血，手忙腳亂地站直身子，退後一步想要離林景時遠些。

林景時沒有阻止她，只是伸出一隻胳膊遞到她眼前，低笑道：「擦擦鼻涕？」

江雨橋呻吟一聲，覺得自己徹底沒臉見人了。她捂住眼睛擋住臉一言不發，現在只想消失在他眼前。

好歹他那句話她是聽到心裡了，自以為神不知鬼不覺地悄悄用手一抹鼻子下方，壓根兒沒什麼鼻涕，氣得她甩開袖子，狠狠瞪了他一眼。

林景時嘆息地搖搖頭。「是不是覺得我騙了妳？」

江雨橋此時又羞又惱，哪裡還回得了他的話，林景時指了指自己的胸口。「妳看看。」

明明記得自己剛出門時月光尚且朦朧，怎知到了這時候，它突然變得明亮起來。

林景時沐浴在月光下，身著一襲束袖玄服，襯得腰細腿長，脊背挺直，眉骨投下的陰影遮住眼睛，讓人看不清他眼中的神情。

江雨橋只覺得今夜的他身上透著曖昧又危險的氣息，與以往溫文儒雅的他截然不同。她不自覺地看向他的胸口，一大片濡濕的墨黑提醒著方才的自己有多荒唐。她閉上眼睛不去看，假裝眼前這一幕不存在。

林景時瞇起俊眼，很快明白了她的想法，被這小磨人精氣笑了，拍了拍她毛茸茸有些微亂的髮。「怎麼，變成鵪鶉了？」

江雨橋搖了搖頭，閉上眼睛一言不發，心中默唸：這是作夢，這是作夢，這一定是作夢。

一陣夜風玩鬧著穿過二人，林景時感覺到胸口濡濕的涼意，看了看始作俑者被淚水沖刷後分外晶瑩剔透的小臉，只覺得自己奔波許久的心也安穩下來。

他收回手摸著自己的心口，無聲苦笑。

自己有什麼資格靠近她呢……

他深吸一口氣，也閉上眼睛。許是因為看不見，五感越發靈敏，江雨橋急促的呼吸清晰地傳到他耳中，甚至能感覺到她正在悄悄張開眼睛偷看他。

林景時突然睜開眼睛直視著江雨橋，江雨橋偷看被抓個正著，慌亂中趕緊閉上眼。

林景時輕笑一聲，伸出手在半空中描繪她的眉眼，終於還是握緊了拳，強迫自己的手遠離她，澀澀問道：「雨橋，出了何事了？」

江雨橋聞言緩緩睜開眼睛，單只是看著他模糊了邊緣的身影，她就覺得自己被壓抑得無法呼吸的心終於能喘上一口氣。

可那地火的事又要怎麼同他開口呢？

她低下頭抿抿唇，終是沒有說出口，只低聲道：「就是……許遠又上門了。」

林景時眉頭微皺，他剛剛到門口，聽見江雨橋開門的聲音才跳下馬現身，還沒聽到他安排保護江家人的稟報。

他看著眼前低著頭的江雨橋思量著。「他說什麼了？」

江雨橋冷笑一聲。「還能說什麼，不過是些胡話罷了。我也想通了，怕他做什麼，該做的準備我都做好了，最壞的結果不就是拉著我的屍身進了許家的門。」

林景時眉頭擰得更緊。「胡言亂語！」

轉而覺得自己的語氣有些僵，怕嚇到眼前的小姑娘，放緩聲音柔聲道：「怎麼也到不了那一步的。」

江雨橋揚起笑臉。「那是自然，大不了我就帶著家人一走了之唄！許遠不過是個公公的姪兒，難不成出了這縣城，他還能一手遮天？」

林景時心裡一頓，呼吸都停滯了一瞬，深深地看著她。「許公公有多深的背景妳知道嗎？」

江雨橋絲毫沒察覺話中的試探，信心滿滿道：「左右出不了這縣城。你看許遠不還是一直窩在縣城裡？」

林景時被她想當然的話堵住了，搖了搖頭，笑了起來。「雨橋說得是。」

不知為何，林景時回來了，江雨橋一下子就不慌了。她環顧了下周圍，發現自己在一個陌生的院落，四下寂靜無人，一絲動靜都聽不見。

她忍不住挪了兩步，稍稍靠近林景時一點。「林掌櫃，這是哪兒？」

林景時見她終於緩過勁來，也不再提那些煩心事，對她輕輕點頭。「跟我來。」

說完轉身往那門走去，江雨橋傻乎乎地跟著他進了門，沒想到內中竟然別有乾坤，一座幽深的小院出現在她面前，皎潔的月光下，院中假山下的小噴泉「咕嘟咕嘟」的水聲如此清晰。

江雨橋眼一亮，側過頭，抬頭問道：「這是哪兒？」

林景時抿唇一笑，沒有回答她，邁步靠近那小噴泉。江雨橋噘了噘嘴跟上，卻被眼前的美景奪去全部的注意力。

泉水柔柔的傾瀉在小小的池中，明明已經過了季，池中卻挺立著幾枝嫩荷。微風拂過，含苞待放的如玉菡萏羞澀地對著她打招呼，濺在荷葉上的泉水微微滾動，折射著月光柔和的光芒，宛若一粒粒上等的珍珠。

江雨橋忍不住蹲下身子，想要伸手碰觸那荷葉，試探它的真假。林景時捉住她的手腕，清朗含笑的聲音在她腦後響起。「再往前就要掉下去了。」

江雨橋像是突然在夢境中被驚醒，低頭看著他骨節分明的手指，臉頰慢慢爬上緋色，「唔」的一聲掙開他的手，也不敢站起來面對他。

林景時輕嘆一口氣，直起身子來。「這是我的院子。」

江雨橋一時沒反應過來，扭過頭驚訝地看著他。「你的院子？」

林景時伸手拉住她的胳膊把她扶起來。「方才哭了那麼久，再蹲著妳怕是要暈過去。」

江雨橋被他扶起來，果然有些頭暈，閉上眼睛好一會兒才緩過來。

林景時只是默默地扶著她站在原地，見她像是好些了，才開口問道：「妳要不要進去歇會兒？」

江雨橋搖了搖頭。「我……該回去了。」

林景時挑眉，也沒有反駁她，鬆開她的胳膊一攤手，做出任人環抱的樣子。「是走回去呢？還是飛回去？」

江雨橋的臉一下子羞得燙人，瞪了他一眼，磨磨牙。「走、回、去！」

林景時也不著急，見她氣呼呼地出了院子，回頭看了一眼自己的小院。他覺得自己也是失了理智，竟然帶她來了這兒。

江雨橋憑著一肚子說不清、道不明的情緒出了兩進院子，悶頭走了小半刻鐘，才發現自己竟然走進了死胡同，看著眼前兩人高的牆，她挫敗地拍了下腦袋，無奈下只能原路返回。

林景時好整以暇，站在小院門口看到江雨橋模模糊糊的身影朝他走過來，輕笑一聲。「回來了？」

短短三個字讓江雨橋簡直無地自容，她決定不理他，繞開他要往前去，擦肩而過之時卻被林景時拉住。「這裡離鋪子很遠，走回去天都要亮了。」

江雨橋用力甩了兩下沒甩開他的手，氣鼓鼓地看著他。「天亮了我也走！」

林景時被她逗笑了，不由分說，手上一用力，江雨橋不受控制地朝他摔過去，她嚇得小小驚呼一聲，下一瞬已經撞到他溫暖結實的懷中。

林景時低頭看了一眼撞得暈乎乎的江雨橋，摟住她的腰一躍而起。

熟悉的感覺襲來，江雨橋一下子僵住，放棄了掙扎，雙手下意識地緊緊抱住他的腰，大氣都不敢出。

林景時低笑一聲，胸口微微震動，江雨橋貼得如此緊又怎能沒有感覺，她懊惱地用力讓自己的臉離開他的胸口。

可左閃右閃都會不小心貼到他的胸口，只能抬起頭來，這一眼，就望進他如墨深邃的眼眸。

林景時確認她不會亂動就不再看她，認真地辨識著回去的路。江雨橋卻盯著他如利刀削成的下頷，遲遲無法收回視線。

直到林景時輕輕把她放下，她還維持著那個姿勢，林景時見她沒有動靜，疑惑地低頭看向她。「怎麼了？」

江雨橋抿了抿唇，努力壓住快要跳出喉嚨的心，張了張嘴竟然沒發出聲音，心中更是慌亂，重重咳了幾聲。

林景時有些擔憂。「可是受了涼？」

江雨橋搖搖頭，猛咳過這一聲，才沙啞地開口。「無事。林掌櫃明日來吃飯嗎？」

林景時唇角彎成好看的弧度。「自然。天色不早了，妳也早些回去睡吧。」

江雨橋掩藏住自己眼中的心思，默默點頭，又看了眼前的林景時一眼。「那……那明日再見。」

話音剛落就匆匆卸下門板鑽進鋪子，撇下尚未回話的林景時獨自站在門口。

林景時見她頗有幾分落荒而逃的樣子有些好笑，搖了搖頭，確認江家鋪子的門板已經合上，才對已經不知在暗處站了多久的桑掌事道：「回去吧。」

桑掌事壓下滿心的震驚與疑惑，低頭應了一句。「是，主子。」

林景時又看了一眼江家鋪子的大門，想著江雨橋宜嗔宜喜的小模樣，轉身回了繡坊。

桑掌事給他呈上一杯茶，林景時飲了一口，慢慢把茶杯攥在手中，對她點頭。「隔壁發生何事了？」

桑掌事抿抿唇。「前幾日那許遠又來了一回，把鋪子中所有人都趕走，同雨橋說要納她進門……本來這幾日雨橋看著已經緩過來幾分，不知為何今日突然失魂落魄，夜裡竟然自己出了門。」

說到這兒她悄悄抬眼看了林景時一眼，見他依然面無表情，繼續道：「這幾日咱們的人都在暗中保護她，並沒有發現何處有異常。許遠的事情，以我對雨橋的了解，不至於讓她……嗯……哭成那般模樣。還有就是，雨橋自己私下買了間小院子，看著像是江老丈都不知道。」

聽到這裡，林景時的臉上才有了變化。「自己買了間小院子？」

桑掌櫃點點頭。「正是。那院子不大，在城北人口密集的無尾街，鬧中取靜又隱蔽，前任主人家是個窮書生，從不與鄰居打交道，此番是賣了院子用來讀書，街坊四鄰怕是尚不知道這院子已經易主了。雨橋是託張中人買的，甚至沒有去換官府紅契，應當是不想讓任何人知道。」

林景時沈默不語，桑掌事窺著他的臉色，又道：「我看那許遠像是真的起了心思，咱們跟了他這麼多年，還是頭一回見他一次次上門。當日他臨走時放了話，說還會再來。」

林景時不屑地冷哼一聲。「無妨，很快他就沒工夫再來了。」

桑掌事眼睛一亮。「主子是說，許公公他……」

林景時不置可否。「辰妃娘娘身邊的第一紅人，主子身後如此榮光，他怎麼也得消停幾日。」

桑掌事忍不住笑起來。「娘娘真是料事如神。」

林景時模糊地笑了一聲沒有搭話，桑掌事得了好消息也放下心來，忍了又忍終於沒忍住，對林景時道：「掌櫃的，您同雨橋……」

林景時猜到她會問，他伸出手攤開五指，不答反問。「妳說……這雙手沾了多少血？」

桑掌事一下子心疼起來。這些年的相處，她心底對林景時慢慢褪去對上位者的懼怕，反而真心把他當成了子姪。

她乾澀地開口。「您也是娘娘的姪兒，若是真的對雨橋有意，娘娘不會坐視林家阻攔的。」

林景時冷笑一聲。「呵，林家？林家從上到下巴不得我娶一個雨橋這般的民間女子，我從未擔憂過這個，只是不想把雨橋牽扯進她不該面對的事情罷了。」

桑掌事有些著急。「可我看雨橋對您也不是半分心思都沒有。」

林景時垂下眼眸。「此事暫且無須再提，我心中自有打算。」

桑掌事張了張嘴，終是沒再說話。

在二人口中打了個滾的江雨橋此時正在捶自己的頭，一想起這晚發生的點點滴滴，她就想大聲哀號——自己到底做了什麼！

投懷送抱?!哪怕上輩子同許遠相處二十年，她也從未像今日這般失去理智。

她趴在被窩中，把頭在炕頭磕了兩下。真是沒臉見人了，一時想到林景時竟然不推開她，心裡夾雜著埋怨和竊喜，酸酸澀澀甜甜，帶著一絲苦。

轉念想到是他先抱她的，臉上又羞紅起來。難道林景時他……對她……一想到這個可能，江雨橋就不敢再往下想。她掀開被子鑽出來深吸幾口氣，努力壓抑自己心底蠢蠢欲動的想法，長嘆一口氣。

許是當時的她看起來太可憐了吧？

事情又繞回來了，江雨橋搖了搖頭，努力把腦海中的林景時甩出去。今夜像是偷來的一般，是這段日子她最放鬆的時刻，明日又是新的一日，她要面對的事情還有許多，她知道許遠有多難纏，她不能把林景時也拖下水……

今夜的事情就讓她徹底忘記，只當是一場夢。

第二日天矇矇亮，感覺自己剛剛睡著的江雨橋就睜開眼睛，聽著外頭王衝同李牙壓低聲音在說話。她一陣恍惚，昨夜的一切像是自己作了一場夢。

她換上衣裳推開門，正在院中打水的王衝笑著回頭，剛要跟她打招呼，卻像見了鬼一般，手中的水桶砸在地上，桶中的水在他腳底蔓延開來。

江雨橋本就沒睡好，被這一聲嚇得心裡狂跳，頭腦發昏，她扶住門框好不容易穩住，開口問道：「王三哥？」

王衝手忙腳亂地撿起桶子，露出不好意思的笑容。「雨橋，我不是有意的，只是妳……」他空出一隻手在眼睛周圍畫了一圈。「這兒腫得有幾分嚇人……」

江雨橋一愣，顧不上回話，退回屋子對著銅鏡一照，自己都嚇了一跳。兩隻眼睛像桃子般腫，只剩下一條縫。不只如此，紅彤彤的桃子下緣還帶著兩抹黑眼圈。

江雨橋伸手摸了摸，像針扎一般刺痛，她一抖，縮回手。

江老太被方才的聲音吵醒出來，一探過頭看到孫女的眼睛，心疼得倒吸一口氣，上前拉住江雨橋。「這是怎麼了?!」

說完一把將她推到炕上。「今日妳別出來了，好好歇著。」

江雨橋來不及說話，就看到江老太轉身出門，不一會兒工夫端著一盆涼水出來，沾濕帕子擰乾，輕輕給她蓋在眼睛上，從眼角到眼尾輕柔地給她按了一會兒，拿下來後看了看，鬆了口氣。

「看著是好些了，妳自己再敷一敷，奶去前頭忙。」

江雨橋扯住她的袖子。「我這無事的。」

江老太「嘖」了一聲。「妳這孩子年紀還小，眼睛這樣若是不好好養著，留下什麼病症，妳讓我和妳爺、小樹要怎麼過？」

說著抹了把眼角沁出的渾濁淚水。「都怪爺奶沒本事，讓妳遭了這麼大的罪。」

江雨橋敗下陣來，心底還有些心虛。這眼睛是抱著林景時哭成這樣的，若是被爺奶知道，估計會炸翻了天。

她忙摟住江老太蹭了蹭。「奶瞎說什麼，怎麼就說到這兒了，我遭什麼罪了，爺、奶和小樹都在我身邊，如今鋪子裡每個人都真心對我，咱們一大家子在一起，這是我以往從未想過的好日子。」

這話說得江老太更心酸了，想著孫女前頭十年的苦日子，她忍不住落下淚來，嚇得江雨橋一頓哄才哄好，再也不敢提去前頭做活的話了。

另一頭，林景時站在江家鋪子門口踟躕，閉上眼睛吸了一口氣，臉上掛上無懈可擊的笑容，邁了進去。

第一個發現他的是老江頭，他驚喜地叫道：「林掌櫃回來了?!」

林景時對著他拱手。「昨日夜裡回來的，一大早就來尋江爺爺了。」

老江頭聽了這話甭提多高興了，喜孜孜地拉著他。「快坐快坐，今日想吃點啥？」

林景時裝作不經意地往櫃檯瞥了一眼，卻沒看到那熟悉的身影，他愣了一下，老江頭又催促一句。「要不來點苞米餅？雨橋讓咱們把苞米麵磨得細細的，裡頭又是糖又是牛乳的，這幾日賣得可好了。」

林景時順勢問道：「那就吃這個吧。對了，怎麼沒看見雨橋？」

老江頭臉色一下子拉了下來，深深地嘆口氣。「這孩子這幾日太累了，我們讓她在後頭歇著呢。」

林景時臉色微變，想到昨日她的咳嗽，難不成真的受涼了？心中不免自責，脫口而出。「我去看看她。」

老江頭目瞪口呆地看著林景時，想起眼前這男人還拉過自家孫女的手，瞪了他一眼。「不煩勞林掌櫃了！」

林景時話剛出口就知道不好，苦笑一聲。「江爺爺無須如此，我只是害怕雨橋更嚴重。在縣城中我也認得幾個好大夫，若是雨橋不見好，咱們也好早早去尋人。」

這話倒是有理。他懷疑地看了林景時一眼。「你還懂醫理？」

林景時認真點點頭。「只是看過幾本醫書罷了，若說懂也不是極為精通。」

老江頭上下打量了他一番，見他目光誠懇，吞下到嘴邊的反對，退了幾步掀開簾子，對後廚喊道：「老婆子，妳陪林掌櫃去看看雨橋！」

林景時：「……」

防得真緊！

江雨橋忙碌慣了，躺在炕上渾身疼，前頭做活是不能去了，她悄悄打開一條門縫，見無人在後院，打開門深吸一口氣，在院中轉了兩圈，乾脆拿起井邊的水桶打起水來。

剛「嘎吱嘎吱」地拉起一桶水，林景時就出現在門前，江雨橋以為自己看錯了，閉上眼睛甩了下頭又睜開，那道英挺的身影竟然還在。

她心裡一慌，扔下手中的水桶轉身就往回跑，那水桶「撲通」一聲砸進井水中，井繩猛烈晃動幾下，驟然放緩了節奏。

江老太被林景時堵在身後，出聲道：「林掌櫃怎麼不走了？」

林景時語帶笑意。「只是被院中的鵪鶉嚇了一跳。」

江老太皺起眉來。「院子裡還有鵪鶉？回頭做幾個籠子逮逮，那東西雖無二兩肉，烤起來倒是香。」

「鵪鶉」江雨橋壓根兒躲不過林景時，江老太把她從被窩裡挖出來，看著她滿臉緋紅更擔憂，摸了摸她滾燙的臉。

「雨橋，妳不會是燒起來了吧？林掌櫃略懂些醫理，讓他幫妳看看。」

這話成功地讓江雨橋的臉更紅了幾分，林景時一看她的樣子就知道她沒生病，又看了看她紅腫的眼睛，心下了然，嚴肅地對她道：「雨橋，我給妳把把脈。」

把把把把把脈？

江雨橋哪裡還敢跟他有任何身體上的接觸，死活不願意伸出手，把江老太急得不得了，在炕前直繞圈。「妳這孩子做什麼呢？快讓林掌櫃看看。」

江雨橋心裡一陣哀號。

我的奶奶啊……

她越是抗拒，江老太就越著急，好不容易捉住她的手腕，在她已經發紅的小手上拍了一下。「老實些，怎麼越大越怕大夫了。」

江雨橋把頭埋進枕頭裡。「林掌櫃也不是大夫啊……」

江老太愣住，下意識鬆開手，她一著急，竟然把這茬忘了！

林景時見江老太明白過來，心底嘆口氣，面上卻不動聲色。「無妨，若是雨橋信不過我，我先替妳去尋大夫來如何，總不好諱疾忌醫。」

江雨橋還能不知道自己？她這滿臉紅大半是羞出來的，小半是捂出來的。大夫一來，那不是馬上露餡兒，到那時更羞恥。

她抬起頭來，哀求地看著林景時，搖搖頭。「不用找大夫了。」

林景時見她終於敢面對他，輕笑一聲沒說話。

江老太又摸了摸她的臉。「還熱著呢。」

江雨橋拿起炕櫃上泡在水中的帕子，隨便擰了兩下就敷在臉上。「馬上，馬上就好。」

林景時嘆了口氣，上前把她臉上覆著的帕子拿下來。「太涼了，這麼敷下去就要真病了。」

冰涼的指尖劃過江雨橋微燙的臉頰，她忍不住倒吸一口氣。

林景時把帕子放回盆裡，對江老太一笑。「江奶奶，有溫水嗎？雨橋用這冷水不成。」

江老太急忙點頭。「有有有，我去倒。」說完端著盆就出了門，壓根兒忘了老江頭讓她來看著林景時的目的。

屋中只剩下兩人，林景時同江雨橋對視幾息，看著她傻愣愣的樣子，垂下眼眸。「雨橋，昨夜……」

江雨橋飛快地打斷他。「昨夜什麼事都沒有！我在家睡覺，你剛回鋪子，咱們今日是你回來後第一次見面！」

林景時愣了一下，瞇起眼睛，看著眼前滿臉倔強的小沒良心的，冷冷一笑。「妳是說咱們倆現在是第一次見面？」

江雨橋被他臉上陌生的笑意嚇了一跳，吞了吞口水，強撐著點點頭。

林景時心知江雨橋說的狀態是目前對二人來說最好的，但冷不防聽她這麼說，心中煩亂，終究有幾分意難平。

他抿了抿唇，壓下翻湧的情緒，對她點點頭。「既如此，那我也不會再提。」
江雨橋鬆了口氣，這才敢正眼看他，望進他漆黑的眸子裡，良久才憋出一句。
「你……」
林景時以為她要說什麼，挑起眉等著，卻沒想到她後半句吐出來竟然是——
「……吃飯了嗎？」
林景時哭笑不得，搖了搖頭。「不急，難不成妳想讓江爺爺和江奶奶猜到妳裝病？」
江雨橋有點不服氣。「我才沒裝病，我也想去前頭做活。」
林景時指了指她眼下的烏青。「妳出去一日，怕是客人們之間就要議論個遍了。」
江雨橋也知道這個，低下頭思忖著，許久才輕笑一聲。「林掌櫃，也許過不了幾日，我就要帶著爺奶離開了。」
林景時倒是沒如她所想露出驚訝的神情，伸出手去摸了摸她的頭。「不用走。」
江雨橋猛地抬起頭，不敢置信地看著他。「嗯？」
林景時抿唇一笑。「妳信我嗎？」
妳信我嗎？
她信他嗎？

江雨橋不知道林景時什麼時候出去的，等她回過神來，屋中只剩下她一個人。

她甩了甩頭，王衝和賴明怕是已經去碼頭了，鋪子忙不過來，哪裡還容得她胡思亂想？

她爬起來掏出江陽樹攢錢給她買的脂粉，點了些許在眼下，勉強遮住烏青的黑眼圈，蒼白的唇色卻是沒辦法，只能用力拍拍臉頰，拍出幾分血色，穿上衣裳去了前頭。

林景時果然在前面記帳，鋪子裡只有老江頭一人跑前跑後地端菜，著實有些耽擱客人們吃飯。她洗了把手進後廚端菜，林景時算完帳一抬頭，她正巧掀開簾子出來。

二人對視一眼，江雨橋低下頭端著菜送到客人桌前，林景時在心裡嘆口氣，搶在她前面進了後廚，探出頭對她道：「妳來記帳。」

江雨橋抿抿唇，看了看他一身蟹殼青的束袖錦袍，輕咳了聲。「別，衣裳沾染髒了怎麼辦？」

林景時也低頭看了一眼自己的衣裳，抬頭笑道：「不是還有江奶奶給我做嘛？」

江雨橋語塞，一恍神工夫，林景時已經端著菜出來了。

他從未給客人上過菜，幾個衝著他來買吃食的姑娘心照不宣地對視一眼，一咬牙，乾脆一起占了個座。

江雨橋突然覺得有些好笑，似笑非笑地看了林景時一眼，垂下眼掩住笑意。

見林景時端著她們點的麵走過來，幾個姑娘不自覺捏緊了帕子，他把手中的麵輕輕放在桌上，轉身要走，有那大膽的喚了一聲。「欸？」

林景時回身，面上掛著得體的笑容。「不知客人有何需要？」

那出聲的姑娘慌亂地左右看了一眼，見同伴們都躲閃著她的眼神，抿抿唇鼓起勇氣同他對視。「那……那個，我想問，那個……」支支吾吾許久，她還是洩了氣，對著林景時行禮。「對不住。」

林景時倒是沒什麼異樣，笑著點點頭又繼續去忙。那姑娘坐下後懊惱地跺了跺腳，她身邊的姊妹們能平白近距離多看林景時這麼幾息已經十分滿意，一個個小臉酡紅、羞澀沈默地吃著麵。

江雨橋對著回來的林景時挑眉，露出了然的笑容。林景時看著眼前昨夜還在他懷中哭得不能自已的磨人精，輕輕瞪了她一眼，不再去看她。

江雨橋摸了摸鼻子，心情不知為何一下子好了起來，臉上的紅潤也真實了幾分。

那桌姑娘吃完了麵，又點了幾份點心，拖到不能再拖，才紅著臉上前結帳。

江雨橋算盤一打，對著帶頭的姑娘點頭。「一共是二百一十錢。」

那姑娘正要說怎麼如此貴，林景時正巧從後廚出來，她到嘴邊的話一轉圈，變成了：「才這麼幾個錢呀？」

江雨橋愣了一下，馬上堆起笑。「咱家小本買賣，價位自然不高，然而東西都是好的。」

那姑娘偷偷瞥了林景時兩眼，含糊不清地「嗯」了一聲，摸出一個荷包，狠下心從裡頭拿出一小塊銀子。「莫要找了。」

江雨橋掂量一下，急忙拒絕。「客人給得著實太多了。」翻著錢櫃就去數銅板。

那姑娘像是被人拂了面子，臉一下子僵住，匆匆撇下一句。「說了不用找了。」扭頭就往鋪子外頭走。

江雨橋在身後「欸欸」兩聲，見她們一群人飛快出了鋪子，放下手中的銅板，無奈地搖搖頭。

出了鋪子的一群姑娘咬著下唇，走出半條街遠才慢慢停住，一個姑娘問那帶頭的姑娘。

「菲兒，那個林掌櫃不是隔壁繡莊的掌櫃嗎？如今看他倒是日日在江家忙活，他和江家有什麼關係呢？」

邢菲兒瞇起眼睛。「前陣子這兩家鋪子都沒看到林掌櫃，聽聞他是出門進貨去了，如今怕是剛回來就去江家幫忙……妳說，他會不會是看上江家那個女兒了？」

李妍的心隨著她的話也提了一下，轉念又安慰她。「江家的小姑娘約莫也就

十二、三的模樣。再說方才妳叫住林掌櫃，他不是也停下了，還對妳笑呢！」

想到林景時俊臉上動人心魄的笑容，邢菲兒的臉上也慢慢紅了起來，她瞋了李妍一眼。「就妳話多。」

身邊的幾個姑娘都有些不服氣，邢菲兒才沒心思搭理她們，如今她們尚且能一起說話，若是之後她同林掌櫃……這些人可都是她的敵人了！

邢菲兒躊躇滿志地回到家，一個尖嘴猴腮的婦人狠狠瞪了她一眼。「妳這遭瘟的，一大清早就不見人影，家中的活兒也不幫忙做，可憐妳弟弟天朦朦亮就爬起來讀書。」

邢菲兒不耐煩地看著兩句話必提到弟弟的邢婆子，一腳踢開眼前的凳子。「妳就知道邢保！」

邢婆子被她踢凳子的聲音嚇一跳，跳起來想上前去抽她，邢力聽見動靜，從後面出來喝住她。「妳做什麼呢！」

邢婆子頓住，剜了一眼滿不在乎的邢菲兒，回頭對邢力告狀。「你看看你的好閨女，大清早出門到現在才回來，家裡滿坑滿谷的活計一樣不做！可算是逮著我了，我這一日日的遭了罪了。」

邢力用眼神制止她，看著已經初露少女身段的邢菲兒笑了笑。「菲兒，妳也大了，可莫要隨便出門了。」

邢菲兒對這個自幼疼愛她的爹還是願意搭理幾分的，不甘不願地點點頭。「知道了。」

邢力笑著哄她。「快些去吃早飯吧，妳娘都給妳溫在鍋裡了。她啊，就是刀子嘴豆腐心。」

邢菲兒抿抿唇，遲疑地應下。「方才同妍兒她們一起在外頭吃了，如今不餓。」

邢婆子眉毛一豎，想要說什麼，邢力搶先道：「那妳快去歇會兒吧。」

邢菲兒回了屋，邢婆子的氣才發出來。「你攔著我做啥！」

邢力皺起眉，耐下性子跟這婆娘解釋。「咱們菲兒這模樣，前幾日李嬤嬤可透了話，許老爺府上正尋人呢……」

話不用說透，邢婆子眼一亮，不自覺地壓低聲音。「許老爺看得上咱們菲兒？」

邢力瞪了她一眼。「咱們菲兒哪兒不好，回頭請李嬤嬤來家吃個飯，早早把這事定下。但凡菲兒入了許老爺的眼，咱們保兒以後還怕沒靠山？」

一說到邢保，邢婆子心底那點疑慮早就扔到天外去，綠豆眼都亮了。

邢力嫌棄地看了她一眼。「對菲兒好些，不然她日後發達了，怎麼能記得妳？」

邢婆子只剩下點頭的分兒了，哪裡還有方才對女兒的看不慣？

沒幾日工夫，李嬤嬤就來了邢家，邢力哄著邢菲兒，說這是有名的媒婆，她年紀到了，也得相看起來了。

邢菲兒滿心都是林景時，哪裡願意見媒婆，好說歹說都不出屋，邢力瞇起眼睛問道：「菲兒，妳心裡可是有人了？」

邢菲兒小臉一紅，看著疼愛她的父親，終於說了出來。「我……我相中了合裕繡莊的林掌櫃。」

說完期盼地抬起頭。「爹，他同咱家一樣做布疋生意，若是真能成，那豈不是好事一樁？」

邢力是知道合裕繡莊的，單是前陣子國喪那陣子的棉麻布，他家就能掙上邢家辛辛苦苦賣一年的錢，若說以往也不能不說是樁好親事，只是同許遠比起來那可不夠看了。

他不動聲色，笑道：「妳這孩子應當早些同爹爹說，如今媒婆上了門不露面，不是壞了妳的名聲？妳先出去給媒婆看一眼，到時候讓她在中間牽個線看看。」

邢菲兒一聽，驚詫道：「爹您同意了？」

邢力故意「哼」了一聲。「總得先看看那林掌櫃是圓是扁再說同不同意。」

邢菲兒哪裡聽得進去，壓抑住自己歡呼雀躍的心，推了邢力一把。「爹您快出去，我換衣裳。」

邢力趕忙去了前頭，對著喝茶的李嬤嬤作揖賠罪。「李嬤嬤莫怪，小女兒家害羞呢。」

李嬤嬤撇撇嘴，話都不說，兩根手指點了點桌子。「老婆子的事可多著呢。」

邢力心領神會，從袖兜摸出一小塊銀子，悄悄擺在茶杯前。「煩請嬤嬤多照顧照顧咱家女兒。」

李嬤嬤袖子一掃，那銀子就不見了蹤跡，臉上掛上笑。「邢東家說的哪裡話，能幫忙的老婆子還眼睜睜看著不成？」

邢力滿意地笑了笑，就在這時，精心打扮過的邢菲兒邁過門檻，看到一身精棉的李嬤嬤坐在椅子上。

好歹在布莊長大，李菲兒心知李嬤嬤是礙於身分無法穿絲綢，可這最上等的棉布也著實不便宜。她心裡暖洋洋的，沒想到爹娘竟然為她打算至此，尋的媒婆只怕比官媒差不了多少了。

想到這兒，她臉上更添了幾分紅暈，有些不自在地摸了摸臉。

李嬤嬤早就上下把她打量個透，有些不滿意。眼睛不大，鼻梁不高，幸而看著一身好皮子，露在外頭的手臉都白嫩細滑，隔著衣裳看了一眼，胸脯鼓鼓，腰肢纖細，身段不錯。

她對著邢菲兒挑眉。「這就是你家閨女？」

邢力急忙對邢菲兒使眼色。「菲兒，這是李嬤嬤。」

邢菲兒碎步上前一蹲。「李嬤嬤。」

李嬤嬤方才的不滿意去了幾分，這聲音如出谷黃鸝，那一蹲下的嬌羞，下垂的眼角透著無辜，倒也不是不成。

她臉上的笑容真切了幾分，伸手扶起邢菲兒。「是個好姑娘。」

邢菲兒只覺得自己的心跳都快了起來。媒婆對她如此滿意，回頭對林掌櫃定然把她誇得天上地下的，那……那會不會林掌櫃能與她有個好的開始？

李嬤嬤在邢家吃了頓飯，席間邢菲兒極有眼色地伺候著，李嬤嬤吃得開懷，拉過邢菲兒的手。「閨女，妳放心，嬤嬤回頭定能助妳入府。」

入府？邢菲兒疑惑地看了邢力一眼，邢力心裡一個咯噔，忙舉起酒杯打圓場。「那咱家女兒可就要麻煩李嬤嬤了。」

李嬤嬤端起面前的酒杯，「呲溜」一下喝了一杯酒，這「入府」的事就這麼混了過去。

送走了李嬤嬤，好幾日都喜笑顏開、沈浸在美夢中的邢菲兒見邢力一點行動都沒有，忍不住小聲催促。「爹，您不去看看林掌櫃嗎？」

邢力的良心尚未完全泯滅，看著羞紅臉的女兒，嘆了口氣。「菲兒，妳是不是非他不可？」

邢菲兒臉色一白，提起心來。「爹……」

邢力緩下臉色。「擇日不如撞日，爹今日就去瞧瞧那林掌櫃。」

邢菲兒面露喜色，上前扯住邢力的袖子。「爹，您真好。」

邢力一出自家鋪子就沈下臉，打聽了合裕繡莊的位置，一路低著頭，不知道在思量什麼。

到了繡莊前，他深吸一口氣，想了想女兒的話，一轉身進了隔壁的江家鋪子。

這時鋪子裡正是忙的時候，滿滿當當擠滿了人，邢力一進去，連個下腳的地兒都沒有。

老江頭忙得暈頭轉向，過來抹了一把腦門的汗，對他一笑。「這位客……是你?!」

邢力也驚了一下，看著老江頭，終於想起來了。「是你？」

老江頭臉色有些難看，語氣不自覺顯出幾分不悅。「你來做什麼？」

邢力過了最初的驚訝，反而比老江頭平靜。「來吃食鋪子自然是吃東西的。」

老江頭冷哼一聲，伸手環指鋪子。「如今咱們鋪子滿了，若是想吃只能外帶了。」

邢力順著他的手看過去，一眼看到正站在櫃檯的林景時。他著實太顯眼了，與這接地氣的鋪子格格不入，卻又莫名地融洽。

他心裡暗驚，這不就是在私塾那日的男人？難不成他就是女兒口中的林掌櫃？

他皺起眉來。是了，當時顧先生的書僮也說了那男人與他是同行，原來他是合裕繡莊的掌櫃。

邢力在心底「呸」了一聲，枉那日還以為這男人是什麼大布莊的東家、少東家的，早知道與他家差不多，他也不會退縮，怎麼也得扒下江家一層皮來。

想到這裡，他臉色更是難看，撇開老江頭上前，對林景時道：「林掌櫃？」

林景時自然認出了他，對他點點頭。「邢東家。」

得了準信的邢力重重地「哼」了一聲，江雨橋正巧從後廚出來，林景時上前接過她手中一大盆熱氣騰騰、酸香撲鼻的酸菜魚片。「太重了，我來吧。」

邢力恍然大悟，怪不得他一個繡莊掌櫃，日日泡在江家鋪子裡……

江雨橋絲毫不知道邢力的想法，她把手中的魚遞給林景時，也認出了邢力，冷笑一聲。「邢東家是想吃些什麼？」

邢力心知今日是討不了好了，索性也不再裝，轉身要走，已經走出兩步，突然反應過來，回身對著江雨橋道：「給我來兩個包子，帶走！」

第十五章

在家裡坐立難安的邢菲兒扭碎了三張帕子，站在門口不停張望著，好不容易看到邢力的身影，她急忙迎上去，顧不得在大街上就急切問道：「爹，如何？」

邢力嘆了口氣，沈重地看了她一眼，搖了搖頭。

邢菲兒的心霎時掉在地上碎成八瓣，愣在當地，邢力招呼在裡頭偷看的邢婆子。「看什麼看，帶菲兒回家去！」

邢婆子慌忙跑出來，扯著木愣愣的邢菲兒進了鋪子。

邢力在她們身後下了門板，看著坐在那兒垂淚的女兒，拍了拍她的肩膀。「菲兒啊，爹今日去可真是受盡了屈辱。」

邢菲兒聞言回過神來，擦了擦淚，看著邢力不出聲。

邢力懊惱地蹲在地上。「那林掌櫃他……同那江家鋪子的閨女，早就眉來眼去了，爹同他一搭話就被他撅回來，說爹是癡心妄想啊！」

邢菲兒瞪大眼睛，拚命搖頭。「不可能……不可能，林掌櫃不是那種人！」

邢力作勢抹淚。「妳想想，平日林掌櫃和那江家姑娘是不是甚是熟稔？今日爹親眼看著兩個人都拉上手了。」

邢菲兒如同五雷轟頂，眼淚灑了一地。「爹……爹為何會同他說起？他又是如何同爹說的？」

邢力「呃」了一聲，也察覺到自己話裡的漏洞，胡亂道：「爹還能如何說，爹只問了一句他家中長輩是否要為他訂親，他就拉著那江家姑娘的手出來了。滿鋪子的人啊，爹都瞧不下去。妳看，這包子就是爹為了同他搭話才特地買的，萬萬沒想到啊，那林掌櫃看著人模人樣的，竟然如此下作！」

邢菲兒到底年少，極為信賴的爹爹這麼一說，她已經信了十分，推開身邊的邢婆子跑回屋子，不一會兒工夫就傳來哀泣的哭聲。

邢婆子目瞪口呆，看著邢力，好不容易才找回自己的聲音。「那……那林掌櫃和江家的姑娘竟然真的如此不要臉?!」

邢力懶得同這蠢婦再說，皺著眉點點頭站起來，坐在椅子上琢磨何時再去尋李嬤嬤一趟。

邢力來得快去得也快，江雨橋有些摸不著頭腦，林景時倒是知曉幾分，但他自然不會同江雨橋說起。

李嬤嬤第二次再來邢家時已經滿臉笑意了，誰知道哪個經由她送進府裡的姑娘能爭出頭呢，怎麼也得在入府前示好一下。

邢力給她使著眼色，轉過頭拉著哭喪著臉的邢菲兒道：「菲兒，莫要惦記那些人渣了，爹特地託李嬤嬤尋了一門好親事。」

邢菲兒眨眨眼，憋回到眼底的淚，緩緩搖頭。「爹，我不想……」

邢力眼淚掉得比她還快。「妳不能如此啊，菲兒，爹娘只有妳一個女兒，怎麼能眼睜睜看著妳走不出來？」

李嬤嬤愣了一下，轉眼間就明白了邢力的意思，心底撇撇嘴，面上卻露出憂色。「菲丫頭啊，妳爹說得對，嬤嬤給妳說的這門親事可是打著燈籠也找不到的，嬤嬤可費了大勁兒才給妳尋來的。」

邢菲兒哪有心思想什麼好親事、好男人的，可她再蠢也知道媒婆得罪不得，低下頭抿著嘴抹淚不說話。

邢力重重嘆口氣，拍了拍邢菲兒的肩膀。「菲兒，那林掌櫃同江家女子不清不楚的，不值得咱們惦記。」

李嬤嬤臉色一下「唰」地蠟白。「誰？江家？」

邢家人被她的反應驚了一下，齊齊望著她。

李嬤嬤好不容易緩過來，琢磨起邢力的話，皺起眉來。「邢東家說的可是合裕繡莊那個林掌櫃和隔壁江家那個小賤……女子有一腿？」

邢菲兒被李嬤嬤這話一激，「嚶嚶」哭了起來。

李嬤嬤臉色越發難看，窺著抹眼淚的邢菲兒，重重一跺腳。「怨不得，當日我就看著林掌櫃緊緊拉著江家那女兒的手，我還以為那是她什麼哥哥呢。」

這句話對邢菲兒來說不亞於晴天霹靂，竟然連李嬤嬤這種外人都能看出林掌櫃和江雨橋形容親密，心中說不出什麼滋味，只覺得一顆心都被碾成了細末。

李嬤嬤心中盤算著要早早回去告訴許遠這個消息，從許忠幾回傳話來看，許遠對那個江家小賤人是真的上了心的，邢菲兒這種女子多一個少一個倒是無所謂。

她眼珠一轉，對邢力道：「我看菲兒這段時間也無心談婚事，不若讓孩子緩緩，咱們過陣子再提。」

邢力沒想到片刻工夫李嬤嬤就變了主意，還以為她是知道邢菲兒心有所屬才打了退堂鼓，急得汗都出來了，伸出手攔住她。「嬤嬤莫急著走，咱們菲兒年紀也不小了，可耽擱不起，今日您不是有著一門上等好親才過來的嗎？」

李嬤嬤皺起眉來，看著邢力的樣子是不說完不讓她走了，她心裡急三火四地想去許府報信，也不想再糾纏，顧不得邢菲兒心中什麼想法，直接全盤托出。「咱們縣上要說青年才俊非許府的許老爺莫屬了，嬤嬤給妳尋的就是許老爺。」

邢菲兒又驚又怒，瞪著杏眼，呵斥道：「李嬤嬤莫要再說，那許老爺已有妻子，如何能再尋親！」

李嬤嬤不屑地打量了一下邢菲兒。「咱們小門小戶的還妄想去給許老爺做正室？能做個妾就已經是嬤嬤求爺爺、告奶奶給妳求來的。若妳不願意，進了府就從通房丫頭做起！」

邢菲兒覺得自己的臉都被李嬤嬤撕下來扔在地上踩了，她剛收起的淚珠又湧了出來。

李嬤嬤眉頭擰得緊緊的，看了邢力一眼。「話我是擺在這兒了，三日後我要答覆。若她不願意，自然有的是姑娘願意。」

說完閃開邢力的手，扭身出了門。她得趕緊去許府上報關於江雨橋的消息才成。

眼見前幾日還對她和顏悅色的李嬤嬤變了一副模樣，邢菲兒氣苦地捶了下桌子。

邢力心裡也慌了，好不容易搭上李嬤嬤這條線，哪能就這麼斷了！

自己的女兒自己知道，看著咬著下唇的邢菲兒，他默默坐在她身邊，滴下幾滴淚。

「菲兒，爹也是病急亂投醫，想出一口惡氣。爹看過那林掌櫃，這縣城比他強的男人怕是只有許家老爺了，聽說那許家老爺長得一表人才，年紀輕輕在縣城已經是說一不二的人物，那林掌櫃拍馬也趕不上啊！」

邢菲兒被他說得心底酸澀，想了想林景時竟然同江雨橋那小丫頭片子親密得人盡皆知，垂下眼眸。「爹……讓我好好想想。」

邢力知道過猶不及，自己的女兒說得不好聽有些小心眼，如今她尚未緩過來，一旦有機會，她定是要往死裡報復林景時同江家那丫頭的，不信她不同意入許府。

許遠已經幾日沒出門了，許公公傳來消息說這段日子讓他蟄伏起來，最好連門也別出，做出為辰妃娘娘守孝的姿態。

他只好放下手中所有明面上的事窩在家中，只是日日對著府中這些女人千篇一律的臉，他心中卻越來越惦記江雨橋。

李嬤嬤左右窺著無人發現，從最角落的偏門鑽進許府。她這種等級的牙婆子，也就只有說江雨橋的事才能同許忠接觸。

她左右看了看，從懷中摸出邢力剛塞給她的銀錠子遞到小廝手上。「小哥，煩您去問問許管家，就說老婆子有關於江家閨女的事同他說，可要見老婆子一見？」

小廝掂了掂手上銀子的重量，臉上露出笑來，把李嬤嬤讓在一個亭子中等著。「李嬤嬤在這兒等等，我這就去尋許管家。」

李嬤嬤看著小廝遠去的背影，有些坐立難安，在心底一遍遍打著稿子，琢磨一會兒要怎麼說。

誰料沒多久，就看到一抹挺拔的身影出現在園子中，園中的花兒襯著來人的一雙桃花眼，更讓他添了幾分風流。

李嬤嬤只覺得自己腿腳發軟，用手扶著石桌站起來，想要迎上去卻怎麼都挪不動腳，乾脆「撲通」一聲跪下，趴在地上一點動靜也不敢出。

許遠帶著許忠進了小亭子，見地上跪著這麼一個污濁的老婆子，輕輕皺了皺眉，用腳點了點地。「說吧，江雨橋什麼事？」

李嬤嬤萬沒想到在許遠心中，江雨橋竟然如此重要，能讓他親自見她一回，她的牙齒顫抖，張了張嘴沒說出話來。

許遠越發厭惡，許忠看到他的臉色，上前踹了李嬤嬤一腳。「說！」

李嬤嬤身體趴得更低，方才心中盤算的那些話一句也說不出來，抖著唇把實話全都抖出來。

「……邢家姑娘……看上了林掌櫃……江家姑娘……比較親密……拉了手……」

「林掌櫃？」許遠低頭看著自己指尖。「林景時啊……」

李嬤嬤愣住，悄悄看了許遠一眼，被他渾身散發的冰冷氣息凍得一哆嗦，趕忙低下頭。

許遠良久沒開口，李嬤嬤只覺得自己被他的氣場壓得快要喘不過氣來，在她快要窒息的時候，許遠冷笑一聲。「妳說的是哪個邢家？」

李嬤嬤深深吸了一口氣。「回老爺，那邢家的姑娘就是前幾日……」她瞥了許忠一眼，許忠一下子想起來，對她點點頭。

她才繼續道：「就是前幾日想要入府的姑娘……」

許遠意味不明地笑了一聲。「一個惦記著林景時的女人要入我許府？」

李嬤嬤滿頭大汗，飛快地磕起了頭。「老婆子不知，老婆子不知，這著實是老婆子的失誤，老爺莫要生氣，我這就回去同她家說清楚！」

許遠擺擺手，許忠忙上前制止住李嬤嬤。

許遠看都懶得看她一眼，玩著腰間的玉珮。「明日把那邢家的送進府做丫頭。」

李嬤嬤一愣，下意識抬頭去看許忠。許忠抿著唇面無表情，她心裡提在半空落不下去，這……這算怎麼回事？

許遠已經信步出了亭子，許忠急忙跟上，撇下一臉茫然的李嬤嬤。

丫……丫頭？

她心底發了狠，既然許老爺說了這話，那邢菲兒願不願意，都得進這個府門！

此時的邢菲兒也飛快地下定了決心，待第二日李嬤嬤一上門，還沒來得及說話，邢力就笑咪咪道：「嬤嬤再不來我就要去尋妳了，咱們家菲兒應下了。」

李嬤嬤學著許遠的樣子冷笑一聲。「應下了？人家許老爺是你們能挑三揀四的？許老爺說了，入府可以，但不是姨娘，也就是個丫頭。」

邢力臉色突變，不知道為何只過了一日就變了說法，尤其許遠竟知道了他們家的事，哪個男人能忍得，菲兒入了府還能討得了好？

他臉色越來越難看，身邊面無表情的邢菲兒卻定定地看著李嬤嬤。「嬤嬤，我應下了。」

邢菲兒身著一身素色衣裳，跟著李嬤嬤到了許府，從角門進去後回頭看了一眼府外的世界，心生感慨，沒想到自己最終連一頂青布小轎都沒有。

她回過身，臉上那悲哀的表情已經消失得一乾二淨，在李嬤嬤的催促下挽起一抹笑，跟在李嬤嬤身後往後院走去。

另一頭，許夫人支著頭，正在看眼前的小丫鬟用搗爛調好的蔻丹給她仔細敷在指甲上。

這時，大丫鬟盈紅悄無聲息地進來，對她行禮。「夫人，李嬷嬷又帶來了一個丫頭。」

許夫人連眼角都沒抬。「什麼人？」

「回夫人，是城南三合街邢家布莊的閨女兒。」

「哦？」許夫人倒是有了幾分興趣。「這等人家的女兒進門做丫頭？好歹得給個妾位嘛。」

盈紅抿唇一笑。「夫人說笑了，咱家如今不是還在為辰妃娘娘守孝？」

許夫人臉上浮出一絲笑意。「行了，送去老爺那兒吧。」

邢菲兒剛進許府，就被許夫人一巴掌搧在臉上，讓她清楚意識到自己不過是個通房丫頭，甚至連見許夫人的面都不配見一眼。

她兩眼含淚，心中對江雨橋越發憤恨，暗下決心一定要勾住許遠的魂，讓他教訓教訓那對狗男女，替自己出口氣！

另一頭的林景時和江雨橋絲毫不知道自己被針對上了，此時的林景時站在江雨橋買的小院中，挑眉笑道：「這就是妳偷偷買的院子？」

江雨橋摸了摸鼻子。「同你那處院子是沒法比。」

林景時意味深長地看了她一眼。「哪處院子？」

「呃……」江雨橋也想起自己說的話，那夜的一切都是一場夢，她紅了紅臉，轉移話題。「這就是我為自家打算的退路。」

林景時沒說話，繞著小院走了一圈，又進屋看了看，果不其然也看到了那地窖，他點點頭。「不錯。」

江雨橋臉上浮出笑來，林景時疑惑問道：「為何告訴我？」

江雨橋的臉一下子漲得通紅。

她……能怎麼說呢？她長嘆一口氣。「林掌櫃怕是我認識的人當中，既擔得住事又能保守住秘密的了。」

林景時被她形容得想笑，瞇起眼睛，露出笑意。「原來我只有這麼個作用。」

江雨橋忍了又忍，才吞下到嘴邊的話，輕輕「哼」了一聲。「我想把地窖囤滿糧食。」

林景時眉頭微皺。「雨橋，我發現妳對囤糧這件事情很執著。若是因為許遠，完全不必如此，到底是為何？」

江雨橋一時語塞，低頭垂眸。「許是小時候餓著了，手中有糧心裡才不慌吧。」

林景時哭笑不得，這一看就是敷衍他，既然江雨橋不願意說，林景時也不逼她，反而認真同她商議起來。「我可以派人幫妳把糧運過來，嗯……神不知鬼不覺。」

江雨橋心底感動，抬眼望著他。「多謝林掌櫃。」

林景時笑道：「再怎麼說我也是擔得住事、守得住秘密的人，無須多謝。」

江雨橋被他堵回來，抿起嘴深深吸一口氣。每次她十分感動時，林景時總是會說一、兩句殺風景的話讓她回到現實。

她也不是真的什麼都不懂的小姑娘，那日與林景時如此親近後，琢磨了這麼久，自然知道自己已經動了心，可林景時這……

她突然認真地看著他，林景時冷不防被她黑水銀般的眼睛盯著，一時說不出話來。

二人對視片刻，他的耳畔泛起可疑的紅暈，掩飾般輕咳一聲。「雨橋，怎麼了？」

江雨橋不回答，就這麼靜靜看著他，直把他看得快要控制不住自己臉上的緋色才罷休，低聲道：「咱們回吧，怕是要忙了。」

林景時哪裡還敢說別的，默默點頭，跟著她出了院子。

待她鎖好門，一回神見到林景時同胡同口那棵樹半重疊在一起的身影，感嘆一句。「真像。」

林景時聽不明白她的話，用眼神詢問她，江雨橋指了指他身後的樹。「我一直覺得那棵樹跟林掌櫃很像。」

林景時心中一動，下一刻狂跳不已，他看著江雨橋，想問卻又不敢問，閉上眼睛沈默許久才沙啞開口。「是嗎？」

江雨橋點點頭，率先朝那棵樹走去。

林景時看著她嬌弱卻又堅韌的背影，輕嘆一聲，幾不可聞道：「妳……是為了那棵樹才買這間院子的嗎……」

江雨橋已經走到胡同口，回頭見他還在原地，伸手招呼他。「林掌櫃快些走，要來不及了。」

林景時壓抑住心底翻湧的心思，深深看了她兩眼，這才跟上。

二人回到鋪子時，正巧趕上用午飯的時辰，立刻斂下那點旖旎的小心思，著手忙碌起來。

忙完這一陣，一家人才能聚在一起湊合吃一頓午飯。李牙唉聲嘆氣的，才吃了九個饅頭就吃不下了。

江老太摸了摸他的額頭。「也沒發燒啊，怎麼吃這麼少呢？」

江雨橋仔細打量了一下，見他臉色紅潤，不像是生病的樣子，才開口問道：「李牙哥是遇到什麼事了？」

李牙嘟起嘴來。「我……我有些想我爹了。」

一聽這話，江雨橋心裡「咯噔」一下。最近這陣子事情太多、太雜，她竟然把這件事忘了。

她忙站起來給李牙賠罪。「李牙哥，是我疏忽了，明日就讓小明去鎮上打探一下。」

李牙癟癟嘴搖頭。「我爹若是想找我早就找來了，他就是不想我，我才不主動去找他。」

江雨橋一拍腦門。「李大廚如何能知道你在哪兒呢，你也沒去他安排的地方啊。」

李牙倔強地「哼」了一聲，低下頭不說話。

江雨橋知道他這個人心眼實，此時像一隻無家可歸的巨型大狗坐在這兒，模樣分外可憐，嘆了口氣。「李牙哥，不管怎麼樣，也得明日探聽清楚了再說。晚上咱們做麻油鴨吃可好？」

一聽到麻油鴨，李大廚立刻被李牙拋在腦後。他用力點點頭，伸手抄起一個饅頭，美滋滋地繼續吃起來。

聽說自己明日要去鎮上，賴明也有些激動，他再懂事也不過是十歲的孩子，有空到處跑跑自然高興。

江陽樹羨慕地看著他。「明哥，我也想回鎮上。」

賴明做出哥哥的樣子，摸了摸他的頭。「放心，你想吃什麼，寫個字條給我，我明日都給你帶回來。」

江陽樹長嘆一口氣。「鎮上最好吃的就是我姊做的吃食，我哪裡有什麼想吃的，就是有一家蛐蛐兒籠子編得還挺好的……」

江雨橋差點沒把嘴裡的湯噴出來，點了點他。「小馬屁精，趕緊吃，吃了還得去私塾呢。」

江陽樹也喝了一口湯。「最近顧先生日日晌午都趕我們回家吃飯，說是灶房要修，我也沒看到動土木。」

林景時挑眉問道：「沒動土木？」

江陽樹點點頭。「不只沒動，灶房看著比以往還乾淨了些，許是因著晌午我們不熱飯了吧。」

林景時了然，摸了摸他的頭。「回來吃飯也好，總是新鮮些。」

剛吃完飯，江雨橋就給江陽樹裝了滿滿一盒剛出鍋的紅豆包。「拿去同你的同窗們一起吃，不許小氣。」

江陽樹心知她說的是之前邢保那件事，哼哼唧唧應下，聞著食盒縫中散發出若有若無的香甜氣味，心裡急著同四喜分享，匆匆往私塾跑去。

江雨橋目送他的身影消失在街角，回過頭拉著賴明小心叮囑。「李牙哥家住的地方我已經同你說了，只是李大廚有可能出去做席，你敲敲街坊們的門打聽打聽。」

說完把他拉到櫃檯，摸出一張銀票。「若是見到李大廚，把這十兩銀子給他，就說是李牙哥孝敬的，然後把咱們鋪子的地址留下，讓李大廚有空就來看看。」

賴明一一記在心裡，認真點點頭。「姊，妳放心，我年紀小，無人會防備我的。」

江雨橋見他不用點就通，欣慰地拍了拍他的肩。「明日早晨給你賃輛馬車，來回你都坐馬車，路上自己當心些。」

轉過日一大早賴明就出發了，李牙拿著一大塊滷豬肝邊啃邊看著他上了馬車，心裡翻來覆去地琢磨著李大廚會不會還在生氣，只覺得手中的豬肝都沒了滋味。

這一整日李牙的心思都不在做菜上，要麼鹹，要麼淡，有一回還把糖當成鹽撒在菜裡，幸而都是老顧客，江雨橋給人免了單，乾脆把李牙攆出後廚，讓他去後院好好歇歇，自己掌起了勺。

江家人本以為賴明怎麼著也得天黑才能回來，誰料下半晌太陽還沒落下，「噠噠」的馬蹄聲就傳來了。

老江頭迎出門，只見賴明從馬車上俐落地跳下來，叫了一聲。「爺。」接著回身招呼。「李大廚，咱們到了。」

一個消瘦的身影掀開簾子，老江頭一時沒認出來，仔細辨認了一會兒才驚呼道：「李、李大廚？你如何瘦成這樣了！」

王衝機靈地上前把他攙扶下馬車，賴明已經衝進後廚。「李牙哥，李大廚來了！」

江雨橋一聽，放下手中的活兒，回身對賴明道：「李牙哥在屋裡，快去喚他。」

賴明「欸」了一聲轉身就跑。

江雨橋將手洗乾淨，同江老太商量。「沒想到李大廚竟然親自過來了，咱們這就早早關了鋪子做幾道好菜吧。這幾個月……總覺得是自己拐來了李牙哥。」

江老太咂咂嘴，順著江雨橋這話一琢磨，自己也有些心虛，拍了她一下。「妳這孩子淨胡說，怎麼是咱們拐了李牙了？成了，出去讓妳爺把門板卸下。哎，對了，讓衝小子去隔壁叫林掌櫃一起來，哪能做了好吃的把他落下。還有，孫秀才……」

江雨橋被江老太念叨得頭都暈了，撇下一句「我出去看看李大廚」，就三兩步躥了出去，江老太剩下的話堵在嗓子裡，在半空中虛點她的背影兩下，也洗了洗手跟了出去。

老江頭已經開始卸板子，顯然他們是想到一處了。李牙還沒出來，江雨橋看到坐在鋪子正中央的李大廚，心裡一驚。

看李牙的模樣也能想像出李大廚本就是個高壯的漢子，可如今的李大廚瘦骨伶仃，天氣尚未寒冷，他卻已經穿上薄夾襖，那夾襖許是去年的，晃晃蕩蕩地套在身上，顯得他臉色蠟黃。

跟著出來的江老太倒吸一口氣，江雨橋話也來不及說，回身進了灶房，飛快揀了一屜肉包子，又從滷缸中撈出半個豬頭剁碎，想了想又盛了一海碗一直熬著的高湯，一齊端了出去。

李牙在後院糾結了一會兒，才磨磨嘰嘰地來到前頭，本還琢磨要怎麼讓他爹哄他給他認錯，結果一眼看到枯瘦的李大廚，眼淚就控制不住地落下，撲上去跪在他腳邊。

「爹，您怎麼了！」

那哭聲大得連房梁上的灰都能震下來，江雨橋剛掀開簾子，就差點被這震天吼嚇得把手中的飯扔出去。

李大廚眉頭微皺，看見李牙養得白白胖胖的才鬆了口氣，下一瞬一腳踢在李牙身上。「你這兔崽子有能耐了啊！嚎什麼嚎，差點嚇得人閨女把飯都掀了！」

被罵了一句，李牙像一隻被掐了脖子的雞，不敢發出哭聲，就在那兒「嘶嘶」地吸著氣，大顆的淚珠砸在地上，不一會兒，他膝蓋的衣角都被染得濕透了。

李大廚罵了一句，咳嗽兩下，見李牙安靜了也不去理他，擠出笑臉，伸手招呼江雨橋。「閨女，手裡端的是給我的？」

江雨橋回過神來，急忙上前放在他面前。「李大廚先墊墊胃，待會兒我去炒幾道菜，晚上咱們再好好吃一頓。」

李大廚眼睛一亮，伸手抓起一個包子，邊吃邊擺手。「這就挺好，也不用特地做什麼，我這兔崽子多能吃我知道，怕是你們養著他也費老勁了。」

李牙委屈地癟癟嘴，帶著哭腔開口。「爹，我不是，我沒有……」

李大廚又一腳踹上去。「閉嘴，打擾老子吃包子！」

李牙一哆嗦，縮著脖子不敢出聲。

江雨橋見他大顆眼淚「啪嗒啪嗒」的，心裡嘆口氣，從懷裡摸出一塊帕子遞給他。

李牙接過來在臉上胡亂抹了幾把，不一會兒帕子就濕答答的能滴下水了，江老太忙把自己的也遞上去，給他擦眼淚。

「李牙哥，擦擦臉吧。」

李大廚喝完了最後一碗湯，舒服地嘆了口氣，看著兒子還跪在地上的窩囊樣子，又踹了一腳。「給老子起來！」

李牙委委屈屈地站起來，可跪的時間太長了，他膝蓋一軟，下意識地伸手扶住眼前李大廚的腿，感受著手下硌人的骨頭，他剛收起的淚忍不住又落下來，不管不顧地抱住李大廚，像個孩子一樣哇哇大哭。

李大廚掙扎了兩下，推不動這個大胖兒子，只能服了軟，輕輕拍了拍他的後背，自己的眼睛也濕潤起來。

所有人都安靜地看著眼前的父子抱頭痛哭，無人上前打擾。

江老太抹了抹淚，推了推江雨橋。「這麼哭，嗓子不得壞了，咱們上前勸勸吧。」

李大廚聽到江老太的話，收了淚，感受到自己半邊身子都被李牙的眼淚打濕了，心裡軟軟的，摸了摸兒子毛茸茸的大腦袋，輕聲哄道：「成了，莫要哭了，你都多大歲數了，也不嫌丟人。」

李牙賴在李大廚肩頭，撒嬌般地搖搖頭。

李大廚臉色一變，提高音量。「兔崽子，給我起來！」

李牙這才抽抽噎噎地直起身子，剛被淚水沖刷過的銅鈴大眼無辜地看著李大廚，看得李大廚渾身不對勁，一巴掌拍在他大腦袋上。「做什麼小婦人模樣！」

李牙哼唧兩聲，才憋下眼淚，一下一下摸著李大廚後背凸起的骨頭。「爹，您怎麼瘦成這樣了？」

李大廚瞪了他一眼沒回話，對老江頭拱手。「您就是這兒的東家吧，我家這孩子這陣子多虧您了。」

老江頭急忙擺手。「沒有、沒有，李牙這孩子也沒少做活，幫了咱們不少忙，是個好孩子。」

李牙露出一副等著誇獎的樣子，李大廚忍不住又拍了他腦袋一下，才對老江頭道：「他什麼毛病沒有比我這當爹的更清楚，我拚了命做席，一年也攢不了幾個錢，都填他這無底洞肚子裡了。今日一看他這臉色，就知道這陣子吃得好、喝得好，也是勞您費心了。」

江雨橋戳了戳江老太。「奶，先帶著李牙哥下去收拾收拾吧，這滿臉的鼻涕眼淚，還得給李大廚收拾一鋪炕，咱們不知曉李大廚喜歡什麼樣子的，都得李牙哥看著。」

李牙一聽，「嗖」地一下站起來。「我去、我去，我和奶奶一起去。」

江老太早就心疼他哭了半晌，拉著他就先去了後院，讓他乖乖坐在那兒，自己去給他打熱水擦臉。

江雨橋嘆口氣，認真看著李大廚。「李大廚，李牙哥不在這兒了，咱們說說這陣子怎麼回事吧，您怎麼……」

李大廚打量江雨橋兩眼，低頭苦笑一聲。「還能如何？那兔崽子鬧的事情，你們可知曉？」

江雨橋點點頭。「李牙哥來的當日就同我們說過了。」

李大廚長嘆一口氣。「做席面廚子最要緊的就是名聲，李牙做的那事小了說是孩子不懂事，大了說那就是打了主家臉面，毀了主家的婚宴，誰家願意請一個這樣的席面廚子？」

老江頭不知說什麼好，好半晌才找回自己的聲音。「李、李大廚是說，這幾個月你都沒席面做？」

李大廚笑了笑。「只沒席面做倒是無所謂，這些年下來總是攢了幾個錢，餓也餓不死。可誰知那日的新娘子娘家一個表舅是衙門裡的班頭，李牙把人家外甥女婿的牙都打掉了，這事又怎麼能善了？這不我就進大牢住了兩個多月，將將回家沒幾日，我那妹妹送了消息來，我才知道李牙不在我妹妹家，還以為這孩子丟了，心裡正火燒火燎的，那孩子這不就找來了。」

短短幾句話訴說了這幾個月的驚心動魄，江雨橋捏緊手，澀澀問道：「李大廚可是……受了刑罰？」

李大廚滿不在乎地搖搖頭。「我也沒犯什麼大事，把銀子一賠，人家倒是也沒往死裡整，就是裡頭吃得不好，一碗能數清米粒的稀粥吃了兩個月，吃得我胃裡空落落的，今兒可算吃了一頓飽飯了。閨女，妳這滷肉味道不錯啊，幾年的老滷了？」

老江頭愣住，這話題怎麼轉得這麼快？

江雨橋嘆口氣，心知他是不願意再說，對李大廚道：「這滷子才幾個月，也是李牙哥養的，的確是不比別家幾年的老滷差。李大廚這幾日先養養身子，回頭讓李牙哥同您細說。」

這可真是讓李大廚吃驚了。「李牙那小子還有這一手？我怎麼不知道？」

江雨橋神秘一笑。「李大廚方才吃的包子、滷肉和湯都是李牙哥做的，您覺得味道如何？」

李大廚細細回味了一下方才吃下去的食物味道，由衷道：「這孩子如今可長進不少。」

李牙剛給他收拾完炕，正巧聽到這句話，歡喜得不知怎麼表達，跑過去蹭了蹭李大廚的臉。「爹，我長進可大了呢！」

李大廚嫌棄地推開他的大腦袋。「你幾歲了？真是越活越回去了！」

李牙被憋住，深深吸了一口氣才緩過來，委屈得不得了，扭著手指不說話。

李大廚被他這副模樣氣得磨了磨牙。「你哪兒長進了？還是這個樣子，天天做些小女兒姿態，說你多少回了你就是改不了。」

李牙「哼」了一聲，也不說話。

江雨橋無奈地看著父子倆，對李牙道：「李牙哥，先帶李大廚去歇著吧，我去給李大廚準備兩身換洗衣裳。」

雖然剛被李大廚罵了一頓，李牙還是輕輕扶起李大廚。「爹，跟我去後院吧。」

李大廚也覺得自己方才的話說得有些硬，順從地站起來，父子倆攙扶著去了後院。

江雨橋回頭對王衝道：「王三哥，李牙哥這陣子可能要在鋪子裡打地鋪了，你同李大廚睡可好？」

王衝點點頭，又搖搖頭。「我看我去隔壁睡吧，讓李牙哥和李大廚好好說說話，他們爺兒倆也是許久未見了。再說李大廚的身體……李牙哥怕是也不放心。」

這倒也是個辦法。江雨橋道：「那等晚上孫大哥回來後再同他商議一下吧。」

轉身又對賴明道：「你去隔壁繡莊買兩身細棉布的成衣，把李大廚的身量告訴桑姨就行。」

見二人各自去忙，她對老江頭和江老太道：「爺奶，我看李大廚是回不了鎮上了，咱們……」

話未說完就被老江頭打斷。「就讓李大廚留下吧，也是個苦命人。」

江老太附和地重重點頭，江雨橋放下心來，逗了江老太一下。「奶不怕李大廚同李牙哥一樣能吃？方才他可吃了九個包子和半個豬頭呢。」

江老太臉色一變，抿抿嘴，咬著牙道：「能……能吃就能吃，反正李牙的工錢夠他們父子倆吃用了。」

江雨橋眯起眼睛壞笑，正巧被進門的林景時看見，他如墨的眸子也染上笑意。「雨橋在笑什麼呢？」

冷不防聽到他清朗的聲音，江雨橋嚇了一跳，一回頭看到他手中抱著兩套衣裳，詫異道：「這麼快？」

林景時笑道：「是說李大廚的事？小明尚在同桑姨說呢，這是我給爺奶定的兩身衣裳。」

江老太皺起眉來，口中抱怨道：「你可沒少送衣裳過來，上回不都說了不許再做了，怎麼又送？」

林景時一聽就知道自己撞槍口上了，朝江雨橋眨眨眼，笑著哄江老太。「日子漸涼了，怎麼也到了換衣裳的時候，爺爺每日在外頭迎客，好幾回我看見他鼻尖都紅了。」

老江頭正喝著水呢，一頂大帽子就這麼扣過來，他瞪大眼睛搖搖頭。「沒有、沒有……」

江老太哪裡容得他解釋，上下打量著他。「你這糟老頭子，自己不會添衣？我問你好幾回了都說不冷，裝得個老來俏，拿給你都不穿，林掌櫃都看在眼裡了，如今你可還有什麼話說！」

老江頭冤枉地直擺手，林景時笑著把衣裳往他手上一放。「爺爺先去試試合不合身、暖不暖和。」

老江頭可真是有苦說不出，林景時也是一片心意關心他，張張嘴，最終重重嘆口氣，哀怨道：「我去、我去。」

老江頭抱著衣裳往後院走去，江老太在他身後「哼」了一聲，回過頭盯著林景時。「還有你，可莫要再送了。」

林景時點點頭，一看就沒往心裡去。江老太滿心一半埋怨、一半欣慰，點了點他的額頭，索性也跟去後頭看看李大廚如何了。

王衝有眼色地拿著抹布去收拾方才未擦的桌子，林景時看著眼前眉頭微皺的江雨橋，問道：「可是李大廚出了何事？」

江雨橋長長地嘆口氣。「李牙哥的事情你也知道，本以為李大廚在鎮上也小有名氣，沒想到一個小小的班頭就能折磨他至此。」

江雨橋低下頭，想到許遠的身分，沈默許久。

林景時也想到了，憐惜地摸了摸她的頭。「無須擔憂。如今妳是想把李大廚留在這兒？」

江雨橋抿抿唇，想到他說的不用走，有幾分心虛，還是鼓起勇氣道：「李大廚同李牙哥怎麼也能撐起一間鋪子。」

林景時的手僵住，緩緩收回手，深深看了她一眼，意味不明地笑了一聲。「這間鋪子？」

江雨橋沒說話，林景時也沒有再開口，二人陷入了沈默。

王衝擦完桌子，窺著這邊氣氛不怎麼對，畏畏縮縮地蹭過來打圓場。「雨橋，那個……咱們啥時開始準備晚飯？」

江雨橋心裡鬆了口氣，擠出笑對王衝道：「王三哥，你去同李牙哥說，讓他好好陪著李大廚吧，我來做好了。」

王衝也鬆了口氣，藉著這藉口去了後院。

江雨橋為難地看了一眼一動未動的林景時。「林掌櫃，我要去後廚準備了。」

林景時像是沒聽明白她話中的意思，低笑一聲。「我去幫妳。」

江雨橋只覺得自己懵了，「啊」了兩聲才反應過來。「你你你……」卻看見林景時已經進了後廚，只剩下那門簾左右搖擺著。

她吞了下口水，無奈地搖搖頭，只能跟著進去。

林景時站在後廚有些不知所措，江雨橋看到他站在一堆鍋碗瓢盆間，突然覺得有幾分好笑。

她輕咳一聲，指著一角。「林掌櫃把那千張切切吧，要切成比髮絲稍微粗一些。」

林景時順著她的手走過去，拿起一張千張看了看，回身問道：「刀在哪兒？」

江雨橋沒想到他竟然真的要切，遞去一把刀。「喏，在這張案板上切，切得太粗了就……」

話未說完，她就被林景時精湛的刀技驚到了，片刻工夫一張乾絲已經切成均勻的細絲。

林景時看了一眼目瞪口呆的江雨橋。「放哪兒？」

江雨橋愣愣地指著一盆清水。「放、放裡面泡著吧。」

林景時依言放了進去，回頭問道：「還要切什麼？」

江雨橋掀了掀唇，看著水中如同一團雲霧的細乾絲。「林掌櫃好刀法……」

林景時看了看手中的菜刀。「我還是第一次拿菜刀。」

呃……那他之前都拿的什麼刀？

想到那夜飛來飛去的體驗，江雨橋識趣地閉嘴不言，把所有要切的東西都推給他。

「火腿片成薄片，切成同千絲般的細絲，這個切段，那個切片。」

林景時認真地聽她的吩咐，拿起刀來「咄咄」切了起來。

江雨橋看了看他的背影，笑著搖搖頭，自己也開始準備今晚的菜式。

第十六章

李牙被李大廚一通罵，一腳從屋裡踢出來，讓他做活去。李牙磨磨嘰嘰地在門口哀求兩聲，見他爹不理他，只能垂頭喪氣地來到後廚。

江雨橋見他進來也沒多問，拍拍手，放下手上的鴨子。「李牙哥，你不是想學麻油鴨嗎？正巧今日你試試，也讓李大廚嚐嚐。」

李牙眼睛一亮，上前接過那隻鴨，把內臟清理乾淨，加入各式香料和黃酒煮滾後，放置在一旁，讓鴨子在開水的餘溫中浸一個時辰慢慢浸熟。

李牙摸起一個蘿蔔開始練習雕花，林景時還在切著菜，江雨橋看了二人一眼，一閃身出了後廚。

林景時察覺到回頭之時，只能看到她的背影，愣了一下，又掉進這小丫頭的套兒了。

他慢條斯理地切完剩下的菜，一樣一樣同李牙說好，洗乾淨手也出了後廚，在鋪子中環視一圈，卻沒看到江雨橋。

他低頭思索片刻，抬腳要往後院去。

誰料這時聽到門外傳來「咚咚咚」的敲門聲，林景時站住，沈下心，聽著門外人的氣息，竟然有四、五人之多。

他皺起眉來，王衝正巧從後院出來，聽到有人敲門，下意識往前跑兩步，到門口才反應過來，喊了一句。「今日咱家打烊了。」

門外傳來孫秀才氣喘吁吁的聲音。「是、是我。」

王衝一聽是自家人，一邊上前卸開門板，一邊念叨。「孫大哥今日回來得倒是早。」

門板剛卸下一塊，一隻大手就把住門板用力往後一推，王衝始料未及，被他一下子推倒，若不是林景時眼疾手快伸手拉了他一把，怕是要被厚重的門板壓個正著。

門板重重砸在地上，發出一聲巨響。孫秀才驚呼一聲，上前拉住那漢子。「你做什麼！」

那壯漢反手把孫秀才推倒在地，一腳踢開一把擋住路的椅子，孫秀才下意識一抖，看到不知道傷到哪裡、扭曲著臉的王衝，鼓起勇氣站起來，兩腿發軟地擋在壯漢前面。「你們要、要做什麼！」

那壯漢猙獰一笑。「孫秀才這話問得好，不如先還我們銀子？」

「銀子？」

聽到動靜趕來的江家人都從後院出來，連沈浸在做菜中的李牙都擰著眉從後廚出來。

那壯漢看到凶神惡煞、比他高壯一大圈的李牙也不敢太囂張，環顧來人一圈，挑了最弱小的江雨橋，大聲呵斥。

「這不是咱們秀才老爺家嗎？怎麼，欠債不還還要打人?!」

孫秀才氣得渾身發抖，指著壯漢道：「你、你們惡人先告狀！」

門外幾個壯漢的跟班已經在大街上喊了起來。「快來看啊，孫秀才欠債不還，江家鋪子打人啦！」

如今正是各家鋪子打算收攤的時候，本就無什麼買賣，一時間街上的人都被招呼過來，不一會兒工夫，鋪子門口就圍滿了人。

江雨橋冷笑一聲，出聲問道：「我倒不知道，咱們一句話沒說，這位……大叔為何說咱們要打人？咱們一鋪子雖說老的老、小的小、病的病，可也不是任人欺凌的！」

話音剛落，賴鶯機靈地反身抱住江老太的腿假哭。「奶，我怕……」

門外的圍觀群眾們看了看江老太和老江頭滿頭白髮，又看了看瘦弱的江雨橋和賴明，耳邊環繞著賴鶯稚嫩的啼哭，紛紛用不贊同的眼神瞪著幾個人。

那漢子本來的洋洋自得僵在臉上，瞇起眼睛打量了一下江雨橋，心中了然。「妳就是這家的孫女兒？」

江雨橋冷笑一聲，大聲道：「看來大叔對咱家早就打聽過了，連我是這家的什麼人都一清二楚，不如打開天窗說亮話，莫要耽擱咱們的時辰。」

那壯漢又被堵了一下，猙獰地彎了彎唇角，想上前拉住江雨橋，李牙見狀「嗯？」的一聲往前一步，倒是震懾住了他。

他「哼」了一聲，一把扯過眼前的孫秀才。「你說，你有沒有欠咱們錢？」

孫秀才好不容易才穩住自己，深吸一口氣，抬頭直視壯漢臉上的刀疤。「我欠了！可那是你們下的套！」

那壯漢才不管他說什麼下不下套的，對江雨橋一揚下巴。「聽見沒，妳這哥哥可是親口承認了。怎麼，你們還想賴帳？」

門外一片譁然，孫秀才在他們城南已經算是小有名氣的出息人了，如今竟被人追債上門，還拖累江家，一時間眾人都打起了眉眼官司。

孫秀才急得滿臉通紅，怎麼掙扎也掙不開壯漢的手。「我說了，那是你們下的套！」

那壯漢冷笑一聲。「孫秀才這話說得可笑，你說下套就是下套，這天底下的理都在你那兒了，你是讀書人就了不得了？」

孫秀才的臉都要滴出血了，只覺得滿腦子「嗡嗡」作響，他捏緊拳，努力壓抑住心中的氣憤。

突然一隻微涼的手覆在他手上，他一下子清醒過來，抬眼望去，林景時含笑把他往身邊一拉，他沒覺得如何，卻看那壯漢配合地鬆開手放開了他。

林景時順勢把他往身後一推，雲淡風輕地瞥了壯漢一眼，聲音清冷。「你倒是說說，我這兄弟是如何欠了你們的錢？」

那壯漢心裡暗暗驚慌，自己方才用了十分力道捏住了孫秀才，卻被眼前這男人不動聲色就拽了過去，這絕不是個善茬。

他打量著林景時，心中思索著背後人給他的消息，一下子恍然大悟。「你是隔壁那個繡莊的掌櫃？」

林景時含笑點點頭。「看來你背後的人對我們還挺清楚的。」

壯漢臉上的刀疤跳了兩下，正要開口分辯自己身後並沒有什麼人，只聽林景時聲音中有些不耐煩。「你們不是來要帳的？為何我們問了多次你卻執意不說，難不成真的是藉機來找事的？」

門外的人群一聽林景時這麼說，琢磨也是這個理，看著壯漢們的眼神又是一變。

那壯漢被堵在當場，從方才林景時那一下子也知道自己不是他的對手，只能狠狠瞪了孫秀才一眼，悶聲悶氣道：「老子的妹妹被他買了，睡都睡了，事後又變了卦要送回來，以為咱家是那好欺負的?!」

「嘩……」

這下子不用別人說，連江雨橋都不敢置信地盯著孫秀才。

林景時眉頭微皺，伸手抱起賴鶯塞進賴明懷裡。「帶小鶯回去。」說完又看了看江雨橋。「妳也去後面吧。」

江雨橋被他一打岔回過神來，吞了下口水，堅定地搖搖頭。「我想知道他們背後到底是何人。」

林景時無奈，深深地看了她一眼，低聲道：「不該聽的妳就捂住耳朵。」

江雨橋見他這老媽子模樣，突然想笑，點點頭，喊了王衝一聲。「王三哥，你同小明、小鶯一起去後面吧。」

王衝被那什麼「買」啊「睡」的驚得滿臉通紅，胡亂應下，跑得比賴明兄妹還快。

賴明倒是想留下，看了看懷中一臉純真的妹妹，嘆了口氣，只能跟了上去。

那壯漢本想等外頭的人傳完消息再說話，誰料一眨眼這頭已經跑了三個，他生怕江雨橋也跑了，急忙開口。「如今他欠我妹妹的賣身銀子二百兩，要麼還了，要麼娶我妹妹回家！」

林景時沒有回答，逕自上前把門板全都卸下，對門外的人招呼道：「各位想聽的不如進來坐著聽，也好還我們一個公道。」

門外眾人面面相覷，自古只見過出事使勁捂著的，倒還是頭一回見到如此大大方方的。有那膽大又好奇的窺探著一屋子人的臉色進了鋪子，不一會兒兩間鋪子都擠滿了人。

江雨橋笑著招呼道：「咱們鋪子今日雖說歇半日，這茶水還是管夠的，各位稍等片刻，我這就上茶。」

一群人哪裡好意思，紛紛擺手出聲。「別別別。」

江雨橋給李牙使了個眼色，片刻工夫每一桌就上了一壺茶並幾個茶杯，看熱鬧的眾人有些臉紅，心裡都偏向了江家和孫秀才，暗下決心要給孫秀才證明清白。

這一連串打得壯漢一行人是暈頭轉向的，眼看著鋪子裡人聲鼎沸，比做買賣時候還熱鬧幾分，雖說他們本也打算挑人多的時候來，可如今怎麼看怎麼感覺不對勁。

林景時笑著對江雨橋點點頭，轉過身嚴肅地對孫秀才道：「你說說，到底是怎麼回事？」

那壯漢剛要插嘴，林景時一個眼神瞥去，他渾身一涼，下意識地閉上嘴。

這時候孫秀才也緩了過來，喝了一口手中的水，溫熱的水平靜了他的心，身後的家人們給了他勇氣，他清了清嗓子，澀澀道：「我並沒有買他妹妹，更何況那個……」

那字眼他著實說不出口，索性跳過。「那姑娘是我在路上遇見的，她說她已經幾日沒吃飯，我就買了一個肉火燒贈與她，誰料她拿著就開始哭，說從未見過我這般好的人，說她家中父母不慈、兄長凶狠，要把她賣了做妾，她拚了命才跑出來。」

那壯漢用力一拍桌子。「胡說八道！」

孫秀才也有了底氣，怒瞪他。「呵呵，我也覺得自己被她的胡說八道騙了，怎麼就信了她，還想讓她去報官。她說她心中懼怕，不敢獨自前去，我就把她領到縣學，讓她在門外等我，待我請好假出來後，就有兩個人纏著她……就是那二人！」

他一指跟著壯漢一起過來的兩個混混模樣的男人，聲音越發大了起來。「那姑娘一看到我來了就朝我跑來，求我借她二兩銀子，說那二人是之前她逃出來時雇馬車欠下銀子的車夫，我心想好人做到底，可我身上只有幾個銅板的零錢，被他們逼著稀裡糊塗地畫了欠債的押……」

聽到這裡，江雨橋還有什麼不明白的，這麼明顯的套子，怕是只有孫秀才這等整日埋頭讀書的人才會中。

她嘆口氣問道：「聽你的話是二兩銀子，為何那……大叔說是二百兩？」

孫秀才懊惱不已。「我也不知為何，明明寫的是二兩，可是方才他一拿出來，就變成了二百兩。那押的確是我簽下的，我細細一看，原來那二與兩之間空了好大一塊，如今用那百填上，我竟然絲毫沒有防備。」

林景時一下子笑出來，不贊同地看著壯漢。「這都是多少年前的把戲了，如今竟然還有人用？」

那壯漢被他說得竟然有幾分臉紅，大手一揮，嚷嚷道：「這些不過都是他自己說的屁話，老子的妹妹是從他身邊被帶回來的，哭得唏哩嘩啦說失身於他，老子替妹妹討個公道竟還有錯？今日不拿出二百兩來，咱們哥兒幾個就砸了這鋪子！」

身後幾個人聞聲而動，齊齊圍了過來。

孫秀才兩眼通紅，一邁步站在前頭。「你們這是訛詐，我、我要報官！」

那壯漢從懷中抽出孫秀才畫了押的借據抖了抖，洋洋得意道：「你去報官啊，這可是你親筆寫的，哪怕你是秀才，咱們青天大老爺也不會偏向你。」

孫秀才氣急，上前想要搶那借據，壯漢一把將借據塞回懷裡，獰笑一下。「怎麼，鋪子裡這麼多雙眼睛看著，你就想要撕了證據？給錢！不給錢就娶了我妹妹！」

孫秀才羞惱至極，憋不住地嚷出來。「什麼你那妹妹！那不過是個花娘！」喊完這一句，聲音驟地變小。「他們找上門時，我本以為那姑娘是無辜的，誰料她一眨眼就笑著靠在他身上，說著些下流之語，簡直……簡直不堪入目！」

有那明白事兒的看到這裡，怎麼還不清楚孫秀才是被訛詐了，一拍桌子站起來。「什麼證據，咱們可沒看見！」

鋪子裡眾人點頭應和。「沒錯，咱們可沒看見什麼證據！」

江雨橋突然覺得自己的街坊鄰里太可愛了，她憋住笑看著一臉茫然的孫秀才。「孫大哥，他們押著你寫了什麼？」

孫秀才愣了神，回道：「就是欠了他們……啊！我什麼都沒寫過！」

那壯漢沒想到孫秀才一個讀書人能這麼不要臉，這種事他們也沒少做，還是頭一回遇見當面反悔的。

林景時趁他不備從他胸口一抹，那借據就到了他手中，他微微一笑，一揚手，借據化成紙屑，紛紛落下。

壯漢目瞪口呆，不敢置信地看著林景時，這群人竟然……竟然比他們還無賴！

幾個壯漢迷迷瞪瞪地被趕出鋪子，江雨橋對鋪子裡外眾人一拱手。「今日多謝各位還了孫大哥的清白，明日來小店用飯的每桌送一碟滷肉。」

自覺做了大事還了孫秀才清白的人們更是高興，心知出了這事，他們定有許多話要說，紛紛告辭。

江雨橋站在門口送著眾人，冷不防看到外面人群中許忠的臉。許忠見她看過來，彎起嘴角露出詭異的弧度，她的臉色一下子蠟白，回過神來許忠已經不見了人影。
她心中打鼓，難不成這件事是許遠指使的？
林景時見她神色不對，悄悄湊過來道：「怎麼了？」
江雨橋咬了咬唇，終於沒忍住同他說：「我……我看到許忠了。」
林景時瞇起眼睛，意味深長地看著她。「沒想到如今他們竟然還有心思來做這些小事，看來他們是太閒了。」
江雨橋沒明白他話中的意思，皺著眉心中忐忑。今日這件事如此輕易就解決，這絕不是許遠的手筆，可許忠卻又出現了，到底是怎麼一回事？
那群壯漢被趕出來，氣哄哄地也不避人，大張旗鼓地往三合街去，被林景時叮囑悄悄跟在他們身後的賴明，眼見他們進了一家布莊，踢翻了裡面的布疋，不知那布莊老闆說了什麼，許久工夫那群人才心滿意足地出來，手中還掂著幾個銀錠子。
他暗暗記下布莊的名字，扭身飛快地跑回鋪子。
江家人已經關了鋪子等著賴明的消息，孫秀才只覺得自己腿腳發軟，癱在椅子裡大口喘著粗氣，方才強硬的模樣一點都看不見。
江雨橋笑著給他端上一杯水。「其實發生這事也不是一點好處都沒有，也算是給孫大哥提了個醒，日後你要做官，這些骯髒事多多少少都可能遇上些。」

孫秀才一臉後怕。「我果然是讀書讀迂了，如今靜下心一想，處處是漏洞，我怎麼就一門心思信了她？」

賴鶯湊上去小大人模樣拍了拍他的膝蓋。「孫大哥莫怕，小鶯給你撐腰呢。」

孫秀才看著她可愛的小模樣，一把抱起，逗弄她肥嘟嘟的小臉兩下。「有小鶯在，孫大哥就不怕了。」

賴鶯得意極了，笑得「咯咯」響，鋪子裡的氣氛瞬間歡快起來。

賴明氣喘吁吁地跑進來，聽到賴鶯的笑聲，鬆了口氣，臉上也浮出笑意。

林景時給他倒了杯水，問道：「如何，是誰家？」

賴明撓撓頭。「倒是稀奇，不是許家也不是那老牙婆家，是一家布莊。」

江雨橋一下子想到了邢家，出聲問道：「可是那邢家布莊？」

賴明驚了一下，點點頭。

江雨橋冷哼一聲。「沒想到那麼丁點兒大的小事，他們竟也要找人來鬧一下子。」

林景時倒是不意外，輕咳一聲，給她解釋。「那邢家的女兒前幾日入了許府。」話不必說明，江雨橋瞬間懂了他的意思，瞇起眼睛，咬牙切齒道：「果然是他。」

林景時倒是搖搖頭。「說不準，畢竟那個邢家的女兒……」

江雨橋疑惑地看了他一眼，想了一會兒才恍然大悟。「你是說那個經常來鋪子裡看你的姑娘？」

鋪子裡眾人還是頭一回聽說這種事，齊齊看向林景時。

林景時面不改色心不跳，應道：「是她。」

江雨橋的眼神一下子戲謔起來。「這麼看來，今日孫大哥這難，咱們倆倒是一人要擔起一半的責任來了。」

孫秀才一臉茫然，看著對視的二人，插嘴道：「到底是怎麼回事？」

林景時含笑不語，江雨橋覺得自己有些對不起他，小聲道：「孫大哥知道那個許遠吧……」

孫秀才臉色一下嚴肅起來。「自然知道，那等二世祖竟然還想上門強搶民女，一旦他有行動，我非要告官不可！」

江雨橋哭笑不得，安撫住激動的孫秀才。

「孫大哥莫要著急，今日這事就是許家在背後出主意的，約莫是想從咱們一大家子下手，這不首當其衝挑中了孫大哥。」

孫秀才目瞪口呆，萬萬沒想到自己竟然是因著這個才被人下了套。他好半晌才開口道：「這些人倒是葷素不忌。」

江雨橋抿唇一笑。「不只如此，那許家新進了一個姑娘，前陣子整日來咱們鋪子看林掌櫃，那姑娘正是今日邢家布莊的千金。」

孫秀才保持著張嘴的姿勢，僵硬扭頭看向林景時。「啊？」

林景時摸了摸鼻子，看著眼前一起盯著他的幾雙震驚的眼睛，解釋道：「我不認得她。」

江老太看他的眼神都變了，原本看著這孩子還不錯，自家孫女彷彿也有那麼些小心思，如今看來這張臉還真是招蜂引蝶。

林景時被她猶如實質的目光，刺得感覺自己做了什麼大錯事，掩飾地輕咳一聲。「如今知道幕後指使者，總也得討個說法。」

這倒是正事，一群人興致一起，乾脆聚在一起商議要怎麼報復回去，連孫秀才都躍躍欲試。「以德報怨，何以報德，這口氣咱們必須出回去！」

林景時看了他一眼，這迂腐書生同剛認識時竟然變了如此多。

他指了指隔壁。「我是做布疋買賣的，對付這小布莊不過是玩鬧而已，後面的許家才是咱們要對付的人。」

賴明十分積極地湊過去。「林掌櫃，你說咱們應該如何應對？」

林景時也有意替江雨橋培養賴明，細細與他講了起來。「你仔細想想，那邢家布莊身處何處？」

賴明認真回憶起來。「在三合街。」

林景時道：「三合街地處城北與城南交界，與京城相同，如今的城池基本都是遵守著『東富西貴、南賤北貧』的規律，幾處交界的地方並不明顯，然而往裡走走總是差不離。咱們在城南、城北的百姓看來，比較接近是城東的鋪子，平日裡他們並不會主動過來買布。

「邢家布莊的位置決定了它的客人們大都是普通的平民百姓，買布疋只要便宜實惠，鋪子中賣的最好的應是粗細的棉布與麻布，上等的絲綢與精細的繡品他們並不在意。上次……」

他抬頭看了一眼聽得同樣認真的江雨橋，莞爾一笑。「上次我的繡莊低價賣與百姓們一批縞色棉麻布，他們已經知曉咱們鋪子的價格並不比邢家的高，甚至有些比邢家還要低，如今有些百姓寧可繞遠路，也要過來買布。」

賴明越聽越激動，他小臉脹紅，琢磨半晌。「那咱們就能擊垮邢家布莊了！」

林景時摸了摸他的頭。「不錯，何況我們還有馬哥，馬哥一眾人在城南的實力不容小覷。」

賴明以往十年被家人寵著，一直讓他讀書，哪裡知曉這些什麼城南城北、價格高低的彎彎繞繞，他咬著下唇琢磨會兒，主動請纓。「我去同馬哥說！」

林景時讚許地點點頭。「同你說就是想讓你去的，你想想應該如何同馬哥說，又應當讓馬哥幫咱們什麼忙，咱們又需要給馬哥什麼好處，寫一份來給我瞧瞧。」

賴明接下任務也顧不得後續了，興奮地同大家夥兒招呼一聲就往後院跑去，一邊跑一邊回憶著林景時的話。

孫秀才看了看賴明兔子一般的身影，又看了一眼滿臉羨慕的王衝，「嘖嘖」兩聲。「林掌櫃倒是會使喚人。」

林景時抿唇一笑，看向王衝。「王小哥有沒有想過去查查許家名下有什麼產業？」

王衝愣了一下。「許、許家名下的產業？」

這下連江雨橋都迷糊了。說來好笑，前世她在許家那麼多年，竟然真的不知道許家到底是以什麼來維持奢靡的生活的？

她苦笑著搖搖頭，看來自己前世過得真是渾渾噩噩，除了想保住命，壓根兒沒有別的心思。

王衝被這問題難住了，他糾結了許久，小心翼翼開口：「許家有什麼買賣，我又從哪兒打探呢？」

林景時笑道：「這的確很難，但王小哥整日在碼頭與鋪子中，接觸的人極多，若是有心的話，怎樣都能打探到的。」

王衝被他點醒，皺起眉來認真思考片刻。「我知道了，這幾日張中人來的時候我也問問他。」

說完就信心滿滿地去尋賴明了。賴明雖然年紀小，但是腦子活，既然兩個人一起接下任務，有商有量總比單打獨鬥強。

孫秀才看兩個小的激動地跑了，抱著賴鶯對李牙癟癟嘴。「我餓了。」

李牙一拍腦袋。「哎喲，我的鴨子！完了完了，不知道浸沒浸過頭。」

江老太一聽，拉著老江頭就跟著李牙一起進了後廚。「天都快擦黑了，飯還沒做呢！」

孫秀才只覺得眼前人影一晃，片刻工夫人都沒了，江雨橋忍笑對他道：「孫大哥，李大廚來了，讓王三哥去你那兒閒間屋子住一陣子可好？」

孫秀才一聽倒是歡喜。「那敢情好，我自己還覺得無趣，王小哥起得也早，還能督促我早起讀書，我這就收拾炕去。」

他站起來掂了一下手中的賴鶯。「同我一起去可好？」

賴鶯喜孜孜地摟著他，催促道：「我也能幫孫大哥收拾！」

江雨橋笑咪咪地送走二人，轉過頭來對著淡然的林景時皺起眉。「林掌櫃，就是如此簡單？」

林景時不置可否，微微一笑。「邢家並不知曉，其實他們進的是我放出去的貨。許家的產業我也知道得八九不離十。」

看著江雨橋愣神的模樣，他笑意更深。「妳總不能讓王衝與賴明真的一輩子做小二吧，還是得讓他們歷練一下，日後也能獨當一面。」

江雨橋深思片刻，嘆了口氣。「你說得對，是我疏忽了。」

林景時斂起笑意。「不是妳疏忽了，妳只是沒有想過在縣城中開始歷練他們罷了。在妳心目中，你們總是要離開的。」

這話江雨橋可沒法接，她扯開嘴角假笑兩下。「林掌櫃餓了沒？我去後廚看看，李牙哥的鴨子還等著我教呢。」話音剛落，腳底抹油就沒了身影。

林景時看著她的背影，笑著搖搖頭。「妳還能躲多久？」

邢力摸著自己被壯漢揍了一拳的臉，吐出口中的血。

邢婆子緊張地看著他。「他爹，你沒事吧？」

邢力冷笑一聲。「妳看我有沒有事？明日妳去許府悄悄問問菲兒，看她如今得寵沒有，順便把今日的事告訴她一聲，就說我被打得下不了床了。」

邢婆子疑惑地看著他，邢力極為不耐煩，瞪了她一眼。「讓妳去就去，怎麼嚴重怎麼說。」

邢婆子囁嚅地應下，反正捉摸不透邢力的想法，索性撇到腦後不去想。大胖兒子可要下學了，還是早早去準備晚飯才成。

另一頭，許遠挑眉聽著許忠回報今日江家鋪子發生的事情，面無表情地看了瑟瑟發抖的邢菲兒一眼。「這就是妳想的主意？」

邢菲兒「撲通」一聲跪下。「老、老爺，奴婢不知爹爹竟能如此的……如此的……」

許遠神色不動，看著邢菲兒嬌弱的身影一言不發，邢菲兒頭也不敢抬，心裡把邢力翻來覆去罵了個狗血淋頭。

不知過了多久，許遠輕哼一聲。「滾出去。」

邢菲兒如獲大赦，一瞬也不敢耽擱，小心翼翼地退了出去，眼看門口就在眼前，許遠森冷的聲音突然從身後響起。「妳想對付江家，是為了什麼？」

邢菲兒覺得自己三魂七魄都要鑽出身體，腿腳一軟癱跪在地上。

她心裡迅速打著算盤，不能說自己對林景時那不能對人言的心思，那就只能、只能……

「回老爺，奴婢同那江家的女兒有私怨！」

「哦？」許遠瞇起眼睛。「有何私怨？」

「奴、奴婢同姊妹們吃早飯，不過五、六個姑娘，那江家的小賤人竟然收了奴婢許多銀子，奴婢家中也不是大富大貴之家，當日身上沒帶那麼多銀子，窘迫得不知如何是好……」

許遠嗤笑一聲，邢菲兒一聽他笑了，心底安了一半，眼珠子一轉就順勢給江雨橋上眼藥。「那江家的小賤人無理也不饒人，做出一副潑婦架勢，奴婢一個閨閣女兒家，哪裡說得過她那快嘴快舌的，在大庭廣眾下被活生生地羞辱一番，若不是念著爹娘老邁、幼弟尚小，奴婢巴不得自己捨了這條命算了。」

話音剛落她就「嚶嚶嚶」地哭起來，那修長的脖頸柔柔地彎著，嬌弱又無助。

許忠心裡卻激不起任何憐惜，只是在心裡嘆了口氣，果然，只聽許遠道：「許忠，拖下去吧。」

邢菲兒驚愕地止住哭聲，看著衝她走來的許忠，一時沒反應過來，直到身子不受控制地被許忠拽起拖了幾步，才驚慌地喊道：「老爺？」

許遠像看死人一樣看著她，嘴上卻泛起一絲笑。「妳不是想捨了這條命嗎，今日我就成全妳如何？」

邢菲兒瞪大眼睛，尖叫一聲。「老爺！」

許遠皺起眉來，看了許忠一眼，許忠一個哆嗦，大掌捂住她的嘴，用力把她拖了出去。

許遠從懷裡抽出帕子，擦了擦自己的手指，冷笑一聲，把帕子甩到面前的書桌上。「呵，一個女人也敢在我面前說妳的不是。」

他深情地看著書桌上一個精緻的陶瓷小姑娘擺件，溫柔地輕輕撫摸上去，嘴角笑意更濃。「若不是碰她怕髒了我的手……」

那小瓷人兒圓圓的臉上掛著笑，濃黑的眼睛像是在回應他。

許遠笑得寵溺。「罷了，我碰了她，怕是妳這輩子都不會理我了吧。」

邢菲兒終究不知自己錯在哪兒，一腔冤屈無處申，隨著一張厚帕子重重捂住她的口鼻，她終於清醒過來，開始拚命掙扎，壓住她的兩個小廝手上卻越發用力。

許忠看著她求救的眼神，臉色依然平淡，直到她雙眼迷離，只剩下時不時蹬一下腿的力氣才笑了一下。「千不該萬不該，妳不該在老爺面前提起江家姑娘。」

邢菲兒一個激靈清醒過來，不可置信地盯著許忠，然而她卻再也沒有了說話的機會。

許忠看著癱軟在地上的屍體，用腳踢了一下，嫌棄地對兩個小廝道：「捲起來扔出去吧。」

兩個小廝輕車熟路地拿起身邊的破蓆子，遮住邢菲兒，捲起來扔在一頂青布小轎中，對著許忠點頭哈腰。「不過處理個女人，還得煩勞您老親自來看著。您放心，咱們弟兄保准手底下一乾二淨。」

許忠皺了皺眉。「行了。」

小廝機靈地閉上嘴，彎著腰不敢直起，目送許忠遠去後，才裝模作樣地學著許忠的樣子，掀開轎簾，踢了邢菲兒的屍體一腳。

「倒是讓妳占了便宜，還得讓大爺們抬妳出去。」

許府消失了一個女人，誰也不會在意。

盈紅悄悄對許夫人行禮。「夫人，幾日前才送來的邢家布莊的那個丫頭沒了。」

許夫人撿起一塊杏仁糕看了看。「賣身契都齊全吧。」

盈紅笑道：「李嬷嬷也是老人了，這些都齊全。」

許夫人點點頭揮揮手，轉頭又同身邊的丫鬟們說笑起來，屋內外一片熱鬧。

邢菲兒就像是滴入大海中的一滴水，悄無聲息地沒了蹤影。

第二日一大早，邢婆子嘴裡念叨著邢力交代的話，敲響了角門。

一個小廝以為是李嬤嬤來了，面上帶笑打開門，一看是一個不認識的婦人，馬上變了臉色，趾高氣揚道：「什麼人都敢敲咱們許府的門？」

邢婆子佝僂著身子賠笑。「小哥，咱是府中菲兒姑娘的娘，能不能煩勞小哥兒幫我喚她出來，這幾日她在許老爺身邊伺候呢。」

那小廝臉色一變，斂起高傲的神色，看了她一眼。「等著。」

那小廝把門一關，邢婆子鼻子差點撞在門板上，嚇得一鑽高，嘴裡惡狠狠地嘟囔道：「等我菲兒出來，非讓她把你給趕去劈柴不可！」

誰料片刻工夫那小廝就轉回來，像看什麼乞丐一般看著邢婆子。「少上門胡亂認人，我家老爺身邊可沒什麼菲兒姑娘，滾滾滾。」

邢婆子還沒反應過來就被狠推了一把，跌了個結結實實，她爬起來，顧不得身上的疼痛，攔住要關門的小廝。「你胡說，我家菲兒前幾日才入府，可得許老爺的寵了，日後她還要做姨娘的！」

小廝不屑地掀起嘴角。「姨娘？姨娘個屁！咱們許家是什麼人家，是妳這等人家攀得上的？簽了賣身契就是許府的人了，和你們原身娘家沒關係，日後再上門就讓衙役捉了你們關大牢去，滾！」

邢婆子一聽什麼「關大牢」，被嚇得一哆嗦，再回過神來，面前的門已經關得死死的，怎麼敲都敲不開。

「他爹！」她哭嚎一聲，撒丫子就往家中跑去。

邢力聽到邢婆子的話，只覺得頭昏眼花。

前幾日邢菲兒派人喚他們去許府的時候，那氣派可不是今日這樣，難不成菲兒出了什麼事？他已經做好了下一步的打算，菲兒萬萬不能出事！

他一把扯住無頭蒼蠅一般的邢婆子。「妳去尋李嬤嬤，問問菲兒到底如何了，問不出來今日就別回來了！」

邢婆子「欸」了一聲轉身就跑。

邢力坐在椅子裡，一直坐到天色泛黑才回過神來，望著空無一人的鋪子，後知後覺地發現今日竟然一樁買賣也沒有。

他拖著僵硬的腿站起來，蹣跚地走到鋪子門口，看著周遭的人家都冒起了炊煙，鋪子也都在卸板子。

一個同他不對盤的包子鋪老闆看見他失魂落魄地站在鋪子口，幸災樂禍地上前。

「喲，這不是女兒送去許老爺家的邢東家嗎？站在這兒等啥呢，等客人上門？」

邢力瞇起眼睛，打量著他，沙啞道：「怎麼？」

包子鋪老闆嘲笑地打量著他。「合裕繡莊的布比你家便宜又好，人家放出話了，若是原本要去你家買布的人去他家買，每疋布便宜五文錢呢。」

說完「嘖嘖」兩聲。「你是怎麼得罪人家林掌櫃了，如今整個城南怕是沒人來你家買布咯！」

邢力冷不防聽到這麼個消息，大驚失色，慌亂地反問：「你說的是真的?!」

包子鋪老闆從懷裡摸出一個荷包，朝他一揮。「要說我們還得多謝邢東家，這荷包我婆娘相中許久了，今日一說是你家街坊，人家直接半價賣給我，要的就是我上門同你說一聲，如今我話也傳到了，趕緊回家哄婆娘去嘍！」

邢力只覺得自己被人狠狠抽了兩巴掌，他死死盯著包子鋪老闆手中的荷包，包子鋪老闆被他赤紅的眼睛唬了一跳，撇撇嘴，覺得今日他有些不對勁，撇下一聲「哼」就匆匆躲開了。

邢力沒想到林景時的報復來得如此快，他咬緊牙關，兩腮的肉繃得緊緊的，直到看到邢婆子失魂落魄的身影，像是看見唯一一絲光亮，快走兩步上前抓住她的肩膀。

「如何了？菲兒如何了?!」

邢婆子被他捏得疼痛，掙扎兩下沒掙扎開，幽幽道：「菲兒沒了。」

邢力如遭雷劈。「沒了？什麼叫沒了?!」

邢婆子憋了許久的情緒終於爆發出來，她哭喊著大吼道：「菲兒沒了！沒了！她死了！屍身都不知道哪兒去了，她沒了！」

邢力鬆開手，退後幾步，喃喃道：「怎麼會，菲兒怎麼會沒了？她不是得了許老爺的寵嗎……妳騙我，我的菲兒快要做許府的姨娘了，我們邢家要發達了，我要做縣裡最大的布商了！哈哈哈哈，妳這個賤人，見不得我好！」

「啪啪」兩巴掌狠狠搧在邢婆子臉上，邢婆子紅腫著臉，帶著哭腔。「當家的，菲兒沒了啊……」

邢力上前把她踹倒在地。「我去找李嬤嬤，我去問個清楚！」

邢婆子「嗚嗚嗚」地趴在地上哭著，這一齣鬧得街坊鄰里都圍了上來，聽見二人的對話，忍不住竊竊私語。

有那膽子大的上前問道：「邢家的，你家菲兒……沒了？」

這話激得邢婆子又大哭起來，眾人安靜一瞬，下一刻交頭接耳，看來這件事是真的了。

邢力推著眾人。「都讓開、讓開，我要去尋我的菲兒！」

「不用去了。」

李嬤嬤的聲音從人後響起，人群不自覺地讓開一條路，李嬤嬤坐在馬車上，趾高氣揚地看著邢力和邢婆子。

「我呸！你們兩夫妻死皮賴臉求我搭橋，把那賤女兒送到許府去，老婆子費盡心力給你們牽上線了，結果你家那女兒……我都拉不下臉說！」

圍觀的人聽在興頭上呢，見李嬤嬤竟然真的不說了，忙催促起來。「這位嬤嬤快些說，到底出了何事，這邢家的女兒如何了？」

李嬤嬤抿抿唇，得意地看了一圈眼前摸黑聚在一起的人們，長嘆一口氣才開口。「那邢家的女兒，她……入府才幾日，人家許老爺正為辰妃娘娘守孝呢，哪裡能沾染女子，可她小小年紀耐不住寂寞，竟然同許老爺的侍衛有了首尾。

「可憐老婆子一把年紀，被許管家叫進府中一頓訓斥，若不是看在我年老的分上，怕是日後咱就斷了許府這門買賣了。許管家把兩人的賣身契塞給了老婆子，如今那二人已經被老婆子託人遠遠發賣了，就讓他倆做一對苦命鴛鴦去。」

看熱鬧的人被這離奇的劇情驚著了，一時寂靜無聲。

邢力後退幾步坐在地上，顫抖著伸手指著李嬤嬤。「妳……妳……」

李嬤嬤重重「哼」了一聲。「事後我才知曉，你家女兒對合裕繡莊的林掌櫃圖謀不軌，日日去給人家獻殷勤，這等水性楊花的女子，許管家說得沒錯，真真是老婆子瞎了眼！」

這可又是一記重錘，幾戶家中女兒與邢菲兒交好的人家一琢磨，邢菲兒的確日日往那兒跑，一下子眼神都變了，磨著牙要回去好好教訓自家女兒，莫要學了邢菲兒那作派。

邢力萬萬沒想到李嬤嬤竟然把這茬抖出來，他不知如何辯駁，腦子如同灌滿漿糊，恨不能自己現在暈死過去。

李嬤嬤見自己完美地完成了許忠指使的事，滿意地笑了一下，最後補上一刀。「聽聞那林掌櫃今日開始擠對你這鋪子了，怪不得呢，任誰的小情兒被她爹娘拆散了，也得報這個仇！」

「這……」人群後的顧潤元笑著搖搖頭，對身邊的人道：「這李嬤嬤這時候倒還不忘抹黑林掌櫃一下。」

身邊那年輕人笑得暢快。「若景時知曉，怕是要動怒了。」

顧潤元想到日日賴在江家鋪子的林景時，也大笑起來。「讓他受受罪也好，省得日日端著一副假模假式的模樣。」

「假模假式？」那年輕人興味盎然地看向他。「景時那張萬年金磚臉還會假模假式？」

顧潤元湊近他小聲道：「咱們瞧瞧他去？」

「嘖，來了好幾日了，就怕被他逮著說教，如今還得主動送上門。」

「四少爺有所不知，景時日日賴著的那家小吃食鋪子著實有幾分新鮮，咱們正巧也去嚐嚐。」

這倒是徹底勾起了年輕人的興致，他笑著點點頭。「走吧，順便問問景時，對許遠為辰妃『守孝』一事可有什麼看法。」

林景時壓根兒不知道自己在城南已經小小出了名，忙過鋪子最忙碌的一陣，看著在擦汗的江雨橋，說道：「要不要去歇會兒？」

江雨橋搖搖頭。「李大廚今日非要下廚，李牙哥大氣都不敢出，怕是比自己做菜還累，我進去，換他去後面歇會兒。」

林景時剛要說話，就聽見老江頭激動到變調的聲音。「顧先生來了！」

他挑眉看過去，眼神略過顧潤元，直接看向他身邊的年輕人，了然一笑，招呼道：「顧先生來了。這位是？」

那年輕人湊近顧潤元耳邊，輕聲道：「果然……假模假式。」

顧潤元忍住笑，對老江頭道：「江老丈，我這表弟從外地過來，我特地帶他過來嚐嚐您家的新鮮吃食。小樹在私塾同四喜一起複習今日的功課，怕是要等會兒才能回來。」

說完看了鋪子一周，對著緊張地捏緊衣角的賴明點點頭。「你就是賴明吧？」

賴明越發激動，平日的伶俐早就甩到九霄雲外去了。他傻乎乎地點點頭，才想起來應該回答，深吸一口氣對顧潤元行禮。「回先生，小子正是賴明。」

顧潤元讚許地對他道：「小樹拿過一些你的文章與我看，的確天資聰穎，日後你每七日寫一篇文章，讓小樹帶給我吧。」

賴明被這巨大的驚喜沖昏了頭，臉上僵硬得做不出任何表情。

王衡從身後捅了他一下，他一下子回過神來，壓抑住快要跳出嗓門的心，對著顧潤元一揖到地。「多、多謝顧先生指導。」

顧潤元對他點點頭，才對林景時道：「林掌櫃又在啊？」

江雨橋一聽這話中有話的話，臉一下子紅了起來。

林景時看著淡定多了，臉上的笑容恰到好處。「是啊，方才鋪子忙就來幫幫忙，二位請坐吧。」

王衡把他們引到裡屋一個角落坐下，賴明上前斟茶，顧潤元探頭看了林景時一眼，輕咳一聲。「就看著上吧，夠我們二人吃的便可。」

賴明應下，回到櫃檯小聲同江雨橋咬起耳朵。

江雨橋的臉剛剛才降下溫度，認真聽完賴明的話，對林景時道：「我先去後廚，親自做兩道菜招待顧先生。」

林景時不置可否地挑眉。「也沒必要親自做吧。」

江雨橋瞪了他一眼，掀開簾子去了後廚，林景時對賴明道：「小明，你來試試記帳，我去同顧先生說幾句話。」

賴明突然被委以重任，嚴肅著小臉點點頭。

林景時叮囑他幾句後，才邁步進了裡屋。

第十七章

林景時挑了個位子坐下來，給自己倒了一杯茶，喝了一口對顧潤元點頭。「這茶葉還是我拿來的。」

顧潤元溫潤一笑。「沒想到這種茶葉你也往江家拿，看來的確是上了心。」

他對面的四少爺唐騫，回憶著從進鋪子到現在林景時的一舉一動，恍然大悟，驚詫地指著他。「顧先生，是誰……景時他……他動了凡心了?!」

顧潤元被他這形容詞逗笑了。「他是天上的神仙不成，什麼動不動凡心的。」

唐騫臉上寫滿了「想知道」，盯著林景時。「景時，表哥，快說，你是不是對誰動了心了？這江家鋪子裡有誰？怪不得母妃同我說，你怎麼也不願意回京城。」

林景時冷哼一聲，唇角的笑也變得意味深長。「我不願意回去，可不是因為這個。」

唐騫也想到自己舅舅家那些糟心事，長嘆一口氣。「景時，這些年來你在外面東奔西走，幾乎見不著人影，只有母妃才能聯繫上你。顧先生說你今年竟然留在這縣城中大半年，我還十分吃驚，原來你可算是想安定下來了，不若讓母妃派人來提親？」

林景時臉色一變，斂去笑容，深深地看了他一眼。「四殿下無須插手，我若想娶誰，自然要全無後顧之憂，又怎麼能連累我未來的妻子入了那泥潭？」

唐騫與他對視片刻，敗下陣來。「罷了、罷了，這是表哥的私事，我也管不了。」

林景時抿了一口杯中茶，對他道：「這次出來可求得娘娘同意了？」

唐騫哀號道：「自然啊，母妃不同意，我還能出得了宮門？表哥你可別念叨了，比尚書房的太傅還能嘮叨。」

林景時冷笑一聲。「你來了這麼多日，我沒去尋你，如今倒是討了個嘮叨的名聲。」

唐騫驚訝道：「景時如何知曉的？我已經特意讓人避開你了。」

林景時看了一眼老神在在的顧潤元。「顧先生的私塾都不讓學生帶食盒了，這還不夠明顯嗎？」

唐騫愣住，看了看林景時，又看了看顧潤元。「你……顧先生，你是故意的！」

顧潤元含笑點點頭。「是啊。」

竟然如此理直氣壯地承認了。唐騫反倒被堵住，一時想不出什麼話來指責他，只能憤憤地捶了下桌子。

顧潤元對林景時道：「許遠給辰妃守孝的事，你可知曉？」

林景時「哼」了一聲。「他倒是真聽許老狗的話。」

顧潤元對著櫃檯方向微微示意。「雨橋她擔憂嗎？」

林景時想到江雨橋，面容也緩和下來，語氣中帶著幾分無奈。「雨橋現在是一門心思想躲想跑，也不知她為何那麼怕許遠？」

唐騫聽到女子的名諱，立刻豎起耳朵。「什麼雨橋？是讓你動了凡心的那位仙女？」

林景時忍了又忍還是沒忍住，抽出一根筷子敲了下他的頭。「胡言亂語！」

唐騫心領神會，看來那個雨橋正是讓林景時動心的人。

他扯著脖子看了幾眼，突然反應過來。「不會是方才站在表哥身邊的姑娘吧？禽獸，她還是個孩子啊。」

林景時又給了他一筷子。「十四了，也不小了。」

唐騫像見了鬼一般看著他。「就、就這麼承認了啊？」

林景時皺起眉來。「這有何可隱瞞的，不過如今不是時候罷了。」

唐騫只覺得自己在這二人面前是丁點兒地位也沒有。在宮中，他也是人人稱頌的四皇子，然而一遇到顧潤元同林景時，自己就有些跟不上他們說話的意思。

他鬱悶地癟癟嘴，放棄道：「為何如此久尚未上菜？」

話音剛落，江雨橋就端著一碟菜過來。他有種背後說人被人捉住的窘迫，掩飾地輕輕咳嗽起來。

江雨橋有些擔憂地看了他一眼。「這位公子可是著涼了？」

林景時似笑非笑地看著他，唐騫一個激靈。「沒有、沒有，不過是喉嚨有幾分不舒服，許是渴了。」

江雨橋看了看桌上的茶水，沒有說話。

唐騫也覺得自己答得有些傻氣，更尷尬了，指了指她手中的菜。「這是給我們的？」

「啊？喔！」江雨橋把菜放下。「這是茶熏蜜糖排骨，最是開胃，公子先墊墊吧，我這就給您二位端飯來。」

唐騫早就被濃郁的茶味吸引住了，感慨道：「我在宮……家裡可沒吃過這菜。」

江雨橋抿唇一笑。「這是南方的菜式，公子怕是咱們北方人吧？」

林景時見兩人這就聊上了，站起來擋在唐騫身前。「雨橋，無須親自下廚，讓李牙做即可。」

江雨橋看了顧潤元一眼，用眼神制止他繼續說下去，笑著對顧潤元行禮。「顧先生、這位公子，請稍等片刻，菜馬上就上齊了。」

林景時無奈地看著她疾步回了後廚，轉過頭瞪了唐騫一眼。「你倒是好運道，我也許久沒吃她做的菜了。」

唐騫只覺得自己雞皮疙瘩都要起來了，嫌棄地撇撇嘴，挾起一塊排骨嚼得誇張。「真香！」

林景時似笑非笑地看著他耍賴的模樣。「既如此，那許遠的事情就交給你了。」

唐騫像是被燙著嘴一般把筷子扔下。「表哥可別逗我，父皇如今對辰妃念念不忘，時常召著許老狗一起念叨辰妃，我把他唯一的香火給動了，那不是上趕著讓父皇整治我？」

林景時淡淡地瞥了他一眼。「活兒幹不了，飯吃得倒是多。」

這話聽著怎麼這麼不對勁呢。唐騫委屈地看著眼前的排骨，回味著口中微甜略苦的濃郁香氣，抓起筷子又挾了一塊。「沒錯！我還在長身體呢。」

顧潤元一聽這話，差點沒把茶噴到他臉上，掏出帕子點了點嘴角的茶漬。「景時，你打算怎麼做？」

林景時臉上的戲謔收了起來，深深地看了他一眼。「你說呢？」

顧潤元搖搖頭。「如今還不是時候。」

他冷笑一聲。「我自然知曉，否則他早早已經過了奈何橋，且容他囂張幾日。」

顧潤元笑道：「對了，方才我們從邢家布莊前頭過來，遇見一件好笑的事。」

「好笑？」林景時疑惑道：「他家那女兒不是死了，怎麼有好笑的事？」

顧潤元看好戲般地看著他。「你可知曉那邢家的女兒對你有非分之想？」

林景時不置可否地「哼」了一聲，沒有接話。

唐騫看著端著第二盤菜馬上要過來的江雨橋，抬高音量道：「哎呀，林掌櫃，方才我與顧先生在邢家鋪子門口聽一個姓李的嬤嬤說，你同邢家女兒的私情被許家知曉了呢。」

江雨橋聽個正著，見鬼一般抖了抖唇角，穩住手把一碟蔥油雞放在桌上，看了林景時一眼，突然笑出聲來。「林掌櫃也變成名人了。」

林景時磨著牙。「好，真好，那個李嬤嬤倒是真敢說。」

唐騫故作驚訝。「難不成林掌櫃想滅了李嬤嬤的口不成？晚啦，許多人都聽見了。」

林景時深吸一口氣，擠出陰森的笑容。「多謝唐少爺告知！」

唐騫打了個哆嗦，識相地看向桌上。「雨橋，這是什麼雞？」

林景時瞇起眼睛，身上散發的氣息更是冰冷。「唐少爺竟連這蔥油雞都不認得？」

唐騫心虛地直了直身子。「啊……許是家裡廚子做的不是這個模樣。」

江雨橋還沈浸在林景時的傳言中，沒察覺到二人間奇怪的氣氛。她笑過後，擔憂地看著林景時。

「林掌櫃，這傳言會不會給你帶來什麼麻煩？」

林景時面容一緩，站起來同她站在一起，微微一笑。「無須擔憂，小事而已。」轉頭對著顧潤元和唐騫行禮。「二位慢用，林某先失陪了。」說完抬腳往櫃檯走去。

江雨橋以為他心中煩悶，匆匆對著桌前二人行完禮就追了上去。

林景時悶著頭拿出帳本，盤起了今日的帳。江雨橋也沒去後廚，站在他身邊，小心翼翼地瞄著他。

這一眼一眼看得林景時的心軟成了泥濘的沼澤，他嘆了口氣，放下手中的帳本。「為何如此看我？」

江雨橋被發現後有點尷尬，支吾幾句，終於說出心底的擔憂。「這種傳言對於你來說，是不是有些負擔？」

林景時抿唇一笑，眼中若燦星閃爍，低聲道：「不過幾句閒話罷了，難不成真有人不識趣到特地來我面前說？」

這倒也是。江雨橋半放下心來，感嘆道：「這也算無妄之災了，那邢家的女兒跟你壓根兒沒什麼接觸嘛。」

李嬤嬤是誰的人，在場所有人都一清二楚，這風聲放出來，說同許遠絕無半點關係誰也不信，看來許老狗的話也不是那麼有用。

林景時心中飛快地定下計策，摸了摸她的頭。「傳幾日就散了，妳我都不必放在心上。」

送走顧潤元同唐騫後，林景時回到繡莊，一招手，一個人影閃出。「主子。」

林景時聲音平淡。「去把邢力帶來。」

「是。」

人影悄無聲息地閃進黑暗中，方才的對話就像是一場夢。

林景時坐在椅子上，摩挲著手中的茶杯，不過小半個時辰，雙手反綁、口中塞著破布的邢力就一臉驚恐地跌在他面前。

林景時淡淡地看了他一眼，這一眼讓邢力渾身汗毛豎起。他也不是個蠢得不透氣的，想到下晌李嬤嬤的話，「嗚嗚嗚」幾聲，見林景時沒有給他鬆綁的意思，一咬牙「咚咚咚」地磕起了頭。

林景時見他磕頭，臉上倒是泛起了一絲笑，挺直的背往椅子裡一靠，越發放鬆起來，看著他狼狽不堪地表演。

邢力只覺得自己磕得要昏過去了，心中琢磨著林景時為何還沒開口？漸漸地，他停下了動作，悄悄抬起頭來看他。

林景時察覺到他的動作，輕聲道：「邢東家這是做什麼？」

邢力心裡苦不堪言，到了這個時候，他還不清楚林景時是個惹不得的那就是個傻子。他「嗚嗚」兩聲，林景時點點頭，黑暗中的人影立刻上前把他口中的破布拽下，馬上又消失。

這一齣讓邢力徹底怕了他，那人身上明顯是有功夫的！

林景時換了個更舒服的姿勢，居高臨下道：「聽聞我同令嬡有私情？」

邢力渾身如同剛從水裡撈出來，濕答答的汗滴在地上，他張了張嘴，沙啞道：「林、林掌櫃，這都是誤會！是那李嬤嬤說的！」

林景時笑了一下。「你可知道令嬡如今身在何處？」

到底是疼了十幾年的女兒，哪怕存著利用她的心思，心底總是有幾分真情，邢力瞪大眼睛。「我家菲兒在哪兒?!」

林景時嘆口氣，像是替他惋惜，說出的話卻如那刺骨的冰刀。「那亂葬崗聽聞還有野狗出沒，也不知道令嬡如今是否……完、整、無、缺？」

邢力不敢相信，用力搖頭，想把他的話從頭腦中搖出去，搖了幾下猛然頓下來，身子不受控制地抽搐起來，隨後僵硬許久，抬起血紅的眼睛，咬牙切齒道：「林掌櫃，你說的可是真的？」

昏黃的燭光在林景時臉上跳動，邢力竟然在他眼中看出幾分憐憫，他像是突然有了希望。「林掌櫃……」

林景時彎起嘴角。「她是被兩個小廝緊緊壓住，捂上厚帕子，一開始她還能掙扎，抓花了一個小廝的手，那小廝氣得越發用力，不多時就沒了氣息……」

邢力隨著他的話，想像出女兒臨死前的一幕幕，淚流滿面。手上的繩子不知何時被人解開，他雙手抱著頭，趴在地上，痛苦不堪地用頭撞著地上的青石，口中喃喃道：「菲兒……菲兒……」

林景時默默地看著他，聲音充滿誘惑。「邢東家想見自己女兒最後一面嗎？」

邢力猛地抬起頭，吼道：「我的菲兒在哪兒?!」

林景時悲憫一笑。「沒得到邢東家的同意，我也不好越俎代庖，只派人守在一旁驅趕野獸……」

邢力渾身無力，一頭磕在他腳下抬不起來。「求……求林掌櫃帶我去見菲兒。」

林景時沒有說話，剛直起的脊背又靠在環椅上。

邢力等了片刻沒等到他的回應，心知自己糊弄不過，盤算著林景時和許遠間的實力，額頭的汗往外冒。

林景時並不逼他，一下下用手中的茶杯敲打著桌子，上等的青花瓷磕在厚重的木桌上，發出「喀噠喀噠」的聲響，像是敲在邢力的心頭，讓他心生膽怯。

良久，二人間誰也沒有出聲，邢力覺得自己的呼吸都被這「喀噠」聲一下一下地掌控，終於澀澀開口。「林掌櫃，我都聽您的。」

林景時露出一抹笑。「領了你女兒的屍身，明日就去許府門口擺上祭壇吧。」

邢力一個哆嗦，哀求地抬起頭想求他饒了他，可一接觸到他幽暗深黑的眸子，那些求饒的話卻怎麼也說不出口，半晌垂下頭。「我聽林掌櫃的。」

第二日一大早，許忠剛睜開眼，習慣性地在心中過一遍今日要做的事，就聽見門外傳來急促的腳步聲。

他身邊的女子「嚶」的一聲醒來，伸出雪白的臂膀，攬住他的胸口。「爺……」

門外的腳步聲越來越近，不多時就傳來壓抑又緊迫的敲門聲，一個焦急的聲音響起。「忠爺，您起了嗎？」

許忠被打斷了思緒，皺起眉來，閉上眼睛撫摸著身邊女子嬌嫩的背，不情不願地「哼」了一聲。

門外的小廝提著的心放下大半，忙道：「忠爺，那邢家在咱們府外擺上靈堂了！」

許忠驀地睜開眼睛，手上不自覺加重了力道，那女子輕吸一口氣，咬牙忍住到嘴邊的痛呼。

許忠重重推開她，翻身下了床，撈起身邊的衣裳胡亂往身上套，抬高聲音問道：「到底出了何事！」

門外的小廝又哪裡知道，急得恨不能原地轉圈。「奴才也不知曉，門房傳來的消息，說是邢家一路敲敲打打，哭著從城南來了咱們府門，後頭跟著許多人。」

許忠一把拉開門怒視他。「那老牙婆子不是告訴他們把邢菲兒發賣了，他們又怎能找上門來！」

小廝欲哭無淚。「忠爺，他、他們不只找上門來，還推了棺材……有那膽大的看了一眼，裡頭竟然真的躺著個……個……女子屍首！」

許忠愣住，眼前的小廝見他沒了聲響，小心翼翼地喚了一句。「忠爺？」

許忠回過神來，一腳踢開他，大步往前面趕去。

那小廝打了個滾，爬起來只看到他怒氣沖天的背影，心裡暗呸一聲，也跟了過去。

許府門外已經被圍得密不透風，裡三層、外三層的人群，把邢家一家子圍在中間。

邢婆子本也不看重閨女，何況那日偷聽到李嬤嬤和許府下人的話，心中早就知曉女兒已遭遇不測，如今只傻愣愣地坐在地上，披頭散髮的悶不吭聲，時不時抽一下，緊緊拉著邢保的手。

邢力跪在棺材旁，一邊漫天撒著紙錢，一邊大聲哭喊道：「爹的菲兒啊！妳睜開眼吧，睜開眼看看爹娘吧，看看妳弟弟吧！」

邢保一手被邢婆子死死攥住無法掙脫，大半個身子卻趴在棺材邊上，想起姊姊對他的好，哭得昏天暗地的。

路人們看著這一家三口的模樣，忍不住心底發酸，交頭接耳地嘆著氣。

聽到消息的李嬤嬤頭髮微亂地匆匆趕來，看著眼前的人山人海，心中暗道一聲「不好」，跳下馬車用力擠過人群，大聲叫嚷。

「你們邢家還有臉來！自家閨女水性楊花被發賣了，如今還來找許府的晦氣?!讓讓，讓開！你……」

剩下的話卻是再也說不下去了，她大張著嘴巴，驚恐地看著躺在棺材中那張青白僵硬的臉，轉身想要逃，卻被圍觀的人堵住退路。

邢力瞪著赤紅的眼睛死死盯著她，咬牙切齒道：「李嬤嬤，事到如今妳竟然還在騙我，我家菲兒根本不是被發賣了，是被你們許府給害了！」

他仰天痛哭。「我的菲兒啊，妳被人害死了還要背負不貞的名聲，他們許府欺人太甚啊！今日爹也不活了，給妳討了公道就下去陪妳……」

李嬤嬤牙齒上下打顫，一個字也說不出，她只覺得所有人的眼光都在她身上，如針扎一般難受。

這時許府的大門緩緩打開，許忠溢滿怒氣的臉出現在門後。

李嬤嬤像是見著救星一般，連滾帶爬地撲過去。「許管家，真的是邢菲兒，真的是她！」

許忠恨不能把她當場掐死，他什麼都還沒說，她倒是在所有人面前替許府認了。

顧忌著許遠在外頭的名聲，許忠瞇起眼睛扶起她。「李嬤嬤被嚇著了。」

李嬤嬤察覺到胳膊上傳來的刺痛，驚醒過來，想到方才自己說的話，恨不能咬斷自己的舌頭。

她低下頭瑟瑟發抖。「是……我被嚇著了。」

許忠輕哼一聲，看向邢力。「邢東家拉著這麼個屍身來我們許府，究竟有何貴幹？」

邢力心中害怕，瑟縮一下，轉念想到林景時平淡如水卻極有壓迫感的眸子，鼓起勇氣對著許忠道：「你們許家害了我女兒性命，我……我來討個公道！」

許忠嗤笑一聲。「飯可以亂吃，話不可亂說。邢東家口口聲聲說我們許家害了你女兒，你倒是拿出證據來，咱們去公堂上明明白白地辯駁一場。如今麼……看你這模樣……是來要錢的？」

邢力咬著牙。「昨日你身後的老牙婆到我家說的話，城南的街坊們都能作證，如今我女兒的屍身就在此處，你們竟然還能睜眼說瞎話？老天爺啊，您開開眼吧，咱們窮人家的命不是命……菲兒啊，帶著爹去了吧，爹沒了妳還有什麼活頭啊……」

又是潑婦罵街這一套，許忠覺得有些無趣。「邢東家，你怎麼學得如同那哭喪的婦人一般胡攪蠻纏？你家這女兒不守規矩被發賣，誰知道遭了何事死了，怎麼就一轉頭找上咱們家了？我們許府向來是積善人家，這是招誰惹誰了？」

這一幕幕你來我往，堪稱精彩，大大滿足了圍觀眾人，卻把他們的好奇心勾得更盛。

有那快嘴的插話道：「是啊，邢東家，你們怎麼知曉是許家害死的？」

邢力捂住臉，身後的手一掐邢保，本就伏在棺材上的邢保吃痛，哭得更響。

邢婆子被邢保的哭聲驚醒，終於發出了今日第一聲嚎叫。「娘的菲兒啊！」

話音未落，整個人就向後仰倒，「咚」的一聲砸在地上。周圍的人都嚇了一跳，一時間所有人都安靜下來，生怕邢婆子死在自己眼前。

邢力乘機撐著自己站起來，伸手顫抖著指向許忠。「好，好！好一個積善人家！」他雙目含淚，做出心痛欲絕的模樣，晃了兩下，一手撐住棺材才站穩，搖了搖頭努力讓自己清醒，開口道：「你們許家如今是不認了，什麼積善人家？我呸！對外打著給辰妃娘娘守孝的名聲，背地裡找這牙婆子上了好幾回門，非要納我女兒入府。我邢力雖說不是什麼有權有勢的人家，但也有一片愛女之心，又怎會送女兒去做妾！」

他閉上眼睛，眼角的淚滑下，像是在印證他這番話。

眾人沈默下來，有那熟悉的想著平日邢力對邢菲兒的寵愛，也說不出話來。

邢力耳朵聽著動靜，心裡稍稍放下來，睜開眼繼續道：「可是那牙婆日日上門，最後竟然威脅我們，若不送女兒進許府，以許府的勢力，定要我家破人亡！」

李嬤嬤像聽了什麼天大的鬼話一般，叫嚷道：「你滿嘴噴糞！明明是你日日尋老娘上門，要送你這倒楣催的丫頭進許家，還妄想做妾，不撒泡尿照照自己長什麼模樣，做個通房丫頭都便宜她了！」

「通房丫頭？那許府的老爺不是放出風聲要為辰妃娘娘守孝，怎麼能收通房丫頭？」

「噓，小聲些，這些大戶人家的事，咱可說不清……」

許忠聽到這些議論，回頭狠狠瞪了李嬤嬤一眼。成事不足敗事有餘的東西。

李嬤嬤聽到眾人議論，這才發覺自己進了套，她差點把自己舌頭嚼爛，看著臉上悲戚的邢力，怎麼都感覺他臉上泛著陰險狡詐的笑。

邢力的確暗喜，沒想到李嬤嬤竟然如此衝動，看來前幾回自己把她給捧壞了，心裡呸了一聲，繼續道：「許家說咱家沒證據，咱家一條人命在這兒，就是最大的證據。且……我的菲兒被、被你們害了的那日夜裡，有人看見你們抬著一頂青布小轎出了門，他心中好奇就跟了上去。呵呵，說來也是因著你們積善之家的名聲，他還以為能討得幾銅板的賞錢。

「誰知越走越偏，他一直跟著出了城，跟到了那亂葬崗，看到你們把我的菲兒抬下轎子隨手一扔……」

許忠冷汗涔涔。若對方真的有證人，如今已經鬧到半城皆知，那這一茬可不容易了結。

那證人到底是誰？

他陰狠地看著邢力，聲音冰冷。「不知邢東家說的證人在何處？不如叫出來咱們當面對質，我許家可沒做過這等事。」

邢力挺直腰板，冷笑一聲。「叫出來？你們許家草菅人命，竟然還想讓我把證人供出來，是明擺著讓你們滅口？若是今日不給我個說法，我就去衙門敲喊冤鼓，咱們劉知縣一向賢明，定不會包庇你們許家！」

許忠眯起眼睛。劉知縣頭上的人……若是劉知縣與他們一條心，他們哪至於在這麼個小縣城都束手束腳？

他抿抿唇，腦海中飛快盤算著如何能破了今日這局。

邢力像是嫌棄方才說的話不夠有說服力一般，慢騰騰開口：「我尋到我家女兒的時候，老天有眼，她的屍身尚且完整。可那亂葬崗處處白骨，斷手斷腳，層層疊疊，宛如人間煉獄……」

說到這裡，他停頓了一下，滿意地聽著耳邊接連的抽氣聲，重重地「哼」了一聲。

「許管家可知曉，那些野狗、野獸雖說吃人的屍身，可……牠們不吃布料，我本就是做布料生意的，那些半掩在泥土中的殘存布料，許多一看都是最上等的細棉，甚至還有綢緞，都同我家菲兒身上的衣裳顏色、紋路、料子一樣。原來那亂葬崗早就是你許家埋屍的好去處，不知多少好人家的女兒遭了你們許家的毒手了，你們還有臉說是積善人家，明明是殺人如麻的土匪窩！」

許忠驚慌失措，強穩住臉上的神色，怒視他道：「一派胡言！」

邢力乘勝追擊。「許管家怕是從未注意過衣裳這件小事，畢竟你們許府在咱們縣城可謂一手遮天。」

他敏銳地察覺到許忠身後的小廝慢慢往門內退去，抬高聲音道：「許管家想去毀屍滅跡？晚了，我來前已經招呼了城南的街坊們一起去亂葬崗幫我守著，你們許家若是有本事，就把我們都殺個精光。」

本是想來看熱鬧的人群都驚恐地看著許忠，原本人人想要貼上去套近乎的許府，如今像是一隻張著大嘴吃人的猛獸。想到方才邢力的話，眾人齊齊退後，有那膽子小的，已經拔腿想要逃。

許忠當機立斷，高喊一聲。「攔住他們，誰也不許走！」

許府中跑出二、三十名拿著棍棒的小廝，藉著對地形的熟悉，飛快地跑到人群邊緣，誰若想走，馬上就揮舞著棍子砸上去。

人群如同炸了鍋一般，你推我擠，像離了岸的魚，用盡渾身力氣掙扎著想要逃脫。

邢力把邢保護在身後，站得筆直，一動不動地同許忠對視。

許忠獰笑一下。「邢東家如此對咱們許府潑冷水，好讓你知道，咱們許府不是誰都能來踩一腳的！」

話音剛落，「嗖嗖嗖」幾枝利箭朝著人群射來，四、五個許府的小廝們哀號一聲，倒在地上，片刻工夫那阻擋人群的人牆就多了一個缺口。

可被圍住的人卻不敢往外跑，誰知道踏出去一步會不會被人射殺？他們像一群待宰的羔羊，再也沒有方才身為局外人的愜意與自若，只能緊緊聚在一起，生怕自己落了單。

「噠噠」的馬蹄聲急促地從街角傳來，所有人都像是在等待著最後的審判。

劉知縣騎著馬趕來，那一抹青色官服在朝陽的照耀下熠熠發光，身後是十幾個衙役，竟然還跟著一隊兵士。

百姓們像是看到了救星，許多人喜極而泣，不知是誰帶的頭，人群一片接一片地跪下，口中齊呼：「青天老爺救命！」

劉知縣策馬上前，勒住馬繩，看著神情莫辨的許忠，暴喝一聲。「你們許府好大的膽子，竟敢私自禁錮百姓！」

許忠皺起眉來，看劉知縣這架勢，今日是不能善了了。

邢力已經拉著邢保，撲到劉知縣馬前哭訴。「草民邢力，乃是城南邢家布莊的東家，求青天父母替我死去的女兒作主啊！」

劉知縣面色緩和，跳下馬親手扶起他。「邢東家請起，本縣已經接到你託街坊送來的狀紙，正是為此事前來。」

街坊，又是街坊，這邢力他早調查得一清二楚，做生意並不算實誠，哪裡來的這多要好的街坊?!

許忠磨著牙，額頭的汗已經開始慢慢匯聚成小溪，順著他的脖子流下。

邢力一直懸著的心徹底放了下來。看來林景時的能力比許遠強，竟真的能請來劉知縣做後盾，這次他總算是站對了人。

繼而想到若自己不為許府那遮了眼的榮華富貴，強行把女兒送入許府，讓她同林景時慢慢地接觸……說不準他還能成為林景時的老丈人……

想到這兒他更是懊悔，眼中的淚止不住。自己一時的執念，錯害了女兒一條命，想到邢菲兒平日撒嬌的嬌俏模樣，他頹然地倒下，徹底昏死過去。

劉知縣差點被他帶倒，幸而身邊的人機靈，手上一用力扶住他，邢力滑在地上悄無聲息，劉知縣長嘆一口氣。「把邢東家扶到衙門去。」

接著轉頭對兩股微微顫抖的許忠一瞪眼。「還『煩請』許管家進去喚許老爺出來。」

許忠心知許遠這時候尚未出來，已是打算徹底不管他了。沒人比他更了解許遠，他就是一匹孤狼，不管是誰，在他眼中都是可以犧牲的人，更何況他這個小小的跟班。

他苦笑一聲，澀澀開口：「劉知縣稍等片刻。」

正在這時，他身後傳來慢悠悠的腳步聲，許遠淡然冷漠的聲音響起——

「劉知縣大駕光臨，草民來遲了。」

劉知縣沒有搭話，與許遠冰冷的眸子對視片刻，冷笑一聲，開口道：「見了本縣為何不行禮？」

許遠瞳孔微縮，意味深長地看著劉知縣，面上浮出一絲笑，深深地作揖。「草民許遠，見過劉知縣劉青天。」

劉知縣看著眼前明爭暗鬥多年的許遠，心裡別提多暢快了，今日不死也得給他扒層皮。

他指著躺在馬車中的邢力，道：「今日苦主邢力狀告你許府謀害他的女兒，不知你有何話可說？」

許遠對身後一揮手，一個小廝從懷中掏出一張紙遞到他手上。他緩緩展開，遞到劉知縣面前。「劉大人請看，這是那邢家女兒的賣身契，既然賣與我許府，那便是我許府之人，同邢家無任何關係。他們如此鬧上門來，草民倒要告他一個擅闖民宅，尋釁滋事，蔑視王法之罪。」

劉知縣似是早料到他會如此說，絲毫沒有驚訝，也露出笑臉。「此事本縣自會查清，只是那亂葬崗上白骨嶙峋，可不是一句、兩句說得清的，哪怕全都是你許府的下人，死了如此之多，本縣也有權查個清楚明白，上報朝廷！」

許遠微微斂起笑容，回頭抬眼怒視許忠。「什麼亂葬崗，到底怎麼回事?!」

許忠心如死灰，雙膝一軟癱跪在地上，趴在許遠腳前，僵硬道：「老爺息怒，一切都是奴才的錯，是奴才瞞著您作下的惡，奴才⋯奴才無話可說。只如今竟給老爺添了亂，奴才萬死難辭其咎，只求老爺看在奴才伺候您十年的分上，留奴才一個全屍。」

許遠深深地看了他一眼，長嘆一口氣。「許忠啊，你不該瞞我。」

許忠「嗚嗚」哭出聲來。「奴才幼時備受欺凌，多虧老爺救了奴才一條命，可奴才心中總是壓不下那股暴虐的心思。老爺讓奴才放歸家的丫鬟、妾室，沒有一個是好的，老爺為人慈善看不出來，可奴才不能看著老爺受了蒙蔽，又放她們去過好日子，奴才也是為了您啊⋯⋯」

許遠抬起腳，一腳把他踹到地上，傷心道：「竟然真的是你！」

許忠頭也不抬，用力給許遠磕了三個頭，以迅雷不及掩耳之勢站起來，瞅準了劉知縣身邊衙役的佩刀，一把抽出橫在脖子上。「老爺，奴才去了，您多保重！」

劉知縣大吃一驚，慌忙喊道：「攔住他！」

左右衙役回過神來忙上前阻攔，可哪裡攔得住一心求死的許忠，「唰」地噴出一道血霧，劉知縣一行人被噴了滿頭滿臉。

許忠瞪大眼睛看著許遠，緩緩倒下，脖頸上的血涓涓流出。

百姓們被這血腥的一幕嚇得叫嚷起來，抱頭鼠竄，這麼多人一起亂起來，劉知縣帶來的衙役根本管不住他們。

許忠的血一點一點蔓延到邢菲兒的棺材前，不知是誰高喊一句——「棺材沾了血，要詐屍啦！」

人群如同沒頭蒼蠅般「哄」的一聲炸開來，管他什麼劉青天、許老爺的，他們兩眼赤紅，衝擊著方才為了護住他們手拉手站成一排的衙役。

劉知縣死死盯著神色淡然的許遠，從牙縫中擠出幾個字。「好，很好。」

許遠沒有回答他，低頭看著許忠尚未閉上的眼睛，嘆口氣。「劉知縣，罪魁禍首已經伏誅，不知今日邢力帶人來我許府鬧事，要如何定罪？」

劉知縣眯起眼睛，冷笑一聲，對著後面一抬手。一對兵士上前，站在幾乎要被衝散的衙役身後。人群看到帶著真刀真槍的兵士更是害怕，撕心裂肺地尖叫起來。

一個隊長模樣的人暴喝一聲：「都停下！」

大部分人被他嚇了一跳，下意識地安靜下來，可有那嚇破膽的，依然不管不顧地往外衝。

許遠心中冷笑一聲，對劉知縣道：「劉大人好大的威風。」

劉知縣恢復了方才的氣定神閒，如同嘮家常一般對他道：「雖說所謂的罪魁禍首已經伏誅，但還要請許老爺與本縣同去縣衙一趟，畢竟這裡面許多事還說不清楚，如此罪大惡極之事，本縣須得一一查明，也好如實上報朝廷。」

許遠抿了抿唇，臉上的冷笑絲毫不變，對著劉知縣拱手。「劉大人說得是，這許忠乃是許府之人，草民自當全力配合。」

劉知縣站直身子。「如此，許老爺請吧。」

許遠如同要出門赴宴一般，整理了一下衣角，輕哼一聲邁步往縣衙走去。幾個衙役飛快地跟在他身後，雖說沒動手，卻也擺出了押送的姿勢。

許遠心中給這劉縣令又深深地記了一筆，心道總有一日定要了他的命，才能出了今日這口惡氣。

看著許遠的背影，劉縣令抹了抹方才同他對峙時額頭上冒出的汗，回身對著如同雞仔一般擠在一起的百姓，嘆了口氣。「諸位不必害怕，今日之事你們聽得一清二楚，這許府罪惡滔天，惡貫滿盈，害死了多少人的姊妹與女兒，這等人死有餘辜！」

百姓們如今哪裡聽得進去他的話，渾身發抖，拚命點頭，只求他速放他們出去。

劉縣令搖搖頭，只能道：「方才不讓你們離去，不過是怕人山人海一時擁擠再踩踏出人命來，如今既然你們已經安靜下來，那便各自回家去吧。」

這話不啻天籟之音，百姓們跪在地上，參差不齊地對著劉縣令磕頭。「多謝青天老爺。」

劉縣令對隊長示意，隊長立刻站到一旁，身後的衙役與兵士也跟著他散到道路兩邊。

地上的人一看竟然真的散開了，站起來拔腿就想要跑。

不過小半刻工夫，人群就散得乾乾淨淨，劉知縣苦笑著上前，對著隊長行禮。「今日多虧了張伍長。」

張伍長漆黑的臉上擠出一絲不自然的笑。「劉知縣客氣了，咱們都是為了陛下。」這大帽子一扣，劉知縣也說不出什麼來，棄了想與軍中攀關係的心思。「如此我這就回去查這驚天的案子。」

張伍長識趣地點點頭，帶著自己的人整合起來，一躍上馬，對著劉知縣拱手，掉轉馬頭出了城。

劉知縣看著殘留下來的滿地狼藉，以及許府門口目瞪口呆的小廝、丫鬟們，環顧一圈，看到一個重要的人物，他指著癱在地上的李嬤嬤，道：「把她一併帶回去。」

李嬤嬤驚恐地爬起來，手腳並用想要往許府內逃，可哪裡敵得過那些膀大腰圓的衙役？從後面被揪住了領子，不管她的哀號，直接套上手銬、堵上嘴，捆在馬車旁。

劉知縣並不避人，自己在前面騎著馬，身後跟著一眾人等。

百姓們人心惶惶，方才跑出來的人都不敢開門，大街上竟然安靜得如同深夜，只能聽到邢保一聲一聲的抽泣。

江雨橋聽到消息的時候，驚得把手中正在擺的茶杯摔得粉碎，用一種難以說清的眼神看著賴明。

賴明小心翼翼地窺著她的臉色，生怕她沒聽清，又重複了一遍。

「姊，那許遠已經被抓進大牢了，許忠死了，那老牙婆也被捆了。今日鋪子中沒有客人，也是因為這件事，大家都躲在家中不敢出門，還是馬哥派人通知我，讓我今日不用去送包子了。」

江雨橋只覺得有人在耳邊用力地敲鑼，眼淚「唰」地一下流下來，伸出手去攥住賴明的手腕。「你、你再說一次，許遠怎麼了？」

賴明心疼地看著她，耐心地重複道：「姊，那個許遠被抓了。」

江雨橋淚如雨下，再也說不出話。

賴明抿抿唇，顧不得手腕上的疼痛，想要上前抱住她，用自己稚嫩的肩膀撐起姊姊來。

他在心中鼓起勇氣，剛上前一步，林景時不知何時出現在她身後，嘆了口氣，伸手攬住她的肩，低聲道：「別哭了。」

江雨橋聽到他令人心安的聲音，鬆開賴明的手腕，順勢撲進他懷中，熟練地抱緊他的腰，放聲大哭起來。

賴明目瞪口呆地看著眼前這一幕，下意識地趕緊去把門板裝上。

全家人都聽到了江雨橋的哭聲，慌亂地放下手中的活計，一起跑到大堂，看到江雨橋緊緊抱著林景時，把頭埋進他的懷裡，一時都沒反應過來。

江老太顫抖著伸出手，指著相擁的二人，哆嗦道：「這、這是怎麼了？」

沒人能回答她，所有人都靜靜地看著江雨橋哭泣，不知為何不敢上去打擾他們。

賴明裝上門板跑了回來，眼中也含著淚花。「爺、奶，那許遠……許遠被劉知縣抓了！」

江老太一臉迷惘。「許遠……」她轉過頭找到老江頭的眼睛，盯著他。「老頭子，我沒聽錯吧？那個許遠……那個壞人，被抓了？」

老江頭早就激動地站不穩了，王衝上前扶住他，對著江老太應道：「是，您沒聽錯，小明說許遠被抓了。」

江老太「嗷」的一聲叫出來，低下頭抱住身前的賴鶯，把臉深深埋在她小小的肩膀上，哭得比江雨橋還大聲。

賴鶯被她嚇了一跳，茫然地看著四周的大人，賴明拍了拍她的腦袋。「乖，莫怕，奶奶是高興得哭呢。」

賴鶯雖然不明白為什麼高興會哭成這樣，但還是懂事地伸手環住江老太的脖子，奶聲奶氣地安慰道：「奶奶哭吧，等爹娘回來了，我也會哭的。」

賴明被她一句話說得心中酸楚，摸了摸她的頭，終於忍不住眼淚，低下頭任它滴落在地。

林景時此時哪有心思管鋪子中人的想法，他抱著懷中小小的女孩，不同於上次哭聲中的害怕與委屈，這次她彷彿更加柔軟，像是放下心中所有的巨石，發洩般地痛哭。

江雨橋根本不知道別人在想什麼，她只知道許遠被抓了，許遠再也威脅不到她了，上輩子的傷痛與痛苦再也不會發生。林景時堅實的懷抱如此溫暖，像是一道壁壘，能讓她徹底放下一切，躲在裡面，沈溺其中。

大家都極有默契地不去打擾江雨橋，老江頭見江老太已經哭了許久，生怕她情緒太激動再厥過去，拍了拍她的肩膀。「成了，別哭了，難不成待會兒還要讓雨橋來哄妳？」

江老太嘴邊的哭聲一下子噎住，打了個嗝，抬頭瞪了老江頭一眼，到底止住了哭聲，抽出帕子擦了擦眼淚，看著小小的賴鶯半邊身子的衣裳都被浸濕，有些羞赧，一把抱起賴鶯。「小鶯，隨奶奶換衣裳去吧。」

賴鶯乖巧地點點頭，江老太回身走了兩步，突然反應過來，又抱著賴鶯回來，湊近老江頭。「那個……林掌櫃那……」

老江頭也有些無奈，過了方才的激動勁，他就已經看著眼前的兩人了。重點是明眼人一看就知道，是自家孫女兒撲進林景時懷中的，林景時兩手尚垂在身邊，只是偶爾拍拍她的肩，而自家孫女兒那手……可是緊緊地箍在人家腰上呢。

他輕嘆口氣，對著江老太搖搖頭。「罷了、罷了，今日雨橋高興，就……就讓她鬆快一日吧。」

江老太皺了下眉，看了一眼鋪子中間的二人，忍了忍沒說話，抱著賴鶯去了後面。

李大廚一把扯過滿臉淚痕的李牙。「快別哭了，你的活計做完了？」

李牙抽抽噎噎地擦著淚。「太不容易了……爹，您不知道，實在太不容易了，那許遠真是一肚子壞水，若不是雨橋攔著我，我都想去把他給揍了。」

李大廚一聽這個「揍」字，頭都大了，狠狠瞪了他一眼。「我本以為你年紀漸長，為人也會穩重些，竟如今還喊打喊殺的，你若是再跟別人動手，我非把你小子打得下不來床！」

李牙剛擦乾的眼淚一下子又湧出來。「爹，都是我不好，我一時衝動才讓您遭了罪。爹，您莫要生氣，別傷了身子。」

李大廚見他這模樣，還能說出什麼來，抬手輕柔地給他抹了抹眼淚。「別做些婦人模樣，快些進去做活吧。」

賴明推著李牙道：「李牙哥，正好你也教教我如何雕花。上回你雕的那朵蘿蔔花如同真的一般，我好奇呢。」

李牙看了看他比自己小了三圈的小手，撇撇嘴。「你這小手連蘿蔔都拿不住。成了，待會兒給你切一小塊教教你吧。」

王衝急忙插話。「我也想學，順便帶上我。」

李牙疑惑地看著他。「以往你們可沒說過想學，今日這是怎麼了？」

李大廚看不下去兒子的蠢樣子，一把拍在他後腦勺。「讓你教你就教，廢什麼話！」說完自己率先進了後廚。

王衝和賴明推著李牙跟在後頭，一眨眼，鋪子裡只剩下老江頭和還抱著的那對人兒。

第十八章

老江頭抬腳也想走，猶豫片刻，到底不放心孫女和林景時單獨待在這兒，拉過一把椅子坐下，就這麼盯著二人。

林景時察覺到他的目光，有些無奈，也心知自己在這裡抱住江雨橋，著實有些大膽。

懷中的江雨橋慢慢止住嚎啕大哭，只時不時地抽一下，林景時感覺到胸口依然濕漉漉的，不斷有新的淚水，也不知該不該打斷她。

江雨橋其實已經回過神來了，但如今的她著實不敢抬頭。上回也就罷了，只有他們二人知曉，這回可是被全家人看個正著……

她已經不知如今眼中源源不斷的淚是痛快的還是羞惱的，只是一直止不住。

她挪了挪臉頰，鼓起勇氣想離開林景時的胸口，卻貪戀他令人心安的氣息，忍不住蹭了兩下。

林景時挑起眉來，一直平穩的心跳不經意間突然慌亂，他生怕江雨橋察覺到異樣，深深吸了一口氣，雙手扶住她的肩膀，輕輕把她往外一推，柔聲道：「好些了嗎？」

老江頭的忍耐也是有限度的，見二人終於分開，兩步上前，握住林景時的手腕甩開他，防備地把孫女兒拉到一旁，翹了翹嘴角，沒說出什麼狠話，瞪了林景時一眼，轉頭擔憂地看著江雨橋。「雨橋？」

江雨橋滿臉通紅，低著頭吶吶地「嗯」了一聲，老江頭這才鬆了一口氣。看來孫女兒已經回過神來了。

他沒搭理林景時，扶著她往後院走去。「方才妳哭累了吧，快些去洗把臉躺一會兒，今日咱們不做買賣了。」

賴明從後廚探出頭來。「爺，我送姊姊去後院就行了。」

這正合老江頭心意，他小心地把江雨橋交到賴明手裡。江雨橋欲言又止地回頭看了和藹的老江頭一眼，又看了含笑的林景時一眼，終究什麼話都沒說，乖巧地隨賴明去了後面。

簾子一放下，老江頭瞬間變了臉色，沈著臉回頭，也沒了好語氣，對林景時道：「林掌櫃方才是什麼意思？」

林景時笑容不變，看了一眼好奇探出頭的李牙，李牙只覺得渾身一涼，飛快地放開手中的簾子，躲在後廚不敢伸出頭。

林景時輕嘆一口氣，對著老江頭行了個大禮。老江頭嚇了一跳想跳開，轉念努力穩住身子，活生生地受了他這一禮。

林景時直起身子，老江頭方才快要衝到頭頂的怒氣也消了大半，看了他半晌，抿了抿唇，對他道：「你心中有什麼打算？」

林景時垂下眼眸，聲音有些沙啞。「實不相瞞，我確實有求娶雨橋之意，只是如今尚不是時候。」

老江頭眉頭倒豎。「什麼叫不是時候？你、你當著咱們一大家子的面，對著我孫女……那般模樣，你這是壞了她的名聲！」

林景時有些為難，看著他生氣的臉，閉上眼睛。「還請江爺爺避一步說話。」

老江頭隨著他的目光，看了看微微晃動的後廚簾子，生氣道：「李牙，你若是再偷聽，明日就沒你的飯！」

李牙心裡一驚，委屈地癟癟嘴。「我就是怕雨橋受了委屈，好歹咱一身力氣，若是江爺爺想要教訓林掌櫃，我也好搭把手。」

老江頭心知這孩子心思淳樸，也不與他糾纏，上前拉著林景時就去了鋪子角落，壓低聲音道：「你說，到底什麼叫不是時候?!」

林景時也不掙扎，深邃的眸子如同無波的古井，與他坦然。「江爺爺不知我家中情形。」

老江頭心裡一咯噔，想到平日他的衣著、作派，身上高華的氣質，有些憋氣道：「難不成你是什麼大戶人家的子弟，不能娶咱們雨橋？若真是如此，你就趕緊走，走得遠遠的，再也莫要出現在咱們家人眼前！」

林景時有些哭笑不得，解釋道：「江爺爺誤會了，您這話說對了一半。」他喟嘆一聲。「我家中的確不是什麼平頭百姓，只是我乃家中庶子，生母早逝，父親不慈，幸得姑姑憐惜，自幼照料於我。後姑姑嫁了人，我便幫著姑姑打理些事務，已經七年未曾回家。」

老江頭目瞪口呆，萬萬沒想到平日一派富貴的林景時竟然有如此身世。

他吞了吞口水，好半晌才道：「那……你是什麼意思？」

林景時臉色嚴肅起來。「雨橋如今尚未及笄，不知江爺爺想何時為她尋媒？」

老江頭心中早就盤算過了，見他問得認真，便如實道：「我本打算等她十五之後再提。雨橋年幼時一直沒有生活在我們身邊，如今這天倫之樂彷彿是意外得來的，怎麼也得多留她兩年，只是留的年頭長了，又怕耽擱了她……」一片愛孫女之心溢於言表，糾結片刻皺起眉來。「你問這做什麼？」

林景時挽起一抹笑。「不敢與江爺爺相瞞，我之所以不現在求娶雨橋，是怕雨橋若真嫁與我會受後宅之苦。我此生只願與妻子安貧樂道，過這百姓過的有滋有味的小日子。若是江爺爺信我，能否給我一年時間，待到雨橋十六歲前，我定前來求娶。」

老江頭聽了他的話沈默下來，腦海中浮現這段時日以來全家人與林景時朝夕相處的點點滴滴，許久才長嘆一口氣。

「這事我說了不算，你……待我與家中人商議商議吧。」

林景時點點頭，又道：「此事乃是我心中所想，並未與雨橋說過，雨橋如今丁點兒不知，江爺爺能否……」

話未說完就被老江頭打斷。「你這說的什麼話，誰家會同女兒商議這個，難不成咱們雨橋沒了你還嫁不得人不成！」

林景時自知理虧，對著他拱手。「是我莽撞了，還請江爺爺莫要見怪。」

老江頭「哼」了一聲，也不去接他的話。

林景時苦笑一下。「今日雖說許遠已經被抓，但許忠一人承擔下所有事情，那些圍觀的百姓反而成了他們的證人，到時許遠全推到許忠身上，劉知縣也並不能奈他如何。」

老江頭倒吸一口氣。「你說什麼?!這事竟然還沒完？」

林景時安撫地扶住他。「江爺爺也無須擔憂，出了這麼大的事，許公公不會再放許遠自己在縣城中了，暫時他是沒有心思來糾纏雨橋的。」

老江頭頭皮發麻，突然想起自己尚不知許遠犯了什麼事，追問道：「他到底為啥被抓了？」

林景時沈吟片刻。「不若把家裡人都叫出來，也好一起通個氣。」

老江頭點點頭，的確是這麼個理，便對後廚喊道：「衝小子，你去後院把你江奶奶和雨橋都叫出來！」

王衝掀開簾子應了一聲，拔腿就要往後跑，林景時又補了一句。「把賴明也叫來吧。」

一家子整整齊齊地聚在鋪子中，李牙左看看、右看看，當仁不讓地擋在林景時和江雨橋之間，把他倆隔開。

林景時也無心去計較這個，深深地看了江雨橋一眼，道：「邢菲兒死了。」

所有人都呆愣住，李牙是個直性子。「邢菲兒是誰？」

江雨橋顫抖著唇。「她……她是怎麼死的？」

林景時垂下眼眸。「被小廝用厚帕子捂死的。」

「厚帕子……」

那是許府慣用的殺人法子，無聲無息……

江雨橋臉色慘白，身邊的賴明緊緊握住她的手。「姊姊莫怕，許遠已經被抓了，他不會再出現了！」

林景時嘆口氣。「我把大家聚在一起說的就是這個，亂葬崗發現許多許府中女子的屍身，今日全城如此森嚴，就是因為這個……」

此起彼伏的抽氣聲響起，江老太小小地驚呼一聲，緊緊抱住懷中的賴鶯。

江雨橋已經沒心思去分辨林景時在說什麼了，她心中一時惶恐，一時輕鬆。亂葬崗被發現了，那豈不是說許遠的罪行要暴露天下了！可她前世在許府二十年，自然知曉許遠不是隨隨便便就能被定罪的人……

林景時見她臉上浮現詭異的神色，心中知曉她在想什麼，暗暗嘆了口氣，卻只能道：「許忠已經全都承認了，此事怕是牽扯不到許遠。」

全鋪子人失望的表情都溢於言表，賴明捶了下桌子。「這麼大的事情，竟然還不能定他的罪！」

林景時深深地看了他一眼，突然壓低聲音。「賴明，翻過年你也十一歲了，這大半年來，你的成長我們都看在眼裡，你……想不想知曉你家的事情到底是怎麼回事？」

賴明大吃一驚，他從未想過自家的事竟然還有隱情，如今聽林景時這麼一說，難不成還有什麼他不知道的？

他控制不住自己的手抖了起來，努力壓下翻湧的情緒，哽咽問道：「林掌櫃，你、你說。」

林景時抿了抿唇。「說來也簡單，不過是你家做那救讀書人於苦難的買賣得罪了人罷了。」

賴明心思靈敏，詫異於林景時為何突然提起，下一瞬一下子聯想到方才的話。「難不成是許遠?!」

林景時讚許地點點頭。「不錯，你能如此快想到許遠頭上，說明這陣子的歷練沒有白費。

「你爹娘做的生意說得廣泛些，乃是施恩於科舉的學子，許遠又怎能看著你一普通人家擁有如此聲望？對他來說不過是防患未然，把你們扼殺於發跡之初罷了。你家的方子已經被許忠拿到手，只等下次院試，許家就會有一間麵店。」

賴明的眼睛已經被淚水糊住，泣不成聲，緊緊拉著賴鶯的手說不出話來。

江雨橋也被這突如其來的消息驚到了。雖說她知道賴家有難是人為的，可萬萬沒想到竟然是許遠。想到前世賴明竟然跟在許遠身邊……也不知是真的不知道這件事，還是伺機報復？

她沙啞地開口問道：「林掌櫃，許遠到底能得到什麼懲罰？」

林景時彎起唇角。「這件事雖說不至於要了他的命，但畢竟事關多條人命，劉知縣定會如實上報，到時只要許公公還想要他這一點香火，也不會坐視不理，大概會把他召回京中，放在自己眼皮子底下看管幾年，這幾年許遠怕是要銷聲匿跡，夾起尾巴做人了。」

江雨橋提著的心「咚」的一聲落了地，她帶著幾分驚喜道：「真的？他再也不會出現了?!」

林景時想要解釋不過幾年時候，看到她滿臉欣喜的樣子，吞下口中的話，附和道：「所以，妳再也不用怕他了。」

老江頭一拍桌子。「好、好！過幾年咱們雨橋也嫁了人，難不成他還能強搶民婦不成！」

林景時差點被口水嗆到，看著老江頭意味深長的目光，無奈一笑。「沒錯，日後許遠再也不是雨橋的威脅。」

鋪子裡的氣氛一下子鬆快起來，只有賴明還沈浸在傷心裡。

江雨橋拍了拍他的肩膀。「小明，如今許遠已經被抓了，劉縣令定會仔細調查他的罪行，到那時你爹娘的案子或許還有一線轉機。」

賴明不想讓江家人陪著他擔憂，懂事地點頭。「姊姊放心，我禁得住，這已經比我們之前想的好許多了，不管怎麼說，我也知道了自家的仇人是誰……」

林景時笑了笑沒說話，起身走到他身邊，拍了拍他的頭。

許府的罪行像是蓋在大幕下的腐木，掀開一角就露出底下爬滿的腐蟲，骯髒、噁心得令人髮指。

劉知縣派人把埋在亂葬崗裡的屍骨都收殮起來，在布告欄貼了告示，讓自家有女兒進了許府的人都來認一認。

可已經過了這麼多年，收殮起來的大部分都是屍骨，除了七、八具勉強辨認出來模樣的被家人領回家安葬，剩下的誰也辨認不出來。

亂葬崗的夜晚，火把林立，如同白晝，一群群百姓努力看著一具具屍骨，回想著女兒身上可能會有的小標記，生怕錯過了自家女兒，絕望的哭喊聲不停傳來，陰森的白骨在橙黃火光的映襯下更顯可怖，這畫面如同人間煉獄。

劉知縣的眼淚在眼中打轉，當場潑墨畫了一幅「百姓辨女圖」，與這案子的詳細卷宗快馬加鞭送到府城，三日後這卷宗就到了六部。

如此驚天大案竟然是許公公家的案子，刑部尚書也不是傻的，如今宮中誰最受寵？怕是連皇后娘娘在皇上面前說話的分量都沒有許公公重，皇上哪一日不是拉著許公公一起回憶辰妃的往事？

他從頭到尾細細看了一遍，那觸目驚心的「辨女圖」讓他不忍心看第二眼。他長嘆一口氣，把卷宗按照原樣小心翼翼封好，擺在案前，沈思起來。

唐騫又溜到了林景時的鋪子裡，桑掌事看到他，大驚失色。「四殿下?!您怎麼來了！」

唐騫恨不得撲上去捂住她的嘴，把手指豎在嘴前。「噓，小聲些。景時呢？」

桑掌事尚未回過神來，見他這副做賊的樣子，也跟著壓低聲音。「掌櫃的在隔壁鋪子呢。」

唐騫露出了然的神情。「他這是長在江家了？這是怎麼打算的，想去給江家做上門女婿？」

桑掌事被他一句話說得啞口無言，輕咳幾下問道：「您何時來的？」

唐騫翹了翹嘴角。「我這表哥還真是替我保密，我都見過他了，竟然連妳都不知曉。快些叫他回來，我有事尋他。」

桑掌事深知他主動出現定有什麼大事，對著他行禮，匆匆去了隔壁。

林景時如今日子正難熬，江家所有人，除了江雨橋之外，各個看他的眼神都有幾分不善。
他苦笑著搖搖頭，怕是所有人都把他當成不負責任的人了。
桑掌事焦急萬分地踏進鋪子，老江頭倒是吃了一驚。「桑掌事可不常過來，快些坐。」
桑掌事扯出一抹笑，對他道：「您別麻煩了，鋪子中有些事情，我是來尋掌櫃的。」
老江頭神情一變，從鼻子裡「哼」了一聲。「林掌櫃，桑掌事尋你。」
林景時皺起眉來，看桑掌事如此著急，怕是出了什麼大事，他對老江頭拱手。「多謝江爺爺了，如此我回去看看。」
說罷對老江頭點點頭，跟著桑掌事回了繡莊。
繡莊中的唐鸞早就等得不耐煩了，一見他進來就上前扯住他的袖子。「景時，你可算回來了。」
林景時一見是他倒放下心來，不緊不慢地從他手中抽出袖子，慢慢踱到椅子前坐下，倒了杯茶。「出了何事？」
唐鸞見他這淡定的模樣，一跺腳。「我聽到消息，那刑部的老頭們壓根兒沒把許遠的案子送到父皇面前，許老狗給壓下來了！」

林景時又倒了一杯茶遞給他。「倒是不出我所料。」唐騫哪有心思喝茶？接過茶隨手往身邊的几上一放，咬牙切齒道：「萬萬沒想到他們竟然敢如此欺上，可見平日父皇被瞞了多少事情！」

林景時見他這沈不住氣的模樣，伸出手指了指他放下的茶。「先喝了再說。」

「你……如今竟然還有心思讓我喝茶！」唐騫憤憤地拿起茶杯一飲而盡，溫熱的水順著喉嚨流下，稍稍去除心中的煩悶。

他一掀衣襬坐在林景時對面，看著他雲淡風輕的樣子，鬱悶地嘆口氣。

林景時見他不像無頭蒼蠅一般滿地亂轉，才開口與他道：「你預想中這案子，應當如何辦？」

唐騫一下子被問住，想了想才回他。「這明顯不是一個小小的管家能做出來的，許遠定是那幕後黑手，這麼多條人命，難不成不應當要他以命償命?!」

林景時嘆口氣，搖搖頭。「四殿下，你已經十七了，姑姑只有二殿下同你兩個兒子，日後你總是要成為二殿下的助力。」

唐騫有些莫名其妙。「我知曉啊，二哥平日也總同我說這話。」

林景時想了想精明得能看透人心的二皇子，又看了看眼前慷慨激昂、一片赤子之心的唐騫，突然笑了一下。「你這樣也好。」

唐騫眉頭都要擰出水了，不知道他為何這麼說，方才的銳氣不知不覺也消了不少，認真地看著他，執拗地等著他回話。

林景時才懶得管他的臭毛病，他可沒義務教導他上進，三兩句應付過去，把他交給桑掌事。「不懂的就去問顧先生吧，我手頭事情尚多。」

唐騫的不滿都要溢出臉上了，誇張地上下打量他。「你事多？你事多還天天長在江家？」

林景時一臉坦然。「沒錯，保護雨橋也是我的事情之一。」

唐騫簡直要被他肉麻得吐出來了，像看鬼一般看著他，許久敗下陣來。「成成成，我去尋顧先生。表哥，你可正常點吧。」

桑掌事咬著下唇忍住笑，恭敬地把唐騫送了出去，安排兩個人悄悄跟在他身後保護，關上鋪子門，回身對林景時打趣道：「掌櫃的，您對雨橋這是人盡皆知了？」

林景時嘆了口氣。「雨橋要囤的糧囤了多少了？」

桑掌事有些疑惑。「她那小院中的地窖已經裝滿了，足夠四口人吃上一年多，只是雨橋為何要囤如此多的糧？」

林景時垂下眼眸。「我總覺得雨橋身上有秘密，她的一些小動作平日看著不起眼，然而過一陣子就能看出來是在防備些什麼……咱們也多囤些糧吧。」

桑掌事大驚。「掌櫃的是說，縣城要出事了？」

林景時不置可否。「不過多囤些糧食罷了，早晚也吃用得到。」

桑掌事壓下心中的驚詫，點頭應下。

許公公動作很快，不過幾日工夫，一個小太監就摸進了縣衙。

劉知縣看著那封許公公親自寫下的手書，瞇了瞇眼睛，忽明忽暗的燈光讓他的神色看起來撲朔迷離。

那小太監絲毫沒有平日伺候人低聲下氣的模樣，腰板挺直，由上往下看著劉知縣。「劉大人，此事算是咱們公公欠你的一個人情，這個人情朝堂上多少人哭著喊著求著要，還望劉大人莫要錯過。」

劉知縣定定地看了他許久，直把他看得有些發毛，皺起眉繼續道：「許管家此事是有些荒唐，然而那些女兒家都是有賣身契的，就算鬧上金鑾殿，也不過是個打殺奴才之罪，怕是陛下壓根兒不放在眼中呢。劉大人不若好好想想。」

劉知縣低下頭，想到林景時同他說的話，閉上眼睛把許公公的手書塞進懷中。「還望公公莫要忘了今日之約。」

小太監浮起不屑的笑。「劉大人還請放心，五日之內許府就要搬遷到京中了，這縣城之中，日後劉大人再也無須為了許府操心了。」

劉知縣深深吸了一口氣。「如此，今夜就把許遠帶走吧。」

那小太監沒想到他如此乾脆，愣了一下才應道：「劉大人果然知情識趣。」

許遠坐在牢房中，他已經被關在這裡十幾日了，除了一日三餐有人來送之外，無人同他說過一句話。

若是一般人早就被逼瘋了，然而許遠卻摩挲著懷中的陶瓷小人兒，心中不知在盤算什麼。

門外傳來開鎖的聲音，許遠微微挑眉。如今可不是送飯的時辰。

小太監一進來看到他，立刻跪倒在地。「少爺。」

能喚他少爺的，那必定是許公公的人了。他微微含笑。「怎麼說的？」

小太監磕了一個頭。「少爺隨奴才出去吧，公公已經上下打點好了，只是這一回少爺怕是要去京中待幾年。您放心，京中許府一切都已置辦妥當，只等著您。」

許遠笑容不變，聲音陰森。「你是說……這點小事竟然要逼得我遠走他鄉？」

小太監的冷汗一下子冒出來，不敢抬頭，聲音瑟瑟發抖。「少爺，您派去京中送信的人不知被誰攔在半路，而那卷宗送得又飛快，三日工夫就到了刑部尚書的案頭，幸而刑部的人有眼力見兒，先通知了公公，公公這才知曉，然而此事知道的人已經太多了……」

許遠有些意外。「哦？除了我派的人，叔父派來暗中保護我的人應當也去送了信，竟然一人未到？」

小太監抬起頭來，認真道：「公公派在您身邊的四人……屍首就在離京城三里地的地方被發現了，此事後頭必不簡單。因著這個，公公才想讓您進京避一避，也好查查身後的人是誰。」

許遠沈吟許久，才站起身來。「罷了，先回去吧。」

許府上下出了這麼大的事依然井然有序，盈紅小心地端著茶水放在許夫人身邊，上手給她輕輕揉著額頭。

許夫人嘆口氣。「已經十幾日了，老爺怎麼還未回來？」

盈紅輕聲安慰道：「夫人莫急，此事怕是要驚動老太爺了，京中一來一回怎麼也要十來日，約莫這幾日就有信兒了。」

許夫人有些焦慮。「這話是這麼說……」

話未說完就聽到門外急促的腳步聲，外頭的丫鬟也顧不上什麼禮儀了，高喊道：「夫人，老爺回來了！」

許夫人一把甩開盈紅的手，「噌」地一下站起來。「老爺回來了？在哪兒？快快帶我前去！」

盈紅急忙上前扶住她，一齊往前院去迎接。

許遠從馬車上跳下來，十幾日未換衣裳，只覺得身上酸臭不堪，許夫人含著淚迎上來。「老爺，您受苦了。」

他不耐煩地皺起眉。「備水。」說完也不搭理她，徑直往書房走去。

許夫人彷彿當眾被搧了一巴掌，滿臉漲得通紅，聽著跪在地上的小妾們亂糟糟的呼吸聲，只覺得她們是在嘲諷她。

她努力壓下怒氣，狠狠掐著盈紅的手道：「還愣著幹什麼？去給老爺備水！」

盈紅吃痛卻又不敢呼出聲，眼淚在眼眶中打轉，啞聲應下。「是。」

許遠足足換了三回水才覺得自己乾淨了，他胡亂敞著裡衣坐在床前，撫摸著那不離身的小瓷人兒。

身邊的許夫人窺著他的臉色。「老爺……」

被打斷的許遠頗有些不耐煩。「五日後我們要啟程去京城，妳去準備一下吧。」

許夫人被這突如其來的消息打亂了陣腳，驚訝地看著他，想要問為何，可看著他的神情又不敢問，對著他行禮。「那妾身便下去安排了。」

許遠從鼻子中「哼」了一聲，許夫人見他沒有想解釋的意思，只能磨著牙，心道等會兒派個丫鬟去套套那小太監的話。

許遠獨自一人安靜地坐著，不知過了多久，猛然站了起來，喚了一聲。「許忠。」

門外傳來一個小廝的聲音。「老爺有何吩咐？」

他這才想起許忠已經死了，閉上眼睛深吸一口氣，再睜開眼，依然冷漠無情。「叫上兩個人，我要出去。」

那小廝低聲應下，心裡有些激動。

許忠死了，終於輪到他出頭了。

江雨橋這幾日是罕見的輕鬆，心頭最大的一塊石頭卸了去，如今她整日笑咪咪的，小臉也慢慢圓潤起來，看著就讓人心生歡喜。

許遠站在江家鋪子前，神情不定地打量許久，一揮手。「把江家小姐請出來。」

身後二人「喏」了一聲，悄無聲息地跳上院牆，正要往下跳，沒想到突然出現一道黑影，猛地介入二人之間，出手十分狠辣。

那二人驚訝一瞬，下意識接上了招。

許遠陰鷙地看著眼前這一幕，嘴角泛起詭譎的笑意。

他帶來的二人並不是那黑影的對手，很快其中一人就被打下院牆。

許遠瞇起眼睛一動不動，心中對那人已經有了幾分確定。

果不其然聽到身後傳來緩慢而堅定的腳步聲，許遠冷笑一下。「林掌櫃。」

林景時絲毫不意外在此處看到許遠，他整個人隱身在黑暗中，身上的雀色披風像是吸收了月的光華，柔柔地泛著七彩的光，遮住了他陰狠的臉色。

許遠回過身來，雀色披風帶起一道光束，林景時微微一笑。「許老爺倒是好精神。」

許遠看著眼前的男人，唇角的笑意越發森冷。「果然是你。」

林景時沒有反駁，看了一眼已經全都掉下牆頭的二人。「許老爺這兩個手下可不如去送信的那幾個。」

許遠咬緊牙才憋住心中的怒火，一字一句道：「林掌櫃倒是對我的人了解得清清楚楚。」

林景時笑容更大。「那是自然，許老爺應當派人去尋邢家了吧，不知可否得到消息？」

許遠心中一愣。他的確剛到許府就派人去滅邢家的門，如今人尚未回來。

林景時好心地告知他。「邢家三口人早就盤了鋪子去別處了，許老爺可以多去尋一尋，只是當初的邢家布莊如今已經是我合裕繡莊的分店了，只盼著許老爺派去的人能客氣些，否則傷了性命就不好看了。」

許遠飛快地鎮定下來，站直了身子。「林掌櫃著實出乎我的意料。」

林景時惋惜般地搖搖頭。「不怪你，前幾年我在縣城中出現的日子不過月餘，許老爺怕是壓根兒不知道我是何人吧。」

牆角的打鬥已經結束，許遠帶來的兩個人早已沒了聲息，那抹影子腳尖一點地飄了過來，站在林景時身後一拱手。「主子。」

林景時「嗯」了一聲，對許遠道：「許老爺想入江家門是有何事？」

「何事？」許遠像是聽到了什麼天大的笑話。「你問我來此處有何事？」

林景時見他這略顯癲狂的樣子，抿唇一笑。「無事的話，許老爺便回去收拾吧，畢竟沒幾日就得上京了。」

許遠並不吃驚他知道這個消息，只別有深意地看了他一眼。「林掌櫃知曉得倒是清楚。」

林景時依然淡定。「莫急，此去京城，許老爺自然就知道我的身分了。」

許遠沒有回答，呼嘯著打轉的夜風纏繞著二人，吹亂了他們的鬢髮、衣角，然二人誰都未動，昂身而立，對峙許久。

忽地，許遠輕輕開了口，聲音宛若剛從地府中爬出的厲鬼般森冷。「雨橋是我的。」

林景時今夜第一次斂去笑容，伸手壓下被風吹起的衣角，輕聲反問：「是嗎？」

許遠重重地「哼」了一聲，回頭皺著眉看了一眼躺在江家鋪子牆下，生死不知的兩個手下，回頭似笑非笑地看了林景時一眼，翻身上了馬，一夾馬腹闖入寒風，片刻便消失在蒼茫夜色中。

影子偷偷窺了一眼林景時，見他望著許遠遠去的背影出神，心中不知在想什麼，也不敢打擾他，只垂著手站在他身後。

林景時收回目光，叮囑影子。「別把那二人處理了。」

影子有些驚訝，還是壓低聲音道：「是。」

林景時不知為何有些煩躁，明明一切盡在他的掌握中，所有的事都按照他的安排在走，可許遠方才那個眼神，讓他突然有些心生不安。

他閉上眼睛，此刻的他突然特別想見江雨橋，想不顧一切地跳入院中，哪怕什麼都不做，只悄悄看著她就能讓他心安，可是他不能，如今他身上背負得太多……

「嘎吱」一聲，門板卸下的聲音打斷了他的思緒，他猛地睜開眼睛，銳利的目光看著江家大門晃動的木板，不知自己在期待或者害怕什麼？

江雨橋的小腦袋悄悄探了一半出來，靈動的眼睛滿是擔憂與害怕，與他對視的一瞬間，卻統統變成了驚喜。

她看到門外林景時的身影，方才一直提著的心終於放了下來，小聲喚道：「林掌櫃，方才誰來了？」

林景時隱藏在黑暗中，臉上複雜的情緒也無須隱藏，聽著江雨橋全身心信任的聲音，閉上眼睛吸了一口氣，平復了下情緒，才開口沙啞道：「妳怎麼出來了？」

江雨橋噘起嘴。「是我先問你的。」

林景時見她露出罕見的稚嫩模樣，彎起唇角，聲音也柔了許多。「嗯……妳先問我的，那妳怎麼出來了？」

江雨橋瞪大眼睛，這人怎麼如此不講道理？

她微微皺起眉來，看著他模糊的身影，輕輕「哼」了一聲，到底說不過他，不情不願道：「我聽到有重物落下的聲音，琢磨出來看看。」

身後的影子霎時冒出一身冷汗。方才是他大意了，竟然發出如此大的聲響。

林景時半回頭給了他一個眼神，黑暗中的他敏銳地察覺到，悄無聲息地一彎腰，退後幾步，眨眼就不見了蹤影。

江雨橋絲毫不知方才林景時身後還有一個人，她見林景時一言不發，還以為自己打斷了他做的正經事。雖然不知道他到底還有什麼別的身分，但是想也知道定不簡單。她咬了咬下唇，有些抱歉，對林景時拱手。「林掌櫃，若是打擾了什麼，那我先回去了。」

林景時抬腳從黑暗的陰影中走出來，月光驟然灑在他臉上，沒了平日常掛在唇角的笑容，如此模樣的他，陌生得讓江雨橋有幾分心慌。

她縮了縮脖子，轉身就想要退回去，林景時深深看著她退縮的眼神，開口道：「方才，許遠來了。」

江雨橋臉色突變，心底那點小心思一下子無影無蹤，她看著林景時，好半晌才捋清楚他那短短的一句話。

「他……他來做什麼？」

林景時用眼神示意她看向牆角。「這是他帶來的人，他什麼也沒說。」

牆角二人躺在那兒一動不動，江雨橋仔細辨認才看出模糊的人影輪廓，苦笑一聲。

「他竟然還不死心。」

林景時微微一笑。「索性人已經被我打發走了，再過幾日他就要去京城，幾年內怕是不會出現在咱們面前，妳也無須過分擔憂。」

江雨橋的視線依然沒有從那兩人身上收回，喃喃道：「果然他沒被抓進去……也是，畢竟他是許公公的香火，誰敢呢？」

林景時聽得有些恍惚，那種奇怪的感覺又來了，江雨橋像是什麼都知道，卻又像是極力在隱藏著什麼。

他試探地問道：「雨橋，妳知道什麼？」

江雨橋一個激靈回過神來，下意識地同他對視一瞬，馬上移開眼神，輕輕搖了搖頭。「我什麼都不知道。」

林景時見她不願意說也不為難她，上前幾步站在她面前。「雨橋，我身上有秘密，妳身上也有秘密，如今妳不願意說便不說，我只望終有一日，妳我能坦誠相見。」

江雨橋低下頭不去看他。

坦誠相見？這種事情如何能坦誠相見，與他說自己重活一世？與他說自己知曉未來？還是與他說自己……上輩子同許遠……

林景時見她又縮回自己的保護殼中，輕嘆一口氣，抬手摸了摸她的頭。「時辰不早了，回去睡吧。」

江雨橋緊緊捏著拳頭，感受著頭頂傳來的溫暖氣息，以及他身上似有似無的松柏香，努力把自己從對林景時的依賴中剝離出來，深深吸了一口氣，從嗓子尖擠出一個

「嗯」字，轉身落荒而逃。

林景時看著她笨拙地抬起門板，忍不住伸手扶了一把，江雨橋卻像被燙到般，飛快地縮回手，林景時無奈地看著她。「幸而我已拿穩，若是掉在地上，怕是周遭三、四戶人家都得被驚醒。」

江雨橋有些羞赧，掩飾般地上前扶住門板另一端，二人之間隔著厚重的木板，誰也不說話，相互之間的呼吸聲緩慢地纏繞、試探著。

「咯噠」一聲響，門板就這麼放置好了，江雨橋說不出心中什麼滋味，有幾分不捨，有幾分心虛。

她輕輕把頭貼在門板上，屏住呼吸，努力聽著門外林景時的腳步聲，可是絲毫沒有聲響傳來。她知曉他定是還沒走，一時間心緒狂亂，臉上綻開嫣紅的花兒。

兩個人無言許久，林景時突然輕笑起來。「妳是在等我離開嗎？」

明明隔著一道門板，可不知為何，江雨橋只覺得他低沈略沙啞的聲音就像是在耳邊一般，她只覺得自己的臉像是要燒起來了，伸手拍了拍滾燙的臉，剛想回話卻突然回過神來，捂住嘴巴，不想讓他知道自己真的還在門口。

林景時等了片刻沒等到她的回應，笑了起來。「調皮。」

江雨橋再也忍不住了，她直起身子，雙手扶住剛剛才掛上的門板，一用力把門板卸下。林景時沒想到她竟又打開了門，愣了一下，江雨橋已經直直地看上他的眼睛。

他彎起眼睛，看著江雨橋有些發直的眼神，略顯疑惑，輕聲問道：「怎麼了？」

江雨橋也不知道自己怎麼了，她就是想單純地再看他一眼。

她搖了搖頭，心中閃過萬千思緒，千言萬語匯聚到嘴邊，鼓起勇氣問了一句。「林掌櫃，你……可到弱冠之年了？」

林景時被她問得有幾分糊塗，看她一臉認真的樣子，心中笑意更盛，輕咳一聲掩去笑意，同樣認真回道：「林某今年一十有九，明年便到弱冠之年了。」

「哦……」

憑著一時衝動問了這麼一句話，得了回應後，這話可真的接不下去了。

江雨橋方才的勇氣像是全用光了，垂下眼眸有些懊惱。「那我先回去了。」

林景時伸出手接過她手中的門板。「今日這門板倒是成了主角，這半晌妳可沒鬆過手，可累了？」

江雨橋原本就通紅的小臉簡直能烙餅了，不知道該說什麼，只覺得腦中一團漿糊。她迷糊地看著林景時清雋的面容，這張日日相見的臉已經深深刻在她心底。

她猶豫片刻，轉而抬起眼睛，堅定地看著他。「林掌櫃……」

林景時不知道她想說什麼，但她整個人都顯得極為嚴肅，讓他不自覺也跟著嚴肅起來，安靜地等待她接下來的話。

江雨橋把手指彎進掌心，緊緊地握著，只有掌心傳來的疼痛，才能讓她保持清醒站在這兒。

她不開口，林景時也沒有開口，二人一裡一外地站著，江雨橋只覺得自己的掌心已經被指甲掐得麻木了，才緩緩開口：「林掌櫃可曾婚配？」

林景時心跳漏了一拍，難以置信地看著她黑曜石般的眼睛，說不出話來。

第十九章

江雨橋既然已經開了口，就沒想過再退縮，追問了一句。「林掌櫃家中可曾為你婚配？」

林景時張了張嘴，想說些什麼，卻沒有開口，艱難地搖搖頭。「不曾。」

江雨橋只像是自己剛剛經受了一場天昏地暗的歷練，聽到「不曾」二字，頓覺天光乍破，眼前豁然開朗，她眼波如水，眼底漾著忐忑與隱隱的期待。

林景時一時語塞，不知道自己在這個時候應當說什麼，江雨橋言下之意已經呼之欲出，若讓她這個小女孩先開口，那……未免有些太過分了。

他渾身緊繃起來，身邊的氣息竟然變得有幾分凌厲。江雨橋見他久久不語有點失望，抿緊唇，眉頭微蹙，只覺得他似乎離她極近又極遠，讓人捉摸不透。

終於，她受不住這謎一般的沈默，掩飾般地澀澀一笑。「天色漸晚，林掌櫃快些回去歇息吧。」

說罷就要從他手中接過門板再次闔上，林景時不知為何，直覺若是今日讓她把門關上，怕是他們二人間就再也沒有了關係。

他一用力把門板往身後一甩，江雨橋毫無防備，被這力道帶得往前幾步，腳底被門檻一絆，踉蹌一步眼看就要跌倒。

林景時一手穩穩扶住她的手，江雨橋的臉一下子通紅，穩住身子掙扎兩下，卻沒甩開他的手。

她低下頭猶豫片刻，在心底嘆了一口氣，轉而抬起眸，直視他的眼睛。「林掌櫃，這是什麼意思？」

林景時隨著她的目光，也把視線轉移到二人交握的手上，心中縱有千言萬語，卻不知該從何說起。

江雨橋沒等來想像中的回答，心中已經被委屈、絕望與一點點自卑填滿。她知道自己此時應該掩飾一下，可不管怎麼用力，都擠不出那一抹笑來。

江雨橋又往回拽了拽自己的手，林景時依然一言不發也不鬆手，她索性放棄，垂下手來，低頭看著二人交握之處，怎麼也想不透他到底是什麼想法？

見她不再動，林景時終於也想了個通透，深吸一口氣，對她道：「抬起頭來。」

江雨橋聽到他低沈的聲音，一瑟縮，倔強地垂著頭不肯抬起。

林景時輕輕呼出一口氣，空著的一隻手握了握，緩緩伸過去，覆上她的臉。

冰涼的手接觸到她微燙的臉，她抖了一下，瞬間清明過來——自己這是怎麼了?!

她伸手捉住林景時的手，抬起頭來，看著他如墨深邃、看不清思緒的眼眸，扯開唇角，露出一個比哭還難看的笑容。「林掌櫃無須如此。」

林景時只覺得自己的心被她的一舉一動攪得生疼，感受著她小手傳來的溫度，終於回答道：「妳方才問我可曾婚配，是我想的那樣嗎？」

江雨橋被他問住了。這要她怎麼回答，她只能沈默、沈默再沈默。

林景時卻突然笑了起來。「如果我猜的意思沒錯，那我只能告訴妳，現在不行。」

江雨橋就這麼愣愣地看著他面帶清朗的笑容說著絕情的話，眼淚就這麼不自覺地滾了下來。

林景時笑容僵住，覆在她臉上的手小心翼翼地給她擦著滴落的淚珠，心疼道：「怎麼又哭了？」

江雨橋扯開他的手，哽咽道：「誰哭了？」

林景時頓覺好笑，只覺得小女孩的心思讓人難以猜測，又伸手給她擦著淚。「好好好，妳沒哭。」

江雨橋只覺得這樣的林景時讓她越發難過，吸了吸鼻子，決定同他說個清楚。「林掌櫃，方才你已經……日後你我之間，就不必如此親近了。」

林景時的手頓住，臉上的笑容也斂了大半，只剩下一抹意味深長的笑意，深深地看了她一眼。「怎麼，方才我的話已經如何了？」

江雨橋真是受夠了他這個模樣，抬頭怒視他。「方才你已經明確地說了不行，如今為何要來摸我的臉？鬆開手，我要回去了！」

林景時聽到她的話，不只沒把手拿開，反而輕輕摸了摸她白嫩的臉，上前一步把她擁入懷中。「我方才說的不是不行，而是『現在』不行。」

江雨橋一頭撞進那松柏香的包圍，尚未回過神來就聽到他的話，心中的委屈、不甘飛得一乾二淨，聽著他胸口急促的心跳聲，第一個念頭竟是原來他並沒有表面上那般平靜。

林景時擁她入懷，滿足地長吁一口氣，這段日子的糾結、害怕，像是一瞬間都被拋在腦後，如今的他滿心滿眼都是懷中這個哭哭啼啼的小人兒。

察覺到江雨橋已經不再哭了，他輕笑一下，帶動胸口微微顫動，讓江雨橋有些羞澀。

林景時輕輕撫摸著江雨橋的後背。「現在不成。前幾日我同江爺爺已經說過這件事了，如今我不再瞞妳，妳可願意聽我說？」

江雨橋在他懷中點點頭沒有說話，林景時感覺到她像小動物一般地蠕動，心裡軟綿綿的，連帶著手上的力氣都鬆了不少，一下一下像是在安撫她焦躁的心情。

林景時組織了一下言語，開口道：「當今朝中，兵部尚書名喚林如松，他有一妻六妾，生育三子四女。」

江雨橋一聽到「林」這個姓，就感覺到有幾分不安，她想要直起身子，卻被林景時一把按在懷中。「乖，別動。」

她不敢出聲，伸出手去環住他的腰。

林景時配合地摟緊她，繼續道：「我就是那個最不受寵的妾生的庶子。我娘本是一個本分的丫鬟，那日林尚書喝了酒……第二日我娘就被抬了做通房丫頭，誰料就那一夜，她竟有了身孕，歷盡艱難生下我之後被抬做姨娘，鬱鬱寡歡沒兩日便撒手人寰。」

他苦笑一聲。「從我還不記事起便備受冷落，林尚書從未把我放在心上，我那嫡母更是當我不存在一般。幸而某日我在後院灶下撿別人倒掉的泔水吃，被我姑姑看見，她把我帶回院子，讓我同她生活，直到她出嫁。」

江雨橋的眼淚又要忍不住了，沒想到林景時小時候竟然還經歷過這些事情……她也做過姨娘，知道後院傾軋是多麼殘酷，林景時的娘親……

林景時察覺到胸口又濕濡了，嘆了口氣，拍了拍她的頭，哄道：「再哭我就不說了。」

江雨橋用力吸吸鼻子，帶著濃濃的鼻音。「我不哭了。」

林景時被她逗笑，忍不住又緊了緊懷中的小東西。「乖孩子。」

「自從我同姑姑生活在一起，府中人便再也沒人輕待於我。然而頭兩年的日子，每當午夜夢迴，總是一遍遍折磨著我。那時的我不敢與任何人說話，姑姑對我的好，我看在眼裡、記在心裡，然而卻彆扭得怎麼也說不出口。

「直到有一日我小聲地喚了她一聲『娘』，姑姑淚如雨下，抱著我痛哭一場。那時我不過三歲餘，根本不懂她為何如此難過，只能一遍遍地喚她娘，以為這便是哄她開心。」

他蒼涼一笑。「誰能想到，五日後姑姑就出嫁了，並未有十里紅妝、鳳冠霞帔，宮中來了幾個人把她接進宮。臨走前，姑姑把她的奶嬤嬤留在府中照看我，生怕我再受了委屈，我哭了好幾日，以為自己又被姑姑拋棄了，飯也吃不下，睡也睡不著，終於，姑姑派人接我入宮一趟。」

剩下的他也不能再說了，只道：「姑姑入宮後就被封了妃，過沒多久就接了喪母的二皇子撫養在膝下，後來又生了四皇子，如今也算是在後宮勉強站穩了腳。十三歲起我就脫離了京城，四處遊歷，一眨眼已經快要七年了。」

雖說後面他說得含糊其辭，但江雨橋還是從中聽出了血雨腥風。

林景時彎起唇角。「如今妳可知曉為何我說現在不成？」

江雨橋點點頭，又搖搖頭。

林景時輕輕拍了她一下。「別晃了，我總得解決了事情，才能安心地娶妻生子。」

江雨橋被「娶妻生子」這四個字激得滿臉通紅，方才心中對林景時的憐惜擔憂被滿心的羞澀所取代。

她深深吸了一口氣，嗅著溫暖熟悉的氣息，終於下定決心，稍稍拉開二人間的距離，道：「林掌櫃，你我之間各有各的難處，並不是我不願與你說，而是此事太過匪夷所思。」

林景時拍著她背的手一頓，意識到接下來的話可能就是她一直隱瞞的事情，輕輕「嗯」了一聲，靜靜等著她繼續說下去。

江雨橋嘆口氣。「其實，我一直覺得我是死過一回的人了，在許遠派李嬤嬤去尋八字合適的小妾時，寒冬臘月我整日泡在冷水中做活，終於染了風寒，那時的我昏迷了許久，像是作了一個夢。

「夢中我被爹娘一紙賣身契賣進許府，整日膽顫心驚，不敢與任何人說話，謹小慎微不敢做錯絲毫，苦苦掙扎才活了下去。

「一夢二十年，直到身死再睜開眼睛，才發覺自己依然躺在炕上，我本以為這不過是個夢，可是眨眼間晌午就看到了夢中的李嬤嬤……」

這番話著實出乎林景時的預料，他萬沒想到江雨橋一直隱瞞著的，竟然是如此離奇的事情。

他眸若清泉，溢出心疼。「這便是妳醒來撞了柱子的原因？」

江雨橋疑惑地看著他。「你怎麼知道？」

問完才發覺自己問了個蠢問題，笑了一下。「是了，你必定調查過我。」

林景時並不辯解，坦承道：「我自小生長的環境，讓我忍不住對所有事情起疑心，尤其是妳……那白布，也太過明顯了些。」

江雨橋語塞，好半日才輕哼一聲。「那不過是我沒把你當作外人。」

林景時了然一笑。「那是，我本來也不是外人。」

江雨橋總覺得自己吃了虧，又說不出個所以然來，瞪了他一眼不說話了。

既然二人都已經說開了，林景時也不瞞著、掖著，直接開口問道：「妳買院子囤糧，都是因為夢中發生過的事情？」

說到這個，江雨橋一下子僵硬起來，想到前世那人間煉獄般的情景，忍不住瑟縮一下，緩緩開口：「是，不知林掌櫃可聽過，駝安鎮已經有三、五個村子冒出了地火？」

林景時點點頭，沒有作聲。地火之事已經被當成祥瑞報到劉知縣那裡，尤其是在辰妃大喪的當口，又出在許老狗家鄉這種曖昧的地方。

本以為是有什麼人特地搞出來的，他也派人去查過，結果卻發現，凡是出現地火之處都溝壑縱橫，絲毫沒有人為雕鑿的痕跡。劉知縣已經頂著壓力查了這麼久，這次許遠進京，怕是瞞不住了。

江雨橋恐慌萬狀，十指泛白捏緊他的胳膊，自己才積攢出幾分力氣，道：「那地火……我在夢中也見過。自我醒來，除了我拚了命改了入許府的命運，其他一樁樁、一件件儼然同夢中如出一轍。那地火、那地火……」

她雙唇泛白，顫抖得說不出話來。

林景時心中大駭，反握住她冰涼的手，輕聲安撫。「別急，慢慢說，若是真不舒服就別說了。」

江雨橋深吸一口氣，用力搖搖頭。「那地火初時就被看作祥瑞，百姓們著實輕省不少，日日用這火做飯、燒水，冬日也不再寒冷，朝廷也下了旨意，原本縣中上下一片喜氣洋洋。然而……明年，氣候便開始變得反常。

「某日夜裡，那地火就開始爆炸，一開始本是小規模，下面村子、鎮子為了這個祥瑞的名聲都壓了下去，終有一日再也壓不住了……」

林景時的眼神已經越發銳利，他壓低嗓子，聲音中帶著不易察覺的恐懼。「可是發生了大爆炸？」

江雨橋努力憋住眼淚，用力點頭。「不算是一下子大爆炸，而是更可怕的，接連不斷地炸，每個發現地火的村子都炸了起來，一炸那便是血肉橫飛、屍骨無存，整個村子無一活口，有些驚醒的人開始往縣城中逃，連我們這些深宅中的女子也知曉此事，那時候便壓不住了，妻離子散，易子而食……」

林景時的手微微發抖，伸出手抹去她臉上垂落的淚。「是明年什麼時候？」

「約莫……六、七月的時候吧，我知曉的時候已經八月了。」

林景時心裡一驚。「六、七月？咱們須得早做準備。」

江雨橋呆呆地張著嘴，看向他的俊臉。「這麼大的事情，你信我？」

林景時露出一抹笑。「我自然信妳。」

這話簡直勝過千萬句甜言蜜語，江雨橋終於說出了心底最大的秘密，長長地鬆了一口氣，甚至有了幾分開玩笑的心思。「我可算是不用自己擔憂了。」

林景時失笑，拍了拍她的頭。「如此也好，日後這件事情我來處理吧。」

江雨橋小心叮囑他。「這件事太大了，夢中許府那幾年一直沒緩過勁來，人人自危，門都不敢出，朝廷中也派了人下來，具體是誰我也不清楚，只知道許遠的臉色一日比一日難看。」

林景時意味深長地笑了笑。「既然臉色一日比一日難看，那便是許公公的對家吧。」

江雨橋哪裡知曉什麼朝堂之爭，愣了一下回過神來。「你說得有道理。」

林景時摸了摸她的頭。「好了，說出來就輕鬆許多了。」

說完笑著指指天上的皎月。「天都要亮了，妳還不去休息，明日要起不來了，到時候我可不替妳遮掩。」

江雨橋愣了一下，臉上一下子泛上緋紅，方才想說的話都忘了個乾乾淨淨。反正已經同他交了底，整個人如放下心中大石，活泛起來，嗔怪地瞪了他一眼，也不管門板了，扭頭進了鋪子。

林景時撿起門板從外面上好，輕輕敲了敲門板。「雨橋，記得門上門。」

只聽見裡頭傳來落橫板的聲音，卻聽不見江雨橋的回應，林景時捉摸不透女孩子的心思，支起下巴皺了皺眉，又上前敲了門板。「早些歇著吧。」

江雨橋聽到他離去的腳步聲，深深地呼出一口氣，拍了拍自己的臉，心中暗罵自己：那份二十年歷練的沈穩勁到哪兒去了，如今可真像個十幾歲的小丫頭。

林景時回到繡莊坐了許久，直到天色擦亮，桑掌事起來開門看到他，嚇了一跳。

「掌櫃的，您這是一宿沒睡？」

他漆黑的眼珠看不出情緒，深深地看了桑掌事一眼。

桑掌事有些莫名，低頭看了看自己，並無不妥之處，她小心翼翼問道：「出何事了？」

林景時寂寥地笑了一聲。「桑姨，妳跟著我多久了？」

桑掌事一聽這話覺得不對，回答越發謹慎。「從主子出門歷練，已經七年了，只是自主子十五歲起就讓我在這縣城中看著許遠等著您，並未日日跟在主子身邊，奴才有負娘娘囑託。」

「娘娘……」

林景時像是失了神，想著幼時那溫暖的懷抱，看著眼前那人生怕他在外頭受了苦才派來照顧他的桑掌事，終於長嘆一口氣。「罷了，妳去吧，我寫封信給娘娘。」

桑掌事有幾分莫名，還是低聲應下，悄悄退下不去打擾他。

林景時提起筆來，猶豫了許久，直到那一整張紙被吸飽墨水的筆滴成一片漆黑，他才下定決心，一把扯過另一張紙，細細地寫了起來。

且不說林景時信中到底寫了什麼，只說轉過日一大早，江家所有人都覺得江雨橋像是變了一個模樣。之前雖說也是笑咪咪的，但那笑容總是有幾分滿懷心事的感覺，如今可不一樣，那笑容透著純粹與輕鬆。

江陽樹蹭到她身邊。「姊，今日有什麼好事嗎？」

江雨橋有些心疼地摸了摸弟弟的頭。自從許遠出現後，江陽樹飛快地成熟起來，之前那愛吃愛鬧的性子收得一乾二淨，整日刻苦讀書，為了考上功名給她撐腰，小小的孩子就褪去了之前白胖的模樣，哪怕整日給他補身，都肉眼可見地瘦了下來。

江陽樹見她不說話，心又提起來，窺著她的臉色，不知道該不該再問。

江雨橋心軟得一塌糊塗。「小樹，想吃什麼和姊姊說，姊姊親手給你做。」

江陽樹眼前一亮，吞了吞口水。「姊，我想吃那個蝦醬炒雞蛋！」

江雨橋微微糾結片刻。「下一批的蝦醬醃好還要三、五日呢。」

江陽樹有些失望，還是乖巧地蹭了蹭她的胳膊。「那便等等吧。」

江雨橋見不得弟弟這樣，趕忙道：「你還想吃那番椒做的水煮肉嗎？」

江陽樹眼一亮，興奮地喊道：「想！」轉而又低落下來。「可那是馬哥在碼頭好不容易跟蜀地商人買到那麼一點兒，若是再吃，那豈不是要沒了？」

江雨橋笑道：「無事，種子都已經被我收起來了，剩下的做上幾頓也成。只是這東西吃著上火，你可不能吃太多。」

有得吃誰還挑？賴明也蹭過來。「姊，我也想吃……」

江雨橋瞋了他一眼。「還能少得了你？都吃都吃，今晚咱們就多做一些。」

林景時剛踏入鋪子，就看到兩個小的興奮地直擺手，小小的賴鶯在鋪子裡跑來跑去歡呼著。他一把撈起賴鶯抱進懷中，含笑看著江雨橋。「什麼事這麼高興？」

江雨橋見他抱著小肉包子般綿軟可愛的賴鶯，兩個人擺出一模一樣的笑臉朝她笑著，不知想到什麼，老臉一紅，掩飾般咳了幾聲才出聲道：「與孩子們說晚上做那番椒水煮肉呢。」

林景時挑眉。「那敢情好，天氣漸涼吃這個倒是能暖身。番椒還夠嗎，我派人去多尋一些？」

老江頭如刀的眼神在兩人之間來回切換，聽見林景時這就嘮上了，上前一步道：「別麻煩林掌櫃了。雨橋，快些去準備、準備，咱們要開門了。」

江雨橋愣了一下，看著一臉懵的林景時，忍笑應下，同他打了聲招呼就去了後廚。

林景時被三個孩子圍住也脫不得身，看著老江頭一臉冷笑的表情，突然想到若是被老江頭知曉昨夜他同江雨橋的所作所為，會不會提刀砍了他？

老江頭不知他心中所想，若是知道了定要扒下他一層皮，看見成功隔開林景時和江雨橋，心裡鬆了口氣，正得意呢，只聽外頭傳來急促的敲門聲。

「開門！」

鋪子中的人被這突如其來的急促敲門聲嚇了一跳，賴鶯捂住嘴巴，把頭埋在林景時肩膀上，只露出一雙圓滾滾的大眼睛盯著門板。

林景時攔住正要上前開門的老江頭，把賴鶯交到他手上，整了整身上的皺褶，上前打開門。

門外的馬哥「咚咚咚」用力拍打著門，口中胡亂喊道：「小明、王衝、江老丈！」

林景時剛把門打開，他看也不看就一股腦兒衝進來，深深喘了兩口氣，一拍身邊的桌子。「出大事了！」

老江頭心裡發慌。難不成許遠的事有什麼變數？

他抱著賴鶯，上前急切地問：「怎麼了?!」

林景時安撫地拍了拍他的肩，把他扶到椅子上坐下，自己給馬哥倒了一杯茶。

馬哥接過來「咕嘟咕嘟」灌下去，這才覺得熱辣辣的嗓子緩和許多。他呼出一口濁氣，心中焦急與擔憂也消減不少，對林景時一拱手，轉頭對老江頭道：「江老丈，你家雨橋是不是還有爹娘？」

這話可問住了老江頭。自從來了縣城，誰也沒提起過江大年同羅氏，這冷不防地聽到這兩個名字都愣了。

看著老江頭默不作聲，馬哥更著急了，一把扯過江陽樹。「小樹，你們是不是還有爹娘？」

江陽樹抿抿唇，點了下頭。

馬哥又是一拍桌子。「我就說嘛，竟然還真的有，那可完了。」

老江頭這時候回過神來，焦急問道：「出啥事了，他們鬧么蛾子了？」

馬哥咂嘴道：「雨橋的爹娘應當是江老丈的兒子、兒媳吧？我剛才在碼頭聽說，他倆把雨橋許給許忠了！」

「啥？」老江頭以為自己耳朵出毛病了。「許給誰了?!」

「許忠啊，那個死了的許忠！」

老江頭手一軟，賴鶯差點掉到地上，林景時一把撈住她放下，轉頭面無表情地看著馬哥。「馬哥是從何處聽說的？」

馬哥被他淡淡的一眼看得身上一抖，只覺得一股殺氣撲面而來，下意識閃躲著他的眼神。「許家好像要去京城了，他家本有一艘遊船，根本跑不了遠路，就去碼頭找大船。

「舉家搬遷要搬扛的東西自然不少，這活計可不是小的，我就上前去同他們攀談，想要拿下這樁買賣。問了問日子，那管事的就說本來預計後日就走，沒想到他們老爺臨走前想要給許忠尋個陰親，雖說他犯了大錯，但好歹也伺候自己一場，讓他有個燒香祭拜之人，所以要耽擱一日。

「我心中自然知道許遠是何人，面上卻還得露出欽佩的神色，順口問了句是誰家的女兒？那管事的就說聽聞是江家鋪子的姑娘。一聽我就感覺不對，細問下去可不就是雨橋！」

老江頭哆哆嗦嗦地說不出話來。

賴明被馬哥一席話驚得臉色發青，追問道：「許遠不是還在大牢嗎？怎麼就能給許忠尋親？」

馬哥重重嘆氣。「我也不知曉，今早我才知道，聽說許遠連夜派人去了你們村子裡尋雨橋爹娘，如今怕是都快回來了。」

老江頭頹然地退後幾步，渾濁的淚順著溝壑叢生的臉落下。「畜生啊，畜生。」

江陽樹過了最初的慌亂，反而冷靜下來。「不對啊，爺，當初姊的戶籍已經落在您和奶這裡了，爹娘再同意也沒用啊。」

一語驚醒夢中人，老江頭瞪大眼睛，期待地看著江陽樹。「對啊！」他激動地站起來擺手。「沒用、沒用，他們同意沒用。」

馬哥吞了吞口水，還是打斷了他。「江老丈，咱們說沒用又怎麼著？許遠家中出了這麼大的事都能壓下來，如今還要穩妥地去京中過他的大老爺日子，一旦手中有了這麼一份文書，那理不全在他們那兒？」

江雨橋站在後廚門口，面色陰沈得像是要滴下水來。

江老太聽了個大半，腿一軟就靠在她身上，緊緊攥住她的手。「雨橋，咱們不會同意的，放心啊雨橋。」

江雨橋微微一笑，反而安慰起她。「我知曉的，奶，我不怕。若我不願意，許遠又能怎樣？誰簽下的文書讓誰嫁去！」

江老太見她如此強硬，放下一絲心來，卻還是擔憂地看向老江頭。「怎麼辦呢，咱們如今能做啥？要不要先把雨橋送去無人的地方避避風頭？」

老江頭哪裡能想出什麼法子？聽到個主意便病急亂投醫，環顧了一圈，把期待的目光放到林景時身上。「林掌櫃，能不能麻煩你，讓雨橋去你那兒躲幾日？」

江雨橋聽到這話哭笑不得，出聲阻攔。「爺，哪裡至於，再說咱們也不是沒地方躲，去林掌櫃那兒不是給他添麻煩嗎？」

林景時似笑非笑地看了她一眼，直把她看得有幾分心虛，閃躲開他的眼神。

林景時收回目光，對老江頭道：「此事無須躲，咱們派人去村子裡走一遭不就成了嗎？我手底下有那走南闖北跟我收貨的好手，搶個文書還不成問題的。」

所有人都愣住了，馬哥瞠目結舌地看著林景時，感嘆道：「沒想到林掌櫃竟然是同路人。」儼然一副要跟他哥倆好的模樣，若不是顧忌林景時身上衣裳的好料子，怕是都要伸手搭肩膀了。

李牙興奮地擠出一顆腦袋。「我去我去，我也去。」

李大廚恨鐵不成鋼，一勺子敲在他腦袋上。「你去個屁你去！給老子老老實實地做菜去，你去了把鋪子扔給雨橋？」

李牙感覺自從他爹來了，每日都要打他一頓，比以前管得可嚴多了，他堂堂……好幾尺男兒，被打得毫無尊嚴。

他正要反駁，李大廚虎目一瞪，伸手扶住腰呻吟。「這天眼見冷了，怎麼腰有些痠，可別是在牢裡落下病根了。」

李牙像被戳破了氣，可憐巴巴地伸手扶住李大廚。「爹，我聽您的。」

父子倆這麼一插科打諢，鋪子裡的氣氛也鬆快下來，林景時摸了摸憂心忡忡的江陽樹。「我這就回去派人攔一下，不用急，你再不走可就要遲了，到時候別怪顧先生不讓你進私塾。」

江陽樹信任地看著他，聽了他的話，只覺得心裡也算是有了底，孩子心性也起來了，有些神秘地把他拉下來，湊到他耳邊小聲說道：「林掌櫃，回頭讓你認識的師傅教教我練武唄！」

林景時一挑眉，唇角爬上笑意，輕輕點頭。

江陽樹見他點了頭，歡呼一聲，三兩步蹦著高兒跑了出去。「姊，晚上記得那個水煮肉！」

江雨橋沒忍住笑了出來，見她笑了，江老太臉色也緩和下來，悠悠地嘆了口氣。「那還是得麻煩林掌櫃一趟。」

林景時拱手。「分內之事，無須多謝。」

老江頭怎麼聽著怎麼不對勁，這時候卻也沒心思深究，伸出滿是老繭的手拉住他的手。「林掌櫃啊，若是那兩個畜生真的簽了，可一定得把那文書搶回來啊！」

林景時笑著點點頭。「江爺爺放心吧。」

出了鋪子，他臉上的笑容一下子消失得無影無蹤，影子悄無聲息地現身。「主子。」

林景時聲音清冷。「許遠倒是打的好主意，把他派去的幾個人料理乾淨了。」

影子應是，正要無聲退下，林景時又出聲道：「呵，雨橋那對好爹娘……若真的簽了，打斷一隻手吧。」

這一清早江家鋪子雖說做著買賣，但心中總是不踏實，出了許多的錯，賴明打起精神來陪著笑才哄好了客人們。

忙過這一波，老江頭索性關了門，一把將抹布甩在桌上，咬牙切齒道：「我越想越氣，那兩個白眼狼如今倒是能耐了！」

王衡不好說話，江大年和羅氏怎麼也算是他的長輩，只能輕輕給老江頭拍著背。「江爺爺莫急，林掌櫃不是已經派人去了？許遠既然是逃到京城的，自然沒空與咱們糾纏，過了這兩、三日就無事了。」

老江頭滿心憤恨，臉上越來越紅，王衡眼看著不好，忙出聲喊道：「雨橋，江爺爺這是上了火了！」

江雨橋甩下手頭的帳從櫃檯跑過來，給老江頭倒了杯水。「爺，快喝點水壓一壓，沒什麼要緊的，我能逃了許家一回，也能逃兩回。」

老江頭恨恨地喝了口水，強壓住心頭的怒氣，正要開口，門從外面推開，林景時清雋的身影出現在門口。

老江頭眼睛一亮，站起來撲上去。「林掌櫃，可……」

林景時從懷中掏出一張紙遞給他。「江爺爺看一下，這就是江大年夫婦簽下的婚書。」

老江頭一把奪過，辨認著上面的字，只看到最下面「江大年」三個大字，再加上一個鮮紅的手印，他瞬間被抽了力氣，踉蹌幾步，手中的婚書飄落在地，低頭喃喃自語。

「是我造的孽啊……」

林景時皺起眉來，眼見他不太對勁，上前拉起他的手腕搭上去，細心探了片刻，對江雨橋道：「快，去倒一盆熱水來。」說罷彎腰把老江頭打橫抱起，匆匆往後院走去。

江雨橋大驚失色，下意識地小跑跟上去，跑到半路一回頭，看著王衝想說什麼，王衝朝她道：「妳快去，我去倒水。」

林景時把老江頭放在炕上，解開他棉衣脖子下的幾顆扣子，敞開門窗，讓他躺直，大口大口地喘氣。

老江頭已經陷入心中的魔障走不出來，滿腦子都是方才「江大年」那三個字，尤其是那血紅的手印，像是按到他的心底，拔也拔不出來。

他嘴唇微微動著，像是在說些什麼，然而湊近卻聽不到任何聲音。

跟在後面跑進來的江雨橋，一見老江頭這個模樣，臉色「唰」地蠟白。她用力咬住舌尖讓自己冷靜，聲音卻控制不住地微微顫抖。「林掌櫃，我爺怎麼樣了？」

林景時眉頭微皺，嘴上溫柔地安撫江雨橋與老江頭。「不過是氣著了，待會兒水來了先給江爺爺擦擦身子，讓他好好躺下歇歇，我出去尋個大夫過來。」

江雨橋從他話中聽出幾分不對勁，抿了抿唇沒有說話，低低應了一聲。正巧這時王衝端來了水，二人忙活著給老江頭擦了身子、換了衣裳。

林景時心中輕嘆一口氣，對匆匆趕來、亂了陣腳的江老太叮囑道：「萬萬不可在江爺爺面前哭。」

江老太滿臉糊著淚，聽他這麼一說，愣了一下，眼神中流露出絕望。「你……林掌櫃，他……到底是怎麼了？」

林景時搖搖頭。「我並不精通這病症，只能說暫時沒什麼事。現在我去尋大夫，江奶奶千萬不能讓江爺爺再操心了。」

江老太一把抹掉臉上的淚，眼神也堅定起來。「你快去，我進去看看老頭子。」

林景時又看向賴明。「一定扶好江奶奶。」

賴明認真點頭。「林掌櫃放心吧。」

老江頭安靜地躺著，臉色看著比方才脹紅的樣子好多了，只淡淡地泛著紅暈。江雨橋給他撫著胸口，慢慢同他說著話。

「爺，您說今晚咱們還給小樹做那水煮肉嗎？他年紀尚小，吃那個我怕他腸胃受不住，可又一時心軟應了他，這可如何是好？」

老江頭深深吸了兩口氣，想到孫子撒嬌耍賴要吃的模樣，臉上浮出一絲笑意。

江雨橋忙打斷他。「看來爺是願意了？果然爺還是慣著小樹。」

老江頭笑意更明顯，江雨橋鬆了口氣，江老太已經收拾好神色邁步進來。「老頭子你怎麼了，屁大點事上火成這樣？」

老江頭一聽，臉上的笑意散去，倒是湧上一絲羞澀。

江老太見他神思清楚，鬆了口氣，上前給他掖了掖被角。「總得開兩帖去火的藥材，林掌櫃去尋大夫了，待會兒你可得老老實實的。」

老江頭也覺得自己有幾分理虧，連累全家人在這兒，鋪子都開不成，沙啞地強撐著開口：「……鋪子……」

江老太「嘖」了一聲。「什麼鋪子，你可歇了這心思吧，託林掌櫃的福，了了這麼一樁大事，咱們還不得好好慶賀慶賀，急著開什麼鋪子。今日不開了，也讓李牙歇一日，看著這孩子怎麼見瘦了。」

賴明忍不住笑了出來。「奶您可別說了，上回來送豬肉的榮叔還說，要用那秤豬的秤給李牙哥秤一秤呢，可把李牙哥給羞壞了，蹦著高兒往後廚跑，跟火燒著屁股似的！」

老江頭想到那情景，終於放開了笑臉。王衡機靈地接上話，和賴明兩個簡直當場來了段相聲，把老江頭逗得直咧嘴。

不多時，林景時帶著一個臉生的大夫過來，給了江雨橋一個安撫的眼神，對老江頭笑道：「江爺爺，快讓大夫來給您瞧瞧。」

老江頭看著那大夫身上竟然穿的是綢緞，有些惶恐，求助般地看向林景時。

林景時心中暗惱，來得著急竟然忘了這一茬，面上卻依然含笑。「這大夫是我平日看病的大夫，今日正巧就在繡莊裡，這幾日我就想讓他來給您二老請個平安脈，也算是湊了個巧。」

老江頭這才微微放下心來，伸出手去。

那大夫伸指放在他的脈搏上，所有人都忍不住屏住呼吸，看著他的臉色。

只見他露出了然的神情，然後看了看老江頭的舌苔，問了他幾句，站起身道：「無須擔憂，不過是心中鬱結，陰陽失衡，內火旺盛，吃幾帖藥便好。」

老江頭鬆了一口氣，一直提著的心徹底放了下來，伸手拍拍身邊江雨橋的手。

「……診……金。」

江雨橋脆聲應了一聲，對大夫拱手。「煩您去隔壁屋子開個方子，那兒的紙筆都齊全。」

大夫笑著點點頭，跟著江雨橋出了屋子。

林景時也跟了出來，三人進了小樹的屋，大夫的臉色一下子沈了下來，神情極為嚴肅。「是心痺，我摸著像是還有幾分喘證的跡象。」

江雨橋早就有了心理準備，聲音發顫，卻還說得出話。「大夫，我爺爺……要怎麼治？」

大夫捋鬚搖搖頭。「難啊，心痺之症只能緩解，如今並無根治的法子。我先開一方茯神湯，吃幾日看看吧。至於喘證，那是肺上的事，兩症併發，這幾日別起來了，先躺幾日。」

江雨橋渾身僵硬，看著大夫開了方子，知道自己應該上前去接，卻怎麼也動不了。

林景時輕輕嘆口氣，拍了拍她的肩膀，對大夫道：「這幾日每次你都過來瞧瞧，煎藥就交給小明，他為人細心謹慎，應當能瞞過江爺爺。」

大夫一拱手。「是，掌櫃的。」

林景時拉著江雨橋坐下，輕聲安慰她。「此症在養不在治，著急也無用，慢慢調理，只要不累著，其實與常人無礙。」

聽到他溫柔低沈的聲音，江雨橋的淚終於忍不住落下。「都怪我，若不是我的事情，爺也不會氣成這樣。」

林景時怕她鑽了牛角尖，想了想問她。「妳說，怎麼才能出了這口氣？」

「什麼？」江雨橋有點迷糊。「什麼叫出了這口氣？」

林景時伸手替她抹去臉上的淚，輕柔的聲音中夾雜著一絲冷冽。「此事因許遠、江大年夫婦而起，難不成妳不想出這口氣？」

江雨橋眼神一下子幽暗下來，許久才冷笑一聲，落寞道：「我想，我作夢都想，從醒過來，我拚命掙錢是為了什麼？就是為了擺脫這三個人。沒想到如今竟然連累了爺爺，是我太弱小，連自保都難，又怎能護住我的家人？」

林景時憐惜地看著她。「才不到一年，妳做到這樣已經很好了，許遠已經遠走他鄉，江大年此生幾乎沒法子再科舉了，毀了他一生的希望。」

江雨橋有幾分疑惑。「他怎麼不能科舉了，不是躲在村子裡讀書，等著下屆的院試嗎？」

林景時露出一抹意味深長的笑容。「他的胳膊怕是好不了了，我朝並無身有殘疾人士為官的先例。」

江雨橋愣了一下，轉而哈哈大笑。「真是報應！」

林景時見她這樣，心下稍稍鬆了口氣。再怎麼說，那江大年也是江雨橋的親生父親，他派人把江大年的手打斷了，總是有些心虛。

江雨橋聽到這個不知道算不算上是好消息的「好」消息，苦笑了一下。她不能倒，如今小樹還小，她要撐起這個家。

她對林景時微微一笑。「這幾日怕是都要麻煩林掌櫃了，大夫那裡也多謝你。」

林景時覺得有些有趣，上前一步湊近她，把唇貼近她的耳邊，惡趣味地逗她。「雨橋，妳怎麼對我如此正經？」

江雨橋的臉一下子爆紅，一把推開他狠狠瞪了一眼，看了一眼早就躲在屋外的大夫，輕哼一聲。「林掌櫃自重。」

林景時見她終於恢復眼兒晶亮的嬌俏模樣，心下鬆了口氣，作勢對她作揖。「是林某孟浪了。」

他道歉得如此快，倒把江雨橋堵在那兒，想到昨夜自己說過的話，羞澀得不知說什麼好，只得深吸一口氣。「我先去同小明交代一下。」

門外的大夫看到江雨橋終於出來了，忍不住多看了她兩眼，說不定這就是未來的主母了。他跟了林景時七年，還是頭一回見他對人如此上心。

他陷入沈思，看著江雨橋的背影，琢磨起老江頭的病症，耳邊傳來一道和緩的聲音。「好看嗎？」

他惶恐地張大眼睛，僵硬地轉過頭，看著面無表情的林景時，心「怦怦怦」跳得飛快，汗從額頭滲出來。「奴才有罪。」

林景時看也不看他，順著他方才的目光，看向江雨橋同賴明交代事情的背影，眼神放柔，聲音卻變得冰冷。「知道同娘娘該說什麼、不該說什麼吧？」

大夫汗如雨下，低低垂下頭。「奴才知道。」

林景時不置可否地輕「哼」了一聲。「若是江爺爺出了什麼事，你也自己去尋影子領罪吧。」

說罷不去看兩股戰戰的大夫，慢慢走到江雨橋同賴明身前，從懷裡拿出一封信。「這是方才許遠派人送給我的信，小明，你也看看吧。」

賴明的眼睛一下子像著了火一般。自從知曉家中遭的難是許遠安排的，他就一直壓抑著想要報仇的衝動。如今的他尚且不是許遠的對手，但是終有一日……終有一日他要殺了他！

他努力穩住身子，接過林景時手中的信，迫不及待地讀了起來。

信中的許遠像是早就料到林景時會派人阻攔一般，並未對這件事多費筆墨，只一筆帶過，看著讓人忍不住在心中唾棄他。

反而最後帶了兩句賴家之事：聽聞賴明在之前的事情也插手了，是我疏忽了，倒是留了條漏網之魚。

就這麼短短兩句話，讓賴明心中大慟，原本只是猜測，如今事實確定擺在眼前。想到癡傻的娘與一夜白髮的爹，他兩眼赤紅，忍住眼淚，掌心被自己的甲尖刺破，鮮血從指間滴落。

江雨橋驚呼一聲，上前把他的手拉起來，用力扳開。「小明，快鬆手！」

賴明的淚含在眼中，一動也不動，生怕自己一晃頭淚水就流下來。

他抿緊唇，看了看眼前一臉擔憂看著他傷口的江雨橋，僵硬的臉色緩和了一分，堅定地看向林景時，一字一句道：「我要報仇。」

雖說他聲音不大，但是話語中的憤恨幾乎要衝破他小小的身體。

江雨橋皺緊眉，林景時卻面容冰冷，幽深的眼睛像是能把人吸進去。

他輕啟薄唇，說出的話如尖刀般刺入賴明的心。「就憑現在的你？」

賴明在江雨橋掌心的手一縮，眼睫垂下，顫抖幾下，像是在思考什麼，許久才抬起頭來。「求林掌櫃指教。」

林景時露出一抹模稜兩可的笑容。「明日，先跟著那大夫學學醫術吧。」

賴明眼前一亮，如今的他只要能有學習的機會，哪怕是跟著老江頭學煲湯，都學得帶勁，更何況醫術這種有用的東西。

江雨橋見他興奮的樣子也鬆了口氣，略帶感激地看了林景時一眼，拉著賴明去處理傷口。

此時大夫再也不敢冒出什麼別的想法，這可是未來主母的弟弟，他自然會盡心盡力教導。

賴明輕輕掙脫江雨橋的手，對著大夫行禮。「老師。」

大夫微微挑眉，對他這態度倒是滿意了十分，笑了笑。「賴少爺無須多禮。」

林景時輕咳一聲，打斷二人。「行了，快些讓他給你處理傷口吧。雨橋，我有事同妳說。」

江雨橋有幾分疑惑，還是把賴明交到大夫手上，跟著他走到一旁。「何事方才不一起說？」

林景時罕見地露出幾分頑皮模樣。「方才我只說了一半，江爺爺就受不住了，其實許遠派了三路人馬與江大年簽了三份婚書。幸而馬哥消息送得及時，我派人出城時，有一份婚書已經馬上就要到縣城了，只晚一步怕是就要到許遠手裡。既然許遠想玩，那咱們就陪他玩玩。」

江雨橋又氣又恨，想到江大年絲毫沒有骨肉之情，心中不知什麼滋味，卻又有些意外。「許遠他……不是過幾日就要走了？」

林景時神秘一笑。「妳且看著吧。」

許遠臨行當日，整個碼頭一片死寂。如今天氣寒冷，除了偶有停靠的商船，平日裡多是想要大戶人家賞景的遊船與商販，也算得上熱鬧。

可今日碼頭上一個縣城中的人都沒有，那些本停靠在碼頭的遊船像是約好一般，一起聚在一個角落，生怕挨著許遠的船隊。

許遠披著大氅站在船下，回頭看了看初冬的縣城，臉上掛著一絲冷笑。果然牆倒眾人推。

他深深看了一眼城南的方向，一甩衣袖，率先登了船。

直等他雇的幾艘大船揚帆出發，一直躲在鋪子中的眾人才小心翼翼地打開門，看著那殺人魔頭的船隻已經只能看到饅頭大小，才紛紛鬆了口氣，踏出家門，湊在一起小聲議論著許家的事情。

誰料有眼尖的察覺到許家的船有幾分不對勁，失聲尖叫道：「快看，著火了！」

「著火了？哪兒著火了?!」

「許家的船啊！快看！」

一通慌亂後，所有人都齊刷刷地看向江河中，果然見那饅頭大小的船開始冒起滾滾黑煙，片刻工夫一片火紅就爬上船尾。

碼頭上有人驚呼起來。「許家的船燒了，老天有眼啊！」

有那家中女兒被害了去認屍的，想到亂葬崗上的累累白骨，身子一軟，跪在地上，眼淚止不住落下。「是……是報應，三妮兒，許家遭報應了啊！」

淒涼的哭聲引得人心中發酸，碼頭上一時無人說話，所有人都屏住呼吸看向燃燒的船。

許遠站在船頭，臉色陰沈得像是下一刻就能變成吃人的獅子。

許夫人站在他身後半步，同他一起看著後面燃燒的船，掏出帕子點點淚。「老爺，有幾個姊妹還在後頭的船上呢，這可如何是好？」

許遠神情不定地看著那船上紛紛往水中跳的眾人，聽著其他船放下繩子讓他們拽住的呼喝聲，冷笑道：「如何是好？這不是……正合妳意？」

許夫人像是被掐了脖子的雞，一聲嗚咽卡在嗓子，驚恐地看著許遠挺直的背散發出不耐的氣息，終於閉上嘴，靜靜地看著在那甲板上奔跑求救的小妾們，臉上忍不住露出一抹痛快的笑。

代替許忠的小廝跑到許遠身邊，喘著粗氣稟報道：「老爺，人應當能救下大半，只是船上的東西怕是保不住了。」

許遠恍若未聞，一動不動。

那小廝吹著河上冰冷的風，冷靜下來，心中一遍遍想著是不是自己哪裡做錯或說錯了？

沈默許久，許遠才開口道：「走。」

走？小廝有幾分摸不著頭腦，猜測約莫是不管那艘船的意思，出聲應下，立刻去安排。

許夫人聽到能救起大半的人，臉上的笑意斂去，陰惻惻地看了那船上的人們，心中恨恨不已。

許遠的船燒了一艘的消息傳到縣城中，江雨橋看了眼正裝模作樣認真打算盤的林景時，笑著給老江頭餵了一口粥。

「爺您看，這惡人自有惡人磨，天道好輪迴呢。」

林景時低著頭失笑。這沒良心的小東西，幫她出了口氣，還要揶揄他一下。

這幾日，老江頭在兒孫們的伺候下已經好了許多，說話也能成句了。他含笑看著自家孫女。「是，爺就等著那對白眼狼的報應了。」

這話江雨橋不知如何接，難不成要告訴他，江大年的胳膊被打斷了？

到底是捧在心尖多年的獨子，誰知道老江頭知道後會高興還是難過？不管怎樣，對他的病情都是一種壓力。

江雨橋安撫他道：「爺快別想這麼多了，如今許遠可算是走得遠遠的了，咱們再也不怕了。」

老江頭一高興，身子好得越發快，如今已經入冬，碼頭上沒了活計，馬哥那兒早就不用送飯了，賴明的日子空閒許多，整日纏著大夫學醫術，稍有空閒就抱著《神農本草經》讀，每日晚上還要同江陽樹一起讀書，寫文章讓他帶給顧先生，忙得掉頭不見腳的。

老江頭見他走路都是一路小跑，心疼得不得了，一咬牙下了地，要去鋪子裡幫忙。大夫給他把了把脈，只允許他做些擦桌子之類的輕鬆活計，這對老江頭來說已經是意外之喜了，因此他的心情好了許多，整日臉上掛著笑。

眼看著就要過年，江雨橋把鋪子中的人聚在一起，小心翼翼地問李大廚。「李叔，過年……要不要回鎮上一趟？」

李大廚臉色一僵，搖搖頭。「罷了，我們父子倆相依為命，人在哪兒，哪兒就是家，何必非要執著那個小院子？」

李牙聽出他的言不由衷，低下頭思索半日，抬頭對他道：「爹，咱們回去吧，總得給娘燒炷香。」

想到孤零零躺在山上的媳婦，李大廚閉上眼睛，猶豫許久嘆口氣。「你說得是。」

江雨橋一拍桌子。「既如此咱們就回去！就算李牙哥當日犯了錯，可李叔錢也賠了、牢也蹲了，難不成還被他們纏上一輩子不成？」

李牙重重點頭。「雨橋說得對，鎮子是咱們的根。爹，咱回去吧。」

林景時笑道：「李叔就回去吧，事情過去這麼久了，李牙也躲了這麼久。」說完閃開李牙不高興湊過來的大臉，繼續道：「若是他們還敢找上門來，那便是他們得寸進尺了，就讓李牙動個手，也算是咱們有理。」

李牙轉怒為喜，也不去在意林景時說他「躲」了，期待地看著李大廚。

李大廚終於下定決心。「如此，咱們便回去一趟。」

江雨橋笑道：「這才好呢，馬上就要臘八了，那咱們便放上三日假，就從後日開始吧。」

李牙歡天喜地去收拾衣裳，李大廚不放心地看著他小山一般的背影。他也知道林景時是個有能耐的，看著他欲言又止。

林景時安撫地朝他一笑。「李叔放心吧。」

李大廚這才放下心來。

第二十章

轉過兩日，李大廚就帶著李牙回了鎮子，二人連門都沒進，就匆匆去山上給李牙的娘燒了一大包紙錢，又填了土才收拾回家。

誰料剛到巷子口，街坊就像看見鬼一般驚呼。「你、你們怎麼回來了?!」

李牙有幾分摸不著頭腦，看見那街坊臉色蒼白想跑，上前一把拉住他的衣領。「啥意思？啥叫我們怎麼回來了？」

那人被李牙拉著怎麼也掙脫不開，一回頭看見他砂缽大的拳頭就出現在自己臉邊，哭喪著臉道：「李牙，你們父子倆不是逃到外地了嗎？」

是誰損了他們父子的名聲！李牙可從不認為自己是「逃」，他圓眼一瞪。「誰說的？」

那人簡直快要哭出來了，竹筒倒豆子般把自己知道的一股腦兒全說了。「你家都被……那家人住了啊……」

李大廚一聽，「噌」地一下冒起怒火，撥開眼前礙事的兒子，上前咬牙問道：「你說什麼？」

那街坊終於擺脫了李牙，哪裡還敢在這凶神惡煞的父子眼前逗留，撇下一句「你們自個兒回去看看就知曉了」，轉身就跑。

李牙想上前追他回來，李大廚一把拉住他。「咱們自己去看看。」

李牙磨磨牙，耐下性子跟在李大廚身後，往家門口走去。

過了臘八便是年，家家戶戶已經掛上紅燈籠，李大廚父子倆一家一家的經過，看到他們二人的街坊們都露出吃驚的表情，有那熱心腸的出聲喚住他倆。「你們這是回去以前的房子？」

李大廚擠出笑來。「大娘說笑呢，那如今不也還是咱們倆的房子嗎？」

「嘖，你們不是把房子賠給趙家了嗎？如今那小倆口正住在那兒呢，你們就這麼回來是要搶房子？」

李牙聞言目瞪口呆，傻愣愣地轉頭看向李大廚。「爹，您還把房子賠了？怎沒告訴我呢？」

李大廚真是受不了這傻兒子，一巴掌拍在他腦後。「你腦子轉不轉彎？咱們家房子被人占了！」

那熱心腸的大娘聽得直咧嘴。「啥？李大廚，你家房子是被占的？」

李大廚沒心思同她應酬，胡亂拱手，便拉著傻兒子往家裡走去。

李牙一路上慢慢回過神來，心頭的火燒得作響，一步步把腳跺得震天響。

到了自家門前，看著眼前緊閉的漆黑大門，以及門口鮮豔的紅燈籠，李牙的怒火燒到了頂點。他一腳踹在門上，大門應聲打開，他踩住門檻，暴喝一聲。「給我出來！」

正在屋裡坐在熱炕上窩冬的人聽到聲音急忙跑出來，一掀開厚厚的門簾，就看到李牙橫眉怒目的臉，嚇得一個哆嗦，又縮了回去。

李牙氣急，上前幾步站在院子中央，怒喝一聲。「姓……」

只說了一個字就突然卡住。

李大廚皺了皺眉，好不容易放兒子出來發發脾氣，怎麼突然不說話了，難不成自己前陣子日日耳提面命見效了？

正思量著，只見李牙傻乎乎地轉過頭來問道：「爹，這家子姓啥來著？」

李大廚簡直要被他氣倒了，狠狠橫了他一眼，自己邁進院子，看著傻兒子牙根癢癢，又踢了他一腳，才對著正屋喊道：「姓趙的給老子滾出來！」

李牙一聽，深吸一口氣。「給老子滾出來！」

這句話如同晴日打雷一般，周圍幾戶人家怕是都聽得清清楚楚，那熱心腸的大娘頭一個跑了過來，站在院門外遠遠看著，不敢上前去招惹這對父子。

陸陸續續有人出來，李大廚晃了晃腦袋，方才被李牙一聲吼，他耳朵都「嗡嗡」

響，李牙卻繼續喊道：「滾出來！再不出來老子就進去了，到時候可沒這麼好說話了！」

那趙六哪裡敢出去？張秀兒腆著肚子窩在炕上，用腳踹他。「快去，難不成真讓他進來？我同你兒子豈不是要喪命在這煞星手底下？」

趙六一臉苦相。「我這身子骨出去也不頂事啊！成親那日不就被他揍過一回，是妳舅舅說讓咱們只管住，這下子可怎麼辦？」

張秀兒一聽，氣不打一處來，挺著肚子下了炕。「早知道嫁給你這窩囊廢有什麼用？我去，就讓他打，打得我一屍兩命了你好再尋個鮮嫩的！」

趙六急忙上前抱住她的腰往回拽。「瞎說什麼呢，哪有什麼鮮嫩的，我就妳一個媳婦兒。」

他把張秀兒安置到炕上，自己深吸一口氣。「我去還不成嗎！」

他抖了抖，試圖抖掉身上的害怕，一咬牙掀開門簾，閉著眼不敢看李大廚父子，口中道：「你……你們來幹什麼？」

李牙一臉震驚。「乖乖，這世間竟有如此不要臉之人，我回自己家，竟還敢問我來做什麼？」

門外的人忍不住哄笑，那熱心腸的大娘出聲道：「李牙，你可同人家好好說，這到底怎麼回事？咱們都以為你們父子倆遠走他鄉，這房子是賠給趙家的。」
李大廚上前扯過趙六，把他甩到院子中央。趙六只覺得自己頭暈目眩，還沒回過神來，就被李牙揪著胸口的衣裳一把提起來。「你說，你們為何在我家？」
趙六哪裡還說得出話來，再說房子的事本來他們也不占理，最重要的是……如今他離地很遠，若被李牙扔出去，非得摔出個好歹不可。
屋裡的張秀兒趴在窗邊聽著院子裡的動靜，半晌沒聽到趙六的聲音，心裡又急又怨，一鼓勁地掀起簾子，朝外頭喊道：「這院子是當初你家賠我的，手印都按了，你們如今回來是想不認帳？」
李牙一把將趙六扔出去，怒氣沖沖地扭頭看著說話的女人。
張秀兒被他看得心驚膽顫，腿腳發軟，緊緊抱著肚子，想到這房子日後可是自己兒子的，怎麼也不能放過，挺了挺肚子。「怎麼，你們想殺人了？」
李大廚瞇起眼睛，打量著張秀兒的肚子，是個懷胎的婦人，這倒是有些棘手，打不得也罵不得。他壓低聲音對張秀兒道：「是誰讓你們住進來的？文書在哪兒？」
張秀兒只覺得一股陰冷的氣息朝她撲來，雖說李大廚身量沒李牙高，可莫名地她更怕李大廚。
她扶著門框才讓自己不倒下去，話裡已經略帶哭腔。「我家就是有你按了手印的文書，從衙門拿出來的，我舅舅同你說得一清二楚，如今你還想抵賴？」

別提這舅舅還好，一提起那個害他進了大牢的人，李大廚眼角發紅，死死盯著張秀兒，直到她真的癱坐在地上，才呵呵一笑。「正巧，把妳舅舅找來，咱們當面對質。」

趙六聽了這話來了精神，飛快爬起來就往門外跑。張秀兒眼看著他跑出院子拋下自己，心中欲哭無淚，越發悔恨。

李牙想去追他，卻被李大廚攔住。「讓他去。」

李牙憤憤地停下腳步，看著趙六的背影「呸」了一聲，轉過頭直勾勾地看著張秀兒，想著待會兒要如何收拾她那個遭瘟的舅舅？

張秀兒被他看得渾身發虛，想跑又不敢跑。她扒著門框，動也不敢動，從腳底一股寒氣往頭上湧，小院內外無人敢作聲，門外的街坊鄰居們倒是越聚越多。

不知過了多久，張秀兒只覺得自己腿都痲了，她剛想悄悄伸伸腿，就聽見門外一道粗獷的聲音。「誰來我外甥女兒家撒野？」

她像是突然有了主心骨，心裡一鬆。舅舅終於來了！

蔣班頭帶著三個衙役，幾個衙役平日養得膘肥體壯，站出去頗能唬人。站在門外的街坊們都忍不住後退幾步，離這些不好惹的人遠些。

李大廚壓下李牙提起的拳頭，上前站在蔣班頭眼前。「不知蔣班頭這話從何說起？

這房子可是咱們李家的房子，怎麼就變成你外甥女兒的家了？」

許是李大廚這段日子養得不錯，蔣班頭瞇起眼睛上下打量了一番才確認他是誰。

這不是那個被他扔進大牢兩個月的廚子嘛？

他不屑地撇了撇嘴角。「什麼叫從何說起？當然要從你在牢裡說起。怎麼，如今翻臉不認帳了，你自己摁下的手印，還有臉反悔？」

「你放屁！」李牙哪裡耐得住，自方才確定眼前這人就是捉自家爹爹進大牢的罪魁禍首後，他甩開李大廚的手，二話不說一拳砸在蔣班頭眼眶。

蔣班頭只覺得自己腦子一懵、鼻子一酸，淚水止不住流了下來，他伸手捂住眼睛，疼得話都說不出來。

誰也沒料到李牙竟然就這麼動起了手，幾個衙役你看看我、我看看你，一齊看了看眼前如山的李牙，一看就是個不好惹的。

他們下意識地退後兩步，直接抽出佩刀，顫巍巍地指著李牙。「你、你別動！」

李牙正在氣頭上，也不去管那幾個衙役，大掌一揮，把蔣班頭按在地上，舉起拳頭來一頓亂砸。

蔣班頭正捂著眼睛還沒緩過神來，那拳頭就像不要錢般朝他襲來，他掙扎兩下，可是哪能掙開李牙，痛呼呻吟幾聲，整個人都軟了下去，再也沒了聲響。

趙六被眼前這一幕嚇得尿都快出來了，他一屁股坐在地上，蹬著腿往後退，尖聲大喊道：「殺人了！殺人了！快來人啊！」

那三個衙役猶豫片刻，對視一眼，一齊上前一小步，李牙抽出空來怒目一瞪，三個人只覺得自己手腳發軟，佩刀接連掉在地上。

眼見蔣班頭已經快不成了，李大廚上前踢了李牙一腳。「別打了，要出人命了。」李牙好歹沒失了理智，滿眼赤紅地回頭看了李大廚一眼，回過神來又死死盯著只有出氣沒有進氣的蔣班頭，重重地「哼」了一聲，鬆開手把他摜在地上，緩緩站起來，抬腳把地上的三把刀踢到一旁，環顧院子一圈。「誰還想來？」

誰想來？誰還敢來？趙六縮在門板後頭，口中一直喃喃道：「殺人了、殺人了……」

那三個衙役只恨自己今日礙於一頓酒摻和進來，為了面子強撐著站在原地，一句話也說不出來。

李大廚熟門熟路地去灶房舀了一盆水，「嘩啦」一聲悉數潑了蔣班頭一頭一臉。寒冬臘月，蔣班頭只覺得一盆冰砸了下來，他一個激靈清醒過來，眼睛努力半晌也沒睜開，只能從眼縫中模模糊糊地看著眼前的一切。

李牙此時在他眼中不亞於混世魔王，他張了張嘴，想求李牙放過他，可是怎麼用力都發不出聲響。

他扭過頭，對著張秀兒的方向長長吐兩口氣，李牙順著他的視線瞪向張秀兒。

張秀兒眼見自己的靠山舅舅都被揍成這樣，捂著嘴，眼淚糊了滿臉，看見李牙望過來，腿一軟，跪在地上。「我、我……」

李牙不屑與一介女流計較，惡狠狠道：「把那所謂的文書拿出來！」

張秀兒腿腳軟得像麵條，哪裡能走得動，可如今那煞星還在院子中站著，她只能手腳並用爬進屋，拉開炕櫃胡亂翻著，終於翻到了文書，也不管什麼真啊假的，趕緊遞給他了事。

李大廚接過李牙手中的文書，細細看了起來，冷不防一打眼沒毛病，可是那落款……他冷笑一聲，踢了踢還躺在地上的蔣班頭。「這是老子畫的押？」

蔣班頭哪裡說得出話來？之前全程李牙都沒出現過，他也只知道是李牙把趙六打了，萬萬沒想到傳說中的李牙竟然是這麼個魔頭。

他心中叫苦不迭，一時埋怨趙六沒把話說清楚，一時又想著等他回了衙門，非派人把李牙抓進去，到那時他定要報今日之仇！

李牙見他爹問了話，姓蔣的竟然敢不回答，捏起拳頭就要再給他來一頓。

蔣班頭目眥盡裂，不知哪來的力氣，慌忙求饒。「是是是，不，不是不是不是！」

他看了一眼已經到他眼前的拳頭，急忙改了口。「不是！」

李大廚把那文書塞進懷中，走到大門後面拽起趙六。「滾！」

趙六嚇得渾身發抖，被李大廚甩在地上才爬到張秀兒身邊。「我們走，我們走。」

張秀兒覺得肚子墜墜地疼，撐著站了起來，東西也不敢收拾，舅舅也不管了，二人互相攙扶著，深一腳、淺一腳地往門外走去。

還沒走到門口，只聽見李大廚在後面道：「我給你們兩日，把你們的東西都搬走。」

趙六腳步一頓，張秀兒撐著狠狠掐了他胳膊一把，他回過神來，也不敢回話，半扶半抱著張秀兒，灰溜溜地出了院子。

李大廚又看了一眼瑟瑟發抖的三個衙役，伸手招呼李牙。「走，咱們去衙門。」

蔣班頭並三個衙役都愣住了，呆呆地望著他。

李大廚陰森一笑。「咱們去問問亭長，房子被人占了應當怎麼辦？」

李牙一拍手，哈哈大笑。「有理有理，咱們走。」

父子二人不管院子裡外這麼些人，出了門直奔衙門。

見他倆的身影消失，三個衙役才像是緩了過來，用力吞了吞口水，上前扶起蔣班頭。「頭兒，他、他們竟然敢去自投羅網？栽咱們手裡還能放過他們？」

蔣班頭臉色陰晴不定。亭長雖然是個糊裡糊塗、凡事得過且過的貨色，可真要有人拿著證據上門狀告，也不知他會不會替他擔住？

想到平日孝敬給亭長的吃用，他的心微微放下一些，挨個兒看了一眼方才躲得比誰都遠的三個衙役，心中冷哼，嘴上卻道：「煩幾位弟兄把我扶回衙門。」

三人正心虛，見蔣班頭竟然沒追究，面上也露出幾分鬆快，攙著他趕緊往衙門去，就怕那李家父子在亭長面前胡說八道。

李牙跟在李大廚身後，時不時地偷瞄他一眼，李大廚本想裝作沒看見，卻實在受不住傻兒子的眼神，回頭瞪他。「你看什麼呢！」

李牙有幾分羞澀，磨磨蹭蹭地靠近李大廚，小聲道：「爹，您不是一直不讓我打架，方才為啥沒攔我？」

「我攔你就攔得住？」

李牙輕輕咳了咳。「哎哎，我不是這個意思……」

李大廚停下腳步，臉色突然認真起來。李牙見他的神色有點惶恐，兩隻手捏成了麻花，囁嚅地說不出話。

李大廚長嘆一口氣。這傻兒子若是離了他，日後日子可怎麼過？都怪他走東家、串西家地掙錢，打小沒教好他，只當男孩子天生天養，怎麼也不會差到哪兒去，卻沒想到把他養成了這麼一副一根筋的性子。

他憐惜又愧疚地抬起手，摸了摸李牙的大腦袋。「許遠是什麼身分？」

「許遠？」李牙吃不準李大廚為何突然把話題轉到許遠身上，小心翼翼地回道：「許遠不是縣城中的許老爺嗎？」

李大廚恨鐵不成鋼，轉摸為拍，狠狠拍了李牙的頭一下。「你氣死我了！許遠是皇宮裡許公公的香火苗子，咱們知縣都不敢對他怎麼樣，可你看他是什麼時候開始倒了楣的？是在他招惹雨橋之後！」

「咦？」李牙仔細琢磨，好像是這麼個時候。

李大廚見他若有所思的神情，終於嚥下到嘴邊的責罵，好歹知道動腦子了，是個好跡象。他細細分析起來。「許遠的身分往大了說在府城都能有一席之地，可是他招惹了雨橋……尤其是林掌櫃回來之後，他就一步步倒了楣，這才三、四個月就逃出了縣城，這事你沒琢磨過？」

李牙揉了揉腦袋。「這有什麼好琢磨的？我整日那麼忙，反正我只知道，若是許遠上門要搶雨橋，我豁出這條命也要護住她。」

李大廚張了張嘴，終於放棄道：「你也是傻人有傻福，林掌櫃是個有能耐的。爹今日敢如此大張旗鼓地讓你打人，一則是身為男兒，不能逞凶鬥狠，然而被人欺辱到頭上，也不可一忍再忍；二則就是借了林掌櫃和雨橋的光了。」

李牙皺起眉來細細思量，終於摸著一些頭緒，他興奮地拍手。「爹的意思是，林掌櫃比許遠還厲害？那敢情好，雨橋日後都不用再怕了！」

李大廚哭笑不得，看著興高采烈的兒子，心頭一軟，拉著他的手道：「快些走吧，怕是那蔣班頭都快要到衙門了。」

這可是正經事，李牙神色一肅，攙著李大廚道：「爹說得是，咱們得快些去，若是那亭長包庇他們，我非要鬧得他天翻地覆。」

「天翻地覆個屁！老子真想揍死你！」

李牙委屈地癟癟嘴，不知自己為啥又挨罵了？他垂頭喪氣地跟在李大廚身後，李大廚氣得半死，也不去理他，悶頭往衙門去。

果不其然，路上耽擱這麼一會兒，被揍得鼻青臉腫的蔣班頭已經跪在亭長面前訴苦了。

亭長看著他如畫一般五顏六色的臉，有點瑟縮，咧咧嘴問道：「蔣班頭是說，那李家父子把你打成這樣？」

三個衙役拚命點頭。「亭長不知曉，那李牙著實張狂，且很有蠻力，屬下幾個拚了力氣也沒打贏他。」
亭長只差沒翻白眼了，這所有的傷都在蔣班頭一個人身上，這三個人說得好似他們四人一齊苦戰一般。
蔣班頭深吸一口氣，哀求地看著亭長。「……那文書本就是在大牢裡李廚子按下的，如今他卻翻臉不認帳，竟然還打了屬下，屬下好歹也是公門中人，被一個廚子打了，簡直是讓咱們衙門沒臉。」
亭長笑了笑，心中腹誹。誰沒臉？關他何事。
蔣班頭見亭長不說話，心裡冷哼，正要繼續說，就聽見門外傳來震天響的吼聲。
「草民李牙前來狀告蔣班頭欺壓良民，奪人房產！」
亭長一個哆嗦。這就是傳說中的李牙？聽聲音就不好惹啊……
三個衙役已經縮在一起，低著頭誰也不願意出去傳人，就連亭長使眼色，他們也當沒看見。
亭長無法，隨手指了一個。「你，去把李牙帶進來。」
被選中的人愁眉苦臉地應了「是」，路過蔣班頭看了一眼他的臉，心中下定決心一定對那對野蠻父子有禮些，省得落得這個下場。
大老遠的，亭長就看到一座山朝他移動過來，等到那肉山站在他眼前，對他拱手。

「草民李牙見過亭長老爺。」

他心中大驚。這人……看模樣也不好惹啊！

見亭長沒出聲，李大廚上前拱手。「亭長老爺，草民前來狀告蔣班頭奪人房產。」

李牙的壓迫力真的太強了，蔣班頭抬起頭來剛想反駁，被李牙一瞪，瞬間萎靡下來，低著頭一聲不吭。

亭長頂著李牙的壓力，聽完了李大廚的陳詞，他本不算官身，平日又一副老好人的樣子，也不在意李大廚和李牙有沒有跪，沈吟片刻道：「李大廚既然說這文書上的押不是你畫的，手印也不是你按的，可有證據？」

李牙皺起眉來，暗罵這明明是假的，憑啥還要勞什子證據？

李大廚倒是早就準備好了，對亭長拱手。「草民早就聽說縣城中有那仵作先生可以驗明每人的指印有何不同，不若草民這就去縣城中擊鼓鳴冤，也好讓劉知縣派人還草民一個清白。」

蔣班頭駭然，聽李大廚這語氣，竟然絲毫不怕劉知縣的模樣，一點也不像是幾個月前那個聽到官老爺就先軟了半截的廚子，難不成他離開這幾個月有什麼大造化？

亭長一聽劉知縣就慫了半邊，再一看李大廚這架勢，也琢磨起來，猶豫道：「哪裡用得著麻煩劉知縣，你把那文書拿來給我看看。」

李大廚恭敬地把文書遞上去，亭長接過來看了幾眼，看不出個頭緒來。

若說是假的，這格式、紙張皆無問題；若是真的……他的視線放在那鮮紅的手印上，又看了看李大廚的手，抿唇道：「罷了，你先來按個手印，待我粗略對比一番。」

李大廚自然應下，低頭上前沾染印泥，輕輕按到紙上。

兩個指印擺在一起，連亭長這種不怎麼明白的都瞧出了不對頭。李大廚長年在灶上，指尖、掌心早就布滿厚厚的繭子，燒得火紅的鍋鏟拿在手裡都絲毫不怕燙。這樣一雙手的指印，按在紙上紋路斷斷續續、模糊不清，同文書上清楚可見的指印一對比，真假立現。

亭長意味深長地看了蔣班頭一眼，沒有說話。

大冷的天，蔣班頭腦門冒了一頭汗。李牙捏著拳頭死死盯著他，若不是地方不對，非得上前再去揍他一頓不可。

蔣班頭哀求地看著亭長，希望他能糊弄過去。

亭長收回目光，輕咳一聲。「李大廚，這中間許是出了什麼差錯了。」

李牙驚訝地抬起眼看向他，亭長被他看得一哆嗦，把文書拍在桌上。「既然這東西是錯的，那房子便還是你李家的，回頭讓趙家人收拾收拾離開，還了你們的房子便罷。」

李牙有些不服氣，占人房產這麼大的事，難不成就這麼被蔣班頭和趙家糊弄過去？

李大廚卻做出喜出望外的模樣，跪下給亭長磕了個頭。「多謝亭長還了我李家的根基。」

亭長心裡舒服了些，又瞥了李牙一眼，心中安慰自己，不過是個毛頭小子，怕是還不懂事。

他用指尖敲打了文書兩下。「既如此，那這文書如今便作廢了，撕了了事，你們兩家各回各家，日後此事不可再提。」

在蔣班頭滿懷期待的眼神中，亭長把那文書撕得粉碎，他長吁一口氣，這下子總算沒了證據。

李牙兩眼發亮，亭長瞧著有幾分膽怯，想想蔣班頭那一臉，也不敢再留他們，揮了揮手。「你們回去吧。」

李大廚扯著李牙又行了一禮，堆起笑臉道：「亭長可能不知曉，那趙六兩口子的全部家當都還在咱家房子裡呢，不若亭長給草民寫個文書，也好拿著讓他們搬走？」

這事亭長倒沒拒絕，大筆一揮，寫了個房子所屬權的文書，又在下面聲明之前那個轉讓文書無效。

父子拿著蓋了印的文書，對亭長行禮，這才退出衙門。

李牙有幾分不解。「爹，這事就這麼了了？」

李大廚嘆了口氣。「還能如何呢？你都把人打成那副樣子了，如今還不趁著他們沒反應過來，讓這件事板上釘釘，待人家回過神來，咱們還能討得了好？方才不過是仗著你把人打得厲害，我又提起了劉知縣，讓他們摸不準罷了。」

李牙有點不服氣，嘟囔道：「你們大人心裡彎彎繞繞的真多。」

李大廚完全放棄了，一巴掌拍在他頭上。「趕緊回去，看著他們搬東西，怎麼說這三日假得把這件事解決了，不能耽擱鋪子裡的事情。」

李牙重重點頭。「爹說得對。」

此時的江雨橋正在鋪子中研究新的菜式，江陽樹也放了年假，整日眼睛離不開江雨橋。

江雨橋拍了下他的腦袋，往他嘴裡塞了一塊酥糖。「你跟來後廚能靜下來嗎？快去屋中讀書去。」

江陽樹耍賴地笑著。「姊，我都許久沒跟妳待在一處了，妳一丁點都不想我？」

「我做什麼想你，整日晚上下了學回來纏著我說話，哪天我也沒覺得缺了你。」

「喔……」江陽樹被打擊得噘噘嘴。「可是明哥整個白日都待在姊身邊呢……」

江雨橋見弟弟這樣子一陣心疼，輕輕把他摟在懷中。「瞎想什麼呢？你是你，小明是小明，難不成你還要同小明爭個先後？」

江陽樹蹭了蹭姊姊的肩膀，心滿意足地嘆了口氣。「姊，我就是覺得家裡許多事，我都插不上手、幫不上忙，可是王三哥和明哥都能幫妳。」

江雨橋心中感動，面上更是柔和。「你現在就是要讀書，後年正巧去試試童生試，若是過了，也好繼續往上考功名。

「你說小明能幫上我，實話同你說，當日接小明回來，最初不過是想給你尋個書僮，可小明是什麼樣的人，你也看得出，慢慢地不只我不自覺地把他當成了親弟弟，爺奶也把他與小鶯放在心尖上，如今我早已沒有了當初的想法。

「小明的身分暫時不能去讀書，只能拚命從各方面一點一點吸收自己能學的。他比你可用功多了，只要賴家翻了案，我一樣送小明去讀書，你們兄弟二人日後要互相扶持，萬萬不可兄弟鬩牆。」

江陽樹想到賴明的身世，垂下眼眸，真誠道：「姊放心，我不會的，方才妳說爺奶與妳都已經對待明哥如同親生，其實我也一樣，我在明哥身上學到了許多……我甚至想過，若是我碰到明哥遭遇的事情，怕是不及他百中之一。我拿真心對明哥，明哥自然也會真心對我，我們兄弟二人不會起了嫌隙的。」

江雨橋欣慰笑道：「那便好，若是你真的不想離開，那便去灶火前坐著讀書吧，如今都已經落了雪，可不能凍壞了。」

姊弟二人說開了心事，一時間後廚空氣中都瀰漫著暖烘烘的氣息。

賴明站在簾子外頭，臉上布滿了淚，林景時掏出帕子遞給他，小聲道：「擦擦吧，莫讓雨橋看見了。」

賴明有些羞澀地接過帕子，胡亂擦了一把，深深吸了一口氣，眼神堅定而期待地看著林景時。「林掌櫃，我知你手下能人眾多，我想學許多本事，將來我也能成為咱們一大家子的依靠。」

林景時瞇起眼睛，卻沒有馬上答應他，反而問道：「你醫術學得如何了？」

這才短短幾日！

賴明的臉一下子通紅，低下了頭。「背了兩本半的入門醫書……」

林景時笑了起來。「那你先學會醫術吧，貪多嚼不爛，這個道理無須我教你。」

賴明咬著下唇點點頭。「是我莽撞了，林掌櫃莫怪。」

林景時笑容不變。「我又怪你什麼？你如今學的一切本事，都是為了你自己心中的目標，是好是壞，不是你我能決定的。」

賴明若有所思地看著他，有些迷茫。畢竟還不到十一歲，再懂事也總有些想不到的地方。

林景時可沒打算做知心大哥哥，賴明在他心目中是要經過千錘百鍊，才有資格留在江雨橋身邊的人，哪能連這等小事都想不明白。

他拍了拍賴明的肩膀。「你先回去吧，這時候就別進去了，莫要讓他們起了疑心。」

賴明應下，腦海中琢磨著方才林景時的話，心中下定決心，哪怕現在不懂，只要他努力學，總有一日能懂，總有一日……能掌控自己的人生。

第三日一大早，李大廚收拾好東西想要回縣城，他把門鎖全都換了新的，各個約有半斤沈，除非拆了整扇門，輕易是別想進屋了。

李牙咧著嘴，笑得歡快。「爹，我都想他們了，咱們快些回去吧。」

李大廚無奈地看了他一眼，應道：「走走走，就你急。」

李牙「嘿嘿」地憨厚一笑，看得李大廚也滿臉笑意。

父子二人剛要出門，就見臉上傷還沒好的蔣班頭一腳踢開院門，看到李牙他瑟縮一下，轉念一想自己有理，有什麼好怕的，挺起胸膛呵斥道：「想跑？我外甥女被你們打得差點一屍兩命，今日誰都不許走！」

李大廚一聽，腦袋「嗡」地一下，想著那日張秀兒捂著肚子柔弱的樣子，心裡也打起了鼓。他努力讓自己鎮定下來，瞇起眼睛道：「蔣班頭好笑得很，我們爺兒倆在自家，你就如此闖進來，亭長寫的文書可還在我懷裡揣著，你這可是私闖民宅！」

蔣班頭帶的幾個人愣住，李大廚用力推了李牙一把。「快回去找雨橋！」

李牙被他推了個趔趄，尚未從方才蔣班頭的話中回過神來，他回頭望著李大廚。「爹？」

李大廚急得直跺腳，聲音越發壓低。「快去，別管我，不然咱們父子都得交代在這兒！」

李牙關鍵時刻還是聽話，一悶頭就往外跑，蔣班頭想要攔住他，可臉上的傷口還未復原，提醒著李牙的不好惹。他下意識躲開，讓李牙擠了出去。

身後跟著的幾個人自然也不敢攔李牙，直到李牙肥壯的身影消失在街角，李大廚才冷哼一聲。「蔣班頭這幾日總說些胡話，當日在場的人可不少，咱爺們可沒碰你那外甥女一根毫毛。」

雖說沒有了李牙，但把李大廚握在手裡，還怕那李牙不回來？面對被自己抓進過大牢的李大廚，蔣班頭也來了氣勢，他獰笑一下，也不跟李大廚多囉嗦，一揮手對後面的人道：「把他捆回去！」

一幫打手捋著袖管上來，李大廚輕蔑一笑。「原來蔣班頭也同這些混混們攪和到一起了。」

蔣班頭一磨牙，努力睜著微腫的眼睛，神情莫辨地看著滿臉無畏的李大廚，陰沈地「哼」了一聲，到底沒動手，一幫人拉扯著李大廚往趙家走去。

李牙心中急得快要著火，一路狂奔到城門口才反應過來，縣城離這兒好幾里呢！他一拍腦袋，扭頭往城門口的車馬行跑，大老遠相中一匹最健壯的馬，跳上馬車對車夫吼道：「快走！去縣城！」

那車夫沒反應過來，愣了一下，李牙急得一把奪過鞭子，給膘肥體壯的馬兒一鞭，馬兒吃痛一揚蹄，車夫差點被甩下車，他拉著韁繩努力穩住馬，氣沖沖地從李牙手中搶過鞭子。「這不是胡鬧嘛！」

李牙臉色難看，虎目一瞪，從懷裡胡亂摸出一塊銀子扔給他。「快些去縣城！」見了銀子，車夫露了笑臉，嘴上安撫道：「莫急莫急，這就出發咯！」

今日是最後一日假，江陽樹正同賴明模仿著顧潤元教書時的模樣，敲打著賴明的字。「賴明啊，你這字可不成，多練練吧。」

賴明小臉一紅，皺起鼻子朝他「哼」了一聲。「怎麼同哥哥說話的，沒大沒小。」

江陽樹直覺他變了一些，像是親近許多，涎著傻乎乎的笑容，摸了摸頭。「明哥……」

咚咚咚！

兩個孩子被這震天響的敲門聲嚇了一跳，門板沒掛，只是闔了門，賴明皺起眉來謹慎問道：「誰？」

李牙的聲音震耳欲聾。「是我，快開門！」

賴明鬆了口氣，放緩捏緊的拳頭，上前打開門。「李牙哥，你……」

話未說完，李牙像一陣狂風般閃過他，環顧一圈沒見到江雨橋，撒丫子往後院跑去，一邊跑一邊喊：「雨橋！」

江陽樹眉頭微皺，問向賴明。「李叔沒回來？」

賴明往外看了看，搖了搖頭。「沒有，怕是出了什麼事了，咱們瞧瞧去。」

兩個小的剛踏進後院，就聽見李牙的哭聲。「……我爹被那趙家人抓走了！」

老江頭心裡一個咯噔，捂住胸口。江老太大急，拚命給江雨橋使眼色，讓她哄李牙安靜下來。

江雨橋遞給李牙一塊帕子。「李牙哥，慢慢說，你這樣咱們聽不清楚，可是要耽擱事了。」

李牙也知道這個道理，重重地吸了幾口氣，好歹憋回眼淚，哭喪著臉把事情三言兩語交代清楚，最後一跺腳。「……我爹就把我推了出來，讓我來尋妳。」

林景時抿了抿唇沒說話，看向江雨橋。

江雨橋正巧也看向他，二人對視一眼。

她沈下臉，再確認一遍。「李牙哥，你確定沒動手碰那婦人？」

李牙眼淚又要出來了。「我再渾也不至於碰一個懷了身子的人啊！」

江雨橋垂下眼眸，片刻就下了決定。「既如此，咱們去瞧瞧。」

李牙眼睛一亮，小心翼翼問道：「雨橋，妳是說，咱們……去瞧瞧？」

江雨橋安撫一笑。「李牙哥，咱們總得把李大廚帶回來。走吧，讓王三哥去雇輛車，我帶上些錢同你去，左右他們不過是要銀錢罷了。」

「一起去。」

林景時打斷她急匆匆想要出去的步伐，臉上掛上一抹若有若無的笑意。「一起去吧，妳去我不放心。」

江雨橋動了動唇想要阻止，李牙卻眼睛一亮。「那敢情好，我爹說了林掌櫃是有本事的人，我們能借你的光呢。」

江雨橋啞然，心裡默默為李大廚點上一根蠟燭。生子如此……也真夠操心上火的。

所有人臉上都露出不忍心看的表情，把視線從李牙欣喜的臉上移開。

林景時面色不變，像是早就知曉一般，笑道：「走吧，正巧我那兒也有馬車，咱們同去。」

林景時能陪著去，老江頭也放心了幾分。方才他都想跟江雨橋一同去了，但他也知曉江雨橋不會同意，才壓下心底的話沒說出口。

江陽樹兩眼晶亮。「姊，我也去。」

江雨橋瞪了他一眼。「在家好好照顧爺奶。」

看著江陽樹瞬間垂頭喪氣的樣子，林景時溫和出聲。「帶小樹一起去吧。」

說完看了一眼欲言又止的王衝。「順路讓王小哥也回去一趟，到時候直接讓馬車送你去村裡。」

王衝喜上眉梢，對著林景時拱手，興奮地跑進去收拾早就給爹娘準備的東西。

江陽樹衝上去抱了林景時一下。「林掌櫃，你真好。」

李牙張著嘴有點迷糊，結結巴巴道：「都、都去啊？」

江雨橋有些無奈。「都去吧，李牙哥不是說房子已經要回來了，讓小樹待在裡面就成了。」

這倒是提醒了李牙，他從懷裡摸出一張皺巴巴的紙。「這是我爹讓我來找妳時，悄悄塞進我懷裡的。」

江雨橋接過來一看，正是亭長寫的那份文書。她摺好剛想遞過去，想了想又塞進自己懷中。「我先替你保管著。抓緊些，咱們走吧。」

賴明此時磨磨蹭蹭地抬眼望著江雨橋，哀求般道：「姊……」

江雨橋嘆了口氣，摸了摸他的頭。「罷了，一個是去，兩個也是去，待會兒你同小樹要穩著些，可不能胡鬧。」

賴明重重點頭。

林景時出門去隔壁喚人趕了兩輛馬車過來，一家子男人等著江雨橋先上車，林景時當仁不讓地跟上馬車。

江陽樹正要上車，被他攔住。「小樹，待會兒我要同你姊姊商議李牙的事情，你們去坐前面的車吧。」

江陽樹愣了一下，王衝已經上來把他拽走，還衝林景時眨眨眼。

林景時哭笑不得，賴明也乖巧地爬上前面那輛馬車。這還是從小到大他頭一回出縣城，心裡竟然有了幾分小孩子的雀躍。

不知道李大廚知道這幾個孩子的貪玩心思會不會無語，反正江雨橋現在是無語極了，等到李牙坐在車轅上，她狠狠瞪了一眼安然坐在她身邊的林景時，有些羞赧地閉上眼睛，不去理他。

林景時覺得好笑，輕咳一聲。「我派人去劉知縣那兒尋了個衙役。」

說到正事，她也不好意思不開口，抿唇道：「何必麻煩劉知縣？」

林景時含笑深深望著她。「閻王好見小鬼難纏，有些事情很簡單就能解決。」

江雨橋憋悶片刻，嘆口氣道：「林掌櫃說得是。」

林景時想去捉她的手，猶豫一下，半路轉道摸了摸她的頭。「妳是不是覺得依靠我太多？」

江雨橋被他戳中心事，一下子洩了氣，軟了脊背靠在暖靠上，幽幽苦笑。「林掌櫃，從我認識你開始，一直都是我在給你添麻煩。不只是我，我的家人、我的朋友，好像所有人出了事情，第一個反應就是找你……其實我知曉，李叔讓李牙哥回來，說是尋我，其實不過是借我之名來尋你的。」

她落寞地垂下眼眸。「甚至小樹、小明、王三哥都對你如此信任，一開始誰也不敢說話，聽到你要去了，馬上放鬆下來，像是要去郊外遊玩一般輕鬆。」

林景時有幾分心疼，沒人比他更懂想要與自己在意的人不分伯仲的那種感覺，不想一直被人照顧，那麼就只能自己變強，所以他十幾歲便出來遊歷，只為有一日能成為姑姑身後的磐石。

他的眼睛越發深邃清幽，讓人捉摸不清。

既然已經開了口，江雨橋索性與他說個直白。

「其實我能怎麼幫李叔呢？我無權無勢，只有這一年來攢的些許銀子。方才我說得好似很簡單，趙家不過是為了錢，只要給錢就行，可那不過是說給李牙哥與我自己聽的，我哪裡知道趙家到底想要的是什麼呢？」

她笑著搖搖頭。「終究，你還是參與進來了，沒了你，我彷彿什麼都做不了。」

林景時沈默了，車廂外的馬蹄跑得飛快，連帶整輛馬車輕微地晃動著。江雨橋長長嘆了一口氣。「林掌櫃，我今日同你說這些，不是在同你抱怨什麼，只不過是覺得自己沒本事罷了。」

「不是的。」

林景時清冽的聲音突然低低響起，像是冰涼的泉水，淌進她煩躁的心間。

江雨橋微微一愣，輕眨幾下眼睛，依然沒有抬起頭。

林景時捏了捏手心，終於伸出修長、骨節分明的手，輕輕覆在江雨橋的手上，嘆了一口氣。

那聲嘆氣中的憐惜與寵溺馬上要溢出來一般，讓江雨橋霎時間有種渾身顫慄的錯覺。她忍不住閉上眼睛，不去看林景時放在她膝頭的手。
馬車上固定的小火爐中裝著上等的銀霜炭，暖和沒有煙火氣，小茶壺中的水「咕嘟咕嘟」一微微沸騰，恍惚的白氣瀰漫開來，更添幾分曖昧。
二人間誰也沒有說話，像是在享受著這微妙的氣氛。
江雨橋察覺他乾燥溫暖的掌心慢慢開始泛潮，心中知曉他不是如同面上那般鎮定自若，突然心中有幾分好笑。
她睜開眼睛，緩緩抬起頭來，本想偷瞄一眼林景時現在是什麼神色，卻沒想到一眼撞進他黑夜般深邃的目光中。
江雨橋面孔有些發燙，縮了縮掌心。
林景時沒有鬆開手，反而用了幾分力道微微握緊，啟唇輕喚：「雨橋……」
只兩個字，江雨橋的心就平靜下來，她小聲止住林景時接下來的話。「林掌櫃無須安慰我。」
林景時莞爾一笑。「我沒有想過要安慰妳，妳從村中出來不到一年，哪怕……哪怕妳夢中過了二十年，可那時妳不過是個朝夕只為了保命的後宅婦人。我從未看輕過後宅爭鬥，只是每一處都有每一處的行事準則，妳未曾在市井間討過生活，不知曉官場與生意場上的彎彎繞繞，這些並不是妳的錯。」

江雨橋只覺得自己的心隨著他一番話起起伏伏、酸酸澀澀，動了動嘴角，終究沒有說話。

李牙剛上車時，還能聽見車廂裡隱約的說話聲，如今怎麼沒了動靜？李牙坐在車轅上，隔著厚厚的棉簾，壓低嗓音問道：「林掌櫃，雨橋可是睡了？」

江雨橋一下子被驚醒，慌忙推開林景時的手，把自己的手縮到小腹前，臉紅得像糖葫蘆上最鮮豔的那顆山楂果。

林景時哂笑，方才二人的交談聲音壓得極低，更何況李牙本也不是個細心的，怪不得沒聽見。

他看著江雨橋的臉色，微微揚聲對簾子外的李牙道：「許是有些睏了，雨橋正在閉目養神。」

李牙「哎」了一聲。「那你可得給她蓋好了，這天兒越發冷了。唉，若不是為了我，也不至於讓你們跑這麼遠的路。」

「李牙哥不用在意，這車裡暖和著呢，你若是冷了也進來坐吧。」

滿臉殘留著羞澀紅暈的江雨橋聲音有些發澀，林景時看了一眼自己被她毫不留情甩開的手，似笑非笑地看著她，成功讓她的臉更添幾分緋色。

聽見江雨橋的聲音，李牙才咧開嘴。「拉倒吧，我一進去這車就得塞滿了。放心，我壯實著呢，不冷。」

林景時淡定地提起那不知道「咕嘟」了多久的小茶壺，倒了一杯熱水，打開馬車門，掀開簾子遞給他。「喝口水暖暖身子吧。」

李牙感激地接過，一口喝下去，林景時阻擋不及，就見他齜牙咧嘴，臉部扭曲了好半晌才吐出兩個字。「真……燙！」

林景時輕咳一聲，摸了摸鼻子，伸手從李牙手中接過已經空了的杯子，抱歉地拍了拍他的肩膀。

李牙憨厚地笑了笑。「林掌櫃快些進去吧，外頭冷，莫讓冷風吹著雨橋。」

林景時應了一聲，坐回馬車中。這短短的工夫，江雨橋已經收拾好自己的心情，起碼面上看不出什麼了。

她親手倒了杯水遞給林景時，促狹道：「林掌櫃可別燙著。」

林景時無奈地搖搖頭，隔空點了她額頭一下，正色道：「妳心中其實都懂，我也不多說了，免得說多了惹得妳煩。」

「啊？」江雨橋沒想到林景時能擻出這麼一句來，她憋了半天沒憋住，笑出聲來。「林掌櫃，你方才那動作和那話，和我奶說的很像……」

林景時愣住，眉頭微蹙地琢磨片刻，不得不承認。「的確是江奶奶的話，怎麼就不知不覺被我學來了？」

江雨橋笑得倒下去，腰痠背痛地指著林景時，根本喘不過氣來。

林景時哭笑不得地扶起她。「好了，再閃了腰可得不償失。」

這話不知為何又惹得江雨橋一陣好笑，林景時只能輕輕給她拍著後背，直到她笑夠了才開口道：「李叔的事情，妳想怎麼辦？」

江雨橋笑容凝在嘴邊，瞋了他一眼。「林掌櫃想怎麼辦？」

林景時摸了摸下巴，突然揚起一抹壞笑。「我覺得……這事還是得李叔和李牙決定。」

「你！」江雨橋瞪大眼睛，恨不能撲上去咬他兩口。「你是在逗我玩鬧呢。」

林景時笑而不語，閉上眼睛做出一副老僧入定的模樣。

這可把江雨橋氣得夠嗆，衝著他狠狠皺了下鼻子，見他依然沒有反應，也氣呼呼地閉上眼睛，窩在角落。

火爐溫暖的氣息、馬車有節奏的搖晃，透過窗紙鑽進來的昏黃陽光以及靜謐的空氣，這一切都讓江雨橋昏昏欲睡，終於抵不過周公的召喚，同他下棋去了。

聽到江雨橋平穩的呼吸，林景時睜開眼睛，看著她小臉擠在車壁上縮成一團，輕輕把她移到自己身邊，讓她靠在自己胸口上，再撈起身邊的大氅給她蓋在身上。

江雨橋只覺得自己這一覺睡得極為安穩，直到馬車停下的動作晃醒了她。她嘟了嘟嘴，在溫暖的靠背上蹭了兩下，舒服地嘆了口氣。

林景時低笑，胸口微微震動，江雨橋猛地反應過來，往後一閃差點掉到地上。

林景時一把摟住她的腰。「小心些。」

她囁嚅地說不出話來，幸而外頭李牙大聲喚道：「咱們到了！」

林景時鬆開手，長臂從她迷迷糊糊的小腦袋邊上穿過，推開車門，唇角漾出好看的角度。「下車嗎？」

江雨橋覺得自己真是睡迷糊了，捂住眼睛點點頭。

林景時跳下馬車，回身對她伸出手。「來吧。」

江雨橋抿了抿唇，伸手握住他的手，借力跳下去。

剛一下車他就鬆開了手，江雨橋有些說不清道不明的失落，正思索間，江陽樹已經撲過來抱住她的胳膊，撒嬌道：「姊！」

林景時微微挑眉，揪著他脖子後面的衣領把他拉開。「小樹，這是在外面。」

江陽樹「喔」了一聲，頗有些失落。「林掌櫃說得是。」

下一瞬他就又來了精神。「姊，我都許久沒回鎮上了，不知老先生是不是依然混著日子教著書？還有那些同窗，自從我去了縣城，誰幫他們寫大字呢？還有……」

賴明好笑地打斷他。「平日看著你也沈穩，今日怎麼如此跳脫？你若想念鎮子，咱們倆出去逛逛。」

這可正說到他心坎上了，江陽樹小小地歡呼一聲，滿懷期待地看向江雨橋。

江雨橋摸了摸他的頭。「去吧，帶著小明好好逛逛，早些回來。」

說完揪住一臉雀躍的兩個孩子，一人塞了二兩銀子給他們。「若是懶得走路或者記不得回來的路就叫個車。」

賴明認真地記下四周的建築與巷子名字，接過錢道：「姊放心吧。」

王衝正巧要去村裡，兩個孩子又爬上馬車，也能再坐一程。

李牙這時已經衝進院內仔細找了一圈，出來急得直搓手。「我爹果然不在！」

江雨橋蹙眉。「東西可少了？」

李牙搖頭。「還是早上我們將要走的樣子，看起來他們並沒有進來。」

林景時道：「那便不急，劉知縣的人應當馬上就到了。有你在，他們不敢對李叔動手的。」

——未完，待續，請看文創風757《福氣小財迷》3（完）

風 文創 756

福氣小財迷 2

國家圖書館出版品預行編目資料

福氣小財迷 / 風白秋著. --
初版. -- 臺北市 : 狗屋, 2019.06
冊 ; 公分. --(文創風)
ISBN 978-986-509-009-8(第2冊:平裝). --

857.7　　108006512

著作者	風白秋
編輯	王冠之
校對	黃薇霓　周貝桂
發行所	狗屋出版社有限公司
地址	台北市104中山區龍江路71巷15號1樓
電話	02-2776-5889～0
發行字號	局版台業字845號
法律顧問	蕭雄淋律師
總經銷	知遠文化事業有限公司
電話	02-2664-8800
初版	2019年6月
國際書碼	ISBN-13　978-986-509-009-8

本著作物由北京晉江原創網絡科技有限公司授權出版

定價250元
狗屋劃撥帳號：19001626
網址：love.doghouse.com.tw　E-mail：love@doghouse.com.tw